Le strade
464

I edizione: marzo 2021
Pubblicato grazie all'intermediazione di
r.vivian literary agency, Padova, Italia

Via Isonzo 42, Roma

ISBN: 978-88-9325-803-6

www.fazieditore.it

Giorgia Tribuiani

Blu

Fazi Editore

A Enrico

Credo che da me venne fuori un essere, un giorno,
che pretese d'essere guardato.

ANTONIN ARTAUD

Blu, riapri gli occhi.

Chiudili. Aprili e chiudili: tre. Aprili e chiudili: quattro. Aprili e chiudili, cinque. Non vorrai che accada qualcosa di brutto – aprili e chiudili, sei – a tua madre; non vorrai che tua madre – aprili e chiudili, sette – finisca al manicomio. Fu costretta a dirtelo, Blu, ricordi? Lasciami dormire, o finisco al manicomio. Ti aveva regalato gli orecchini adesivi, quel giorno, ricordi le stelline adesive? E tu, invece.

Coraggio, apri e chiudi gli occhi. Apri e chiudi sedici. Apri e chiudi diciassette. Il tuo sesso pulsa ancora di dolore, non è vero?, da quando Roberto è uscito dalla macchina e tu lì a guardarlo nuda sotto la sua giacca, ti aveva dato perfino la giacca ma tu niente, stavi lì a guardarlo con quel tuo disgusto sempre in volto, quel tuo disprezzo, l'hai guardato oltre lo sportello aperto, la tua bocca storta contro la sua spalancata, la tua faccia tesa contro la sua contratta, trasformata, orribile, lui un mostro che veniva nell'erba e tu intanto out, eri out, out, e hai pensato: che gli si spezzi il collo.

Che gli si spezzi il collo, Blu.

Apri gli occhi; chiudili: quaranta. Dovresti dirlo a tua madre. Dovresti chiederle – aprili chiudili, quarantuno

– cosa ne pensi. Perché non le succeda niente di male, Blu.

Perché non le succeda niente di male, altrimenti, arriviamo a cento. Aprichiudi aprichiudi. Le stelle adesive sopra il tuo letto non brillano più. Il fosforo è stato rilasciato – si è sciolto nell'aria? perché non ha diluito l'oscurità della stanza? – e non hai più buio da ingoiare quando chiudi, cinquantasei, e apri e chiudi, cinquantasette. Ma continua. Tua madre potrebbe finire al manicomio. Tua madre potrebbe: morire. Ricordi? C'è gente che muore nel sonno, ti disse. È la morte più bella, io vorrei morire così. Sarebbe contenta, Blu. Morire nel sonno senza accorgersene neanche. Tu forse, tu sì, tu te ne accorgeresti. Piangeresti, Blu? Tu che volevi spezzare il collo di Roberto, piangeresti se lui morisse adesso, ora subito, nel sonno?

Apri e chiudi ottantatré. Apri e chiudi ottantaquattro. Avresti potuto confessarti a tua madre e addormentarti, Blu, ma ormai ci siamo. Apri e chiudi, tra poco sarai pura. Apri e chiudi novantanove; cento. Chiudi.

Chiudi.

Dormi, Blu. Povera Blu. Tu non vuoi essere cattiva: non vuoi. Era il dolore, non è vero? I brividi, la lampo della giacca sulla pelle nuda. Star lì ad aspettarlo con quella certezza di freddo incombente, incombente, perché quella era solo l'anticamera del gelo, è così?, la promessa del gelo che sarebbe arrivato al momento di togliere la giacca, questo sentivi mentre stavi a guardarlo, Blu, è così?

E ti sentivi esclusa, fuori, out.

Ma ora dormi, Blu.

Dormi.

Sveglia.

Sei sveglia, sotto le palpebre luminose di mandarino; le strizzi e le apri piano. La luce del corridoio ha frantumato l'ombra madre della notte in miriadi di ombre figlie: le ha agganciate a tutti gli oggetti e al bicchiere di Nesquik che tua madre sta lasciando sul comodino.

Bevi piano che è bollente.

Segui i suoi passi mentre trascina fuori la sua, di ombra, che si attarda sui tuoi libri per cancellare i titoli dalle costine. Poi bevi il latte e cioccolato – quaranta ingoi: è bollente – ti liberi delle coperte e conquisti il bagno senza ciabatte, solo calzini, seguendo la linea calda delle tubature sotto le mattonelle.

La tazza del water è gelata. Il bidet è gelato. Gelato è il reggiseno che recuperi dal portasciugamani, dove l'hai appeso ieri sera, e accendi lo scaldabagno prima di sfilarti il pigiama.

Ti vesti rannicchiata contro la ventola, ginocchia piegate e spalle curve, un vermicello magro i cui pollici tremano forte prima di infilarsi nei buchi del maglione e poi uno alla volta in bocca, dove gli incisivi rosicchiano le unghie verniciate. Poi, allo specchio, disegni sulle guance venti lentiggini – blu – passi la lingua sulle gengive per liberarle dallo smalto – blu – e la mostri al pettine che cerca di domarti i capelli – ormai verdi ma una volta blu, qualche mese fa di un bellissimo dominante blu – troppo lunghi. Dovrai spuntarli.

Lavi i denti in quaranta mosse e sei fuori, i lacci nelle scarpe. Tua madre sembra cercarli mentre ti passa il tramezzino avvolto nel cellophane, il prosciutto schiacciato contro il pancarrè; sorride e dice: Buona scuola.

Non lo sarà di certo, dici. Ah no?, dice. No: la Piergatti è incinta, oggi iniziamo le supplenze, Mi dispiace, Anche a me, Ti piaceva la Piergatti, Appunto.

Con lo zaino su una spalla e la cartellina coi disegni per mano fuggi sulle scale e sulle scale già ti penti. Quel sorriso che lei aveva – Buona scuola, ti aveva detto soltanto Buona scuola – hai dovuto spegnerlo, perché? Dovresti scriverle, Blu. Non hai pensato all'amore con cui stamattina ti ha scaldato il latte?

Diciannove lampioni ti separano dalla fermata dell'autobus. Li superi tutti e torni indietro di uno: lo recuperi: venti. Non le succederà nulla di male.

In autobus fai i compiti di Matematica finché non sale Roberto; passi il resto del tempo ad accogliere baci e a guardare i peli che ha sugli zigomi, quelli che ti ha chiesto di estirpare con le pinzette perché il rasoio non li infoltisse. Sono cresciuti, gli dici. *Sssh*, dice lui gettando occhiate intorno, e ti accarezza la testa e la piega contro il suo collo, quel suo collo che – basta! – basta. Che accarezzi. Scendi alla fermata prima della sua, che prosegue verso l'istituto tecnico. Infili gli auricolari e i Green Day ti accompagnano fino all'entrata del liceo, tra i ragazzini del primo con le cartelle goniometri e squadre e i tuoi compagni con blocchi di creta che – cazzo.

L'ho dimenticato, dici alla Pancrazi, l'insegnante di Figura modellata.

Hai la testa tra le nuvole, dice lei, e forse ha ragione. Del resto l'ora dopo, con la supplente della Piergatti, neppure rispondi all'appello.

Ceccarelli. Presente.

D'Antonio. Presente.

De Angelis Allegra. Presente.

De Angelis Ginevra.

De Angelis Ginevra.
Ginevra?
Rispondi, Blu.
C'è, oggi, Ginevra?
Blu!
Presente.

Presentati, Ginevra, di' come ti chiami.

Oh, che bella è tua madre quando si china su di te con quel sorriso e gli occhi pieni di luce, non è vero? Presentati, dice, e tu squittisci qualcosa tipo: Neva, o: Geva, è così? Hai tre anni e mezzo, c'è ancora tuo padre. Hai una mano nella sua e una in quella di lei e fai volavola, camminate tutti e tre come un battaglione romantico e poi loro tirano su le tue braccia e tu fai volavolavola e salti due mattonelle, quattro; sei. Volavolavola, davanti agli amici di mamma e papà.

Che bella è tua madre. Ride tanto, non è vero?, e anche tu inizi a ridere quando ti comprano il gelato al Puffo blu – che poi davvero mangeresti un puffo, Blu? – e l'amico dei tuoi prova a spiegarti i coloranti, cosa importa se hai tre anni?, ma ogni volta che nomina quel colore, il blu, tu scoppi a ridere e tua mamma pure, e in quella giornata di quattordici anni fa, lì sotto le due Torri e col gelato che gocciola intorno alla coppetta, sulle tue mani sporche di porporina, sembra tutto così perfetto.

Perfetto.
È che la chiamano tutti Blu, professore'.
Blu?

Blu: la bambina nata da una risata.

Hai tre anni e mezzo – ricordi? raccontiamolo, racconta – e mia madre e mio padre mi chiamano Blu fino al tramonto, sì, e fino al tramonto rido. Costeggiamo la fila di auto in via Marconi e c'è il sole in tutti quanti gli specchietti: quel giorno il cielo è terso, e dell'umidità bolognese non c'è traccia mentre loro mi dicono Blu, guarda quel bassottino e Blu, la vuoi un'Alpenliebe e Blu, dai, volavolavola, dai la mano a papà, facciamo volavola, ed è tutto tanto bello che, davvero, rincasare non si può, ma a un tratto la Punto in fondo al viale fa lampeggiare gli occhi. E mi giro verso mio padre perché si ribelli, sì, perché volivolivoli nella direzione opposta – cammina all'indietro, lo so, che ad esempio una volta mi ha portata a spasso a bordo dei suoi piedi, per non farmi andare scalza – e però lo sorprendo col telecomando. Così gli agguanto il polso, mi appendo, punto i piedi, e Dobbiamo andare a casa, dice mia madre, A cenare, aggiunge lui, e c'è quel polso che prosegue e mi trascina senza sforzo: i piedi mi si storcono all'indentro scivolando sull'asfalto, gli alluci premono nei sandali, e mentre la macchina si fa più vicina, a solo tre specchietti di distanza, con la mano libera inizio a schiaffeggiare la mano di mio padre. No, protesto, no! no!, e allora lei, con rughe spaventose sulla fronte, le narici spalancate, le sopracciglia tese, le labbra strette strette, lei si gira a guardarmi, mi afferra il bracciofrusta e mi strattona. Basta, Ginevra! Vuoi rovinarci la giornata?

La guardo e resto muta. Ginevra.

E Blu?

Blu è come mi chiamano tutti, dici alla supplente della Piergatti, ma è uguale.

È il tuo nome d'arte?

Lei vede artisti?

La professoressa abbozza un sorriso e continua l'appello. Dal tuo posto in prima fila puoi vederla aprire e chiudere il tappino della biro, ha una Staedtler a righe verticali, e la apre e chiude e riapre mentre continua a fare l'appello e mentre ti chiedi quanti secondi – quante aperture chiusure – si debbano contare tra un cognome e la risposta Presente prima che l'appellato venga considerato Assente. Ti guardi intorno alla ricerca di banchi vuoti e non ne trovi.

Io sono Tiziana Castaldi, dice infine la professoressa ravviandosi i ricci biondi con le dita ossute, e chiude il registro e fa il giro della cattedra per sedervisi sopra, le ginocchia sfiorano il tuo banco. So che la vostra insegnante aspetta un bambino; so che siete una bella classe.

Incroci le braccia e incastri il mento nell'incavo di un gomito. Una bella classe. Ti chiedi in base a cosa una classe si possa definire bella, secondo quali criteri. Sei sempre così sprezzante, Blu. Superiore. O sei la volpe che guarda l'uva?

Di certo, penserai, quando un'insegnante afferma che una classe è bella deve riferirsi al rendimento dei suoi membri, alle colonne coi numeri che compila sul registro; è chiaro, ti starai dicendo, che questa nuova professoressa Castaldi non stia alludendo alla bellezza delle anime che si trova di fronte, alla sensibilità e purezza, questo spieghi a te stessa, ma la verità, Blu, è che ti brucia forte che nessuno dei tuoi compagni abbia mai guardato la tua, di anima, è così?, il problema è che alla quarta ora, quando il professore di Religione permetterà di sovvertire l'ordine dei banchi e ognuno dei tuoi compagni trascinerà lo zaino contro la sedia del migliore amico, tu cercherai nel tuo il blocco degli schizzi, quello con gli scheletri delle foglie tra l'ultima pagina e il cartoncino, e tratteggiando un ennesimo autoritratto ti morderai le unghie e sminuzzerai lo smalto: non è così, Blu?

Oh, Blu: che pena. Hai diciassette anni e mezzo e nessuno che ti si sieda accanto per contare quante volte, in un'ora, puoi cancellare il tuo volto.

Che pena, Blu. Hai dodici anni e mezzo e i tuoi capelli sono ancora scuri e il banco alla tua sinistra è già così poco conteso. Alla tua destra invece non c'è banco, ma il termosifone su cui si scaldano le pizze dei compagni: ti chiedono di rigirarle, ti sporgi, ungi le dita con gli incarti.

L'ora di Religione è l'ora della solitudine, per te. La detesti. Detesti il suo arrivo, l'attesa della campanella, gli occhi degli altri che cercano altri occhi, i preferiti, sguardi che diventano traiettorie che diventano movimento quando il suono arriva e dà il via ai traslochi. Detesti le cinghie degli zaini che strusciano sul pavimento e raccolgono polvere e pezzi di scotch. Detesti il rumore dell'entusiasmo; l'insegnante che ascolta e lascia fare. Detesti le mani che salutano, danno schicchere, offrono gomme da masticare tirandole via dai pacchetti o dalle bocche, mani che accarezzano, dipingono unghie, scarabocchiano banchi, si infilano in altre mani o in altri zaini per recuperare diari da riempire di scritte e frasi di canzoni, sempre le stesse, sempre firmate, con le penne colorate e tu le leggi e sei lì.

Tu sei lì che guardi, povera Blu, ogni volta. Eppure oggi, quando la campanella ha suonato, hai percepito qualcosa di diverso nell'aria. Hai percepito uno sguardo

– non verso di te: impossibile – nella tua direzione, verso le pizze, tanto che le tue mani hanno avuto un fremito, pronte a servirne una prima del tempo, ma poi nessun ordine è arrivato e Silvia – pensi davvero che ti abbia guardato *lei*? proprio lei che è così *popolare* – si è chinata, ha riposto l'antologia tra i quaderni e non si è girata fino al suono della campanella.

A dire il vero non si è mossa proprio più, neanche quando la campanella ha suonato. Non si è alzata per andare da Giovanni; non si è alzata per raggiungere Lucia. Ha tirato fuori il diario dalla borsa e un po' lo ha scarabocchiato; poi si è messa a seguire la lezione, assorta come se di colpo avesse ricevuto il dono della fede, la vocazione, e tu sei rimasta a fissarla aspettando un altro sguardo, chiedendoti se prelevare la sua pizza per attirare quell'attenzione così – inaspettata? – strana. E hai visto Giovanni alzarsi e trascinare la sua sedia accanto a lei. Li hai visti parlare. L'hai sentita, Silvia che alzava il tono; l'hai udita bene mentre assistevi al dolore del professore, il suo insperato pubblico ricevuto e perso, e allora sei tornata al tuo blocco per gli schizzi e hai deciso di disegnare un volto.

Ma sei ancora alle linee guida dell'ovale e degli occhi quando l'ombra di Silvia ti investe, boccoli e tutto. Smetti di disegnare. Raccogli il blocco, liberi il sottobanco da romanzo e pizza al rosmarino e fai per alzarti, per liberare per lei e per Giovanni il posto accanto al banco vuoto. È allora che lei ti tocca, dice: Aspetta. E poi: Resta con me.

Avvampi.

Credevo volessi, cominci, e No, dice lei, siediti, E Giovanni non, No, Credevo che, Abbiamo litigato.

Così finisce che torni a sedere e meno male, Blu, meno

male, ora che un brivido fin dentro il sesso accompagna quel tuo tentativo di contatto che – da cinque anni? di più? – ti fa dire: Vuoi sfogarti con me?

Che pena, Blu. Hai otto anni, è il tuo compleanno e siete solo in sei. E però in fondo che vuoi farci, bambina, la neve è così, comincia coi fiocchi, dicono, Guarda che fiocchi!, e sfiocchettando viene giù perché possano esistere i pupazzi di neve e le palle di neve e le minestrine di neve che stamattina hai preparato per Lea, la tua grassa sorellastra quattrenne, la figlia della moglie di tuo padre, e non ti rivela, la neve, né rivela a Lea, che a poco a poco è in grado di ingorgare le strade, di infestarle, di bloccarle perché per i tuoi otto anni non ci siano altri fiocchi e altre palle e pupazzi, Blu, oltre ai suoi.

Così, mentre cucinavi passate di neve seduta sul passeggino di – Tua sorella, ti hanno detto qualche tempo fa, Da oggi sarete sorelle – Lea, tua madre ha raccolto una a una le tue telefonate, ha parlato di neve con le tue amichette e poi, quando sei rincasata col ghiaccio nelle maglie dei guanti, con tuo padre alle spalle e nelle sue mani grandi tre cappelli bagnati, te le ha raccontate tutte insieme come fossero una sola: Hanno chiamato le tue amiche, non riescono a venire. Rischierebbero troppo se venissero. Rischierebbero *incidenti*. Ma poi ti ha accompagnata su e giù per il condominio a raccattare quattro bambini per il tuo compleanno, quattro invitati nuovi di zecca, e quando ha smesso di nevicare forte vi ha anche consentito di giocare nello spiazzo condominiale: A patto che non vi allontaniate, ha detto, e così ora vi spia dal balcone e tu ogni tanto alzi la testa e la saluti, e lei saluta te.

E le cose in fondo sembrano andar bene: certo, ti chiamano Ginevra – o, peggio, Gina – e certo, al posto dei regali in cui speravi hai ricevuto pandori e cioccolata, ma rotolare nella neve ti diverte e provi vero entusiasmo quando il più grande dei tuoi ospiti, staccate due stalattiti da un sottoscala, propone un torneo di spade: guardi tua madre per rassicurarla con gli occhi e la trovi distratta, così mentre accogli la tua arma, mentre la impugni nella posizione di attacco, rasenti perfino la gioia insieme al nuovo quartetto al maschile. In fondo, ti dici, è forse anche meglio che abbia nevicato; in fondo, arrischi un pensiero, è forse anche più bello festeggiare con loro, ma ecco che è proprio quel verbo – festeggiare – a predirti a un tratto la miseria del finale: puoi anche vincere il torneo, Blu, consacrarti il Grande Guerriero d'Inverno, ma cosa sarà della tua reputazione quando festeggerai il titolo con la torta delle fate Winx?

Cominci a tremare, a guardare insù. Dov'è finita *lei*? perché non interrompe il gioco, dove sono i suoi Vi caverete gli occhi?

Affronti il primo attacco brandendo la stalattite come gli scettri dei cartoni, con entrambe le mani, e strizzi forte gli occhi mentre il tuo sfidante la spezza in due al primo colpo. Lo senti gridare alla maniera degli indiani, il palmo che si attaccastacca dalle labbra, e resti immobile mentre ti salta intorno su una gamba: Avanti i prossimi!, urla ficcando nel cappello la frangia fulva, e non riesci a ridere quando, dopo cinque o sei contrasti, le stalattiti dei nuovi giocatori si spaccano insieme.

Oh Gina, che hai?, chiede allora il tuo sfidante, Guarda che mica arrivi ultima: c'è sempre la prosciuttona!

Forza prosciuttona!, la esortano gli altri porgendole una stalattite. Tocca a te!

Pro-sciu-ttona! Pro-sciu-ttona!, e tu resti lì e guardi Lea, la sua faccia grassoccia che non si spiega come sia finita al centro della scena e perché i giochi e la festa siano diventati un incubo improvviso, ma invece di prendere le sue difese, nel momento stesso in cui realizzi che è Lea l'unica vera invitata presente alla tua festa, è Lea l'unica che non ti prenderebbe mai in giro ed è Lea l'unica che può apprezzare la torta delle Winx, lei che stamattina era entusiasta quanto te di sbirciare nella confezione della pasticceria, in quel momento, Blu, ti convinci che l'unico modo che hai di portare Lea dalla tua parte sia quello di asciugare le sue lacrime. E allora le cerchi tu stessa, quelle lacrime che vuoi asciugare, e insieme agli altri bambini gridi Pro-sciu-ttona! Pro-sciu-ttona!

È dunque la tua cattiveria, Blu, a mettere fine alla festa. Perché non è vero che i tuoi otto anni li ricordi così?

La stalattite di Lea ancora intatta tra i suoi piedi, il vostro coro che la insegue mentre scappa, tuo padre che scende di corsa e se la carica in braccio piangente e poi tutti a casa, mentre i tuoi passi lenti sporcano la neve e mentre ti muoiono in bocca le parole che davvero davvero non servono più: Vuoi sfogarti con me?

Però non dirlo a nessuno, risponde Silvia, e tu sei raggiante, Blu, dentro di te sei raggiante per quest'insperata apertura che si arricchisce di altrettanto insperata esclusività. Tutto il tuo essere brinda all'infelicità della tua compagna, cin cin! prosit! auguri!, perché ogni lacrima non è che un portale per – basta.

Alzi lo sguardo dal bozzetto e inciampi in quello interrogativo della professoressa Castaldi. Guardi alla tua sinistra: due mani alzate. Destra: tre mani alzate. Ti volti verso il fondo dell'aula e tutte le mani destre (della bella classe) di tutti i compagni sono alzate, e allora ti arrischi a sussurrare a Ernesto, il ripetente sbattuto in prima fila accanto a te dal professore di Scienze: Per la giustificazione?

Per il festival di arte contemporanea, sospira la professoressa, ma per fortuna abbiamo raggiunto il quorum anche senza il tuo supporto, Ginevrablù.

La classe ride. Abbassi gli occhi sul tuo viso e lo cancelli con un segno.

Comunque, continua la Castaldi, ti piacerà. Ci sono esposizioni a Palazzo Re Enzo e Palazzo Poggi, e un paio di belle conferenze alla Salaborsa. Sul sito dell'evento c'è una mappa con luoghi e appuntamenti; fate una ricerchina, come compito per casa, e poi scegliamo insieme dove andare; va bene?

Va bene, dicono tutti, e Va bene, dici anche tu grattando via un po' di grafite dal taccuino per gli schizzi, lungo la linea che ha attraversato il tuo volto da uno zigomo alla tempia opposta, ma mentre dici Va bene, Blu, tu non stai pensando a questa innocua piccola gita, o almeno non come ti è stato chiesto: davanti ai tuoi occhi, Blu, c'è un orribile incidente; vedi un motorino fracassato e la folla tutt'intorno; vedi un banco vuoto, è la mattina della gita ed È avvenuta una tragedia, sta dicendo la Castaldi, resteremo tutti qui.

Blu, ok: cancella il tratto sul disegno. Rifallo. Coraggio, fino a dieci. Che vuol dire Non volevo pensarlo? Cancella e rifallo: due. Cancella e rifallo: tre. Più piano. Se cambi il tratto tutto apparirà normale. Cancella e – non tremare – rifallo. Nove. Dieci. Bene.

Metti via il taccuino e spingi il *Corso di figura disegnata* verso destra, la costina del tomo nello spazio tra i due banchi. Lo apri al capitolo con le figure intere e la mano grande di Ernesto schiaccia le pagine affinché il libro non si chiuda da sé; poi torna a stuzzicare il piercing. Con te è gentile, Ernesto. I tuoi silenzi non li ha mai commentati, e quando vi accordate sui testi da portare lui i suoi non li dimentica mai.

Stai pensando che non hai ancora ritratto il suo volto, un volto caprino con gli occhietti piccoli e il muso allungato, quando la Castaldi preleva il tuo libro e lo sfoglia seduta sulla cattedra: Potete metterlo via, mentre te lo porge da sopra l'astuccio, Voglio vedere come siete messi col disegno: fuori queste opere d'arte, su!, e tu già senti di odiarla, e ti chini sulla cartella e sbirci il telefono per contare i minuti che mancano alla ricreazione.

Quarantaquattro.

Tiri fuori gli ultimi bozzetti, dei nudi, e alle tue spalle senti i passi dell'insegnante che si aggira tra i banchi e commenta un'ombra o una mano, un muscolo o una sfumatura: Prova a calcare di meno, Giovanna. Ne hai fatti altri, Maria? Angelo, qui la gamba sembra un po' storta, hai una foto dell'originale?, e ti giri e la guardi tutta, la tua bella classe di ventidue anime, quattordici femmine e otto maschi, diciotto maggiorenni e quattro no, venti compagni di ventura e due bocciati giunti solo a inizio anno. Che poi chissà perché da voi, vi siete chiesti, lì in quell'aula stretta stretta in cui gli armadi in fondo, con le sculture a vista, hanno già rubato spazio.

Ruoti ancora su te stessa e la Castaldi si dirige verso di te.

Vediamo i disegni di Ginevrablù, dice, ma poi il suo

sorriso cede il posto allo stupore, alle sopracciglia alzate; le mani vanno ai tuoi bozzetti: Sei brava, dice raccogliendo il primo, Sei molto brava. Grazie, dici tu, le spalle strette. Ne hai anche altri?, Ho dei ritratti, Vediamoli, Ok.

Ti chini ancora sulla cartellina mentre l'insegnante avvicina agli occhi ora un foglio e ora l'altro. Le porgi i ritratti; lei li prende in braccio: Sei sempre tu?

Annuisci.

Li guarda e li lascia sul banco a uno a uno, più di trenta autoritratti rifinitissimi, presi da tutte le angolazioni, e dalla seconda fila senti che Se li mettesse giù più in fretta ne uscirebbe un cartone animato. Ma quel commento riesce appena a irrigidirti le braccia, Blu, perché un attimo dopo la Castaldi posa l'ultimo bozzetto sui nudi e dichiara: Stupendi. Davvero stupendi, ripete, sei brava.

Brava Ginevrablù, fa eco un'altra voce, ma ignori gli sghignazzi e rispondi alla Castaldi che domanda: Farai poi l'Accademia?

Non so.

Non sai?

Dipingere mi piace, ma non, cioè.

Non?

È che mi piace ma non mi sfoga.

Forse dovresti disegnare qualcosa che non sia te stessa?

Credo sia il contrario, vorresti dirle, ma ti stringi nelle spalle. Con una mano sposti gli autoritratti e guardi i nudi, e lei lo fa con te. Qui però non sei più tu, ti dice e No, rispondi, E ci hai provato?, dice e No, Non ti interessa disegnare anche il tuo nudo? magari senza poi portarlo in classe?

Le tue mani vengon giù da sopra il banco, le ritrovi sulle cosce mentre indietreggi fino allo schienale. Il compito era quello, dici, e sai che non è vero, ma lo dici piano piano, in modo che nessuno possa sentirti e smentirti, solo lei ed Ernesto e nessuno dei due lo fa. E anzi lei ora ti sorride e a un tratto decide che troverai la strada, La troverai perché sei brava, promette, solo ancora tanto giovane, e questa volta scopri i denti e senti gli angoli delle labbra tirar su le guance piene di lentiggini disegnate, perché a volte alle insegnanti che detesti a prima vista poi finisci per sorridere anche tu.

E poi in fondo che ti costa un sorriso?

Fai un sorriso, Bluette.

Fai un sorriso alla mamma, che altrimenti non può andare a lavorare.

La mamma torna presto: quando entrambe le lancette sono in piedi; ricordi?

E tu invece lo ricordi, mamma, che il prosciutto cotto soffocato dal cellophane diventa lucido, bagnato e fa perfino bolle d'acqua?

Con le gambe accavallate e un ginocchio contro il banco, analizzi la merenda a labbra strette, storte; poi ti concedi di distogliere lo sguardo dal panino – che lei prepara ogni mattina con amore, Blu, si alza un quarto d'ora prima, per il tuo latte e Nesquik e il tuo panino – e guardi Mario e Dalila laggiù in ultima fila, un quaderno sulle cosce e uno sopra il banco; Tania e Patty che si truccano lì accanto; Giulia e i suoi selfie. Sposti il ginocchio che comincia a dolere, il bordo del banco ha fatto una piega di qualche centimetro sui jeans e sotto quelli avrai una striscia di pelle lucida come – fai una smorfia.

Abbassi gli occhi sul panino intatto e sai che vuoi buttarlo. Ma sai anche che lo devi mangiare, Blu, per non addolorarla. Sai che lo devi mangiare, vero?

Mangia il panino, Blu.

Alza lo sguardo, segui la fila di cappotti che conduce alle sculture e addentalo, Blu, così, continua a guardare le sculture e mastica piano, piano, il prosciutto non può certo essere più umido della tua bocca, Blu, non trovi?, e le bolle d'acqua non le senti neppure. Tieni su lo sguardo, dai il secondo morso. La tua scultura dicono che è bella, la tua testa di Medusa, i suoi serpenti che mostrano le lingue ai volti intorno come a rivendicarne la trasformazione in creta. Sei stata brava, Blu, ma ora mastica. Uno, due, tre, quattro, cinque, sei, sette, otto, nove, dieci; poi ingoia. Altro morso. Uno, due, tre, quattro, cinque, sei, sette, otto, nove, dieci; butta giù. Hai quasi finito la crosta, visto?, ti è bastato pensare a – tre, quattro, cinque – quanto incredibilmente promettente tu fossi perché la viscosità della merenda passasse in secondo piano. Bene, Blu: continua a masticare.

Hai sentito i molari slittare sul boccone, e allora? cosa vuoi che sia se non un pezzo di – Blu, copriti almeno. Accucciati sulla cartella, *almeno*, mentre infili indice e pollice in bocca e tiri fuori il prosciutto, mentre sfili quella stringa di grasso dalle labbra. Sei disgustosa, Blu. Tante storie per un po' di umidità e guardati adesso: concentrata su quella chiara carne venata di lardo e di nervi. Posa quello scempio. Otto, nove, dieci; ingoia. Non troverai niente dentro il tuo panino, Blu, cosa credi di trovare aprendolo così, non farai altro che. Ok, quella è una stella di grasso, ma ora chiudi il tuo panino e ingoia. Guarda le sculture. Le sculture, Blu, non il cestino: se lo sapesse spegneresti il suo sorriso. Ne soffrirebbe, Blu, ma non ci pensi?

La Castaldi alza appena gli occhi dal registro, quando centri il cestino con la palla di cellophane, ma mentre ti avvii verso la porta ti ricorda che la ricreazione sta per terminare.

Devo andare al bagno, le dici, e lasciata la classe porti tutte le dita al naso e senti forte l'odore del prosciutto.

Attraversi il corridoio rasente alle pareti, deviando verso il centro solo in corrispondenza delle aule, dove si ammucchiano gli studenti. Vedi gli occhi dei ragazzi del terzo scivolar giù dalle code di cavallo del primo, proprietà di studentesse che sottobraccio camminano fingendo di ignorarli; vedi i compagni del primo seguirle a malincuore, i baffi molli e sottili come le sopracciglia superflue delle donne. Scompari nella nube di fumo del bagno.

Mentre arricci il naso conti tre sigarette tra le dita di tre ragazze sedute sui tre lavandini: ne indichi uno, hai da lavarti le mani, e allora la ragazza occupante sbuffa e ti lascia il posto, subito accolta dalla compagna tutta anelli che le fa spazio contro il suo lavandino, la faccia come a dire Se non ci aiutiamo tra di noi.

Ti sciacqui le mani e le insaponi, ma quella scenetta ti ha messo a disagio e ti sembra di avere addosso gli sguardi delle tre ragazze; ti sembra anche che stiano aspettando che te ne vada, a dirla tutta, e se d'un tratto hanno smesso di parlare deve essere proprio così. Ti lavi quindi alla svelta ed è per questo, per via del disagio, che solo al momento di asciugare le mani ti accorgi di non aver contato il numero di volte in cui hai azionato l'erogatore del sapone. Ti volti verso il lavandino: la sua custode ha già fatto scivolare il fondoschiena sul bordo bagnato. Inspiri forte. Indichi i rubinetti.

Posso di nuovo, Ancora?, Sono rimaste unte.

Stavolta la ragazza alza gli occhi, spegne la cicca sotto l'acqua corrente e fila dritta alla porta seguita dalle amiche.

Così sei rimasta sola, Blu, e anche se adesso sta suonando la campana puoi lavarti le mani come cristo comanda. Dieci sciacqui; dieci spruzzi di erogatore; dieci sciacqui; dieci secondi nell'asciugatore. Porti le dita al naso, tutte, e non puzzano più. Il problema della puzza, pensi, è che non si vede, come la tristezza o il senso di colpa. Non c'è modo di chiedere a tre ragazze che fumano in bagno di annusarti le dita, così come non c'è modo di spiegar loro che hai un certo rapporto con l'erogatore, ma se ti fossi presentata al bagno col naso sanguinante, o anche solo con le dita macchiate di inchiostro, Blu, allora sì che ti saresti guadagnata il diritto a passare.

Se solo la penna ti fosse scoppiata tra le mani.

Ti guardi allo specchio e, ecco, sarebbe dovuto accadere così: avrebbe dovuto scoppiarti tra le mani quando eri ancora in classe, così, ecco le tue mani belle, pallide, le tue mani tanto pallide e trasparenti che in controluce ti si vedono pure i capillari, eccole macchiarsi di blu. Abbandoni la penna sul bordo del lavandino e lasci che scivoli fino al buco laggiù in fondo e poi di nuovo su e di nuovo giù e di nuovo su e di nuovo giù mentre lo smalto chiaro si riempie anch'esso di blu, come te, come le tue dita che scivolano sulle dita e le sporcano di inchiostro per salire fino al palmo, al gomito, alla spalla. Raccogli inchiostro sulla superficie del lavandino, lo raccogli col palmo, e poi ti sporchi la pelle, la felpa, la faccia. Che nessuno venga a dirti Ancora, che nessuno metta fine alle volte in cui hai accesso al lavandino, Blu, è questo ciò che vuoi.

Prendi un respiro profondo e tutto è lindo.

Quando entri in classe, il professore smette di scorrere i nomi e alla lavagna manda te.

Cinque più quattro?

Basta.

Dai, Ginevra: cinque più quattro.

Noo, basta, basta.

Dobbiamo chiamare Blu? Ehi, Blu, vieni a dire al papà e alla mamma quanto fa cinque più quattro, che Ginevra non vuole confessare?

Blu?

Ehi, Blu!

Il tuo sguardo è intrappolato tra il pomodoro a tocchetti e il quarto di mozzarella di bufala che se ne sta lì eretto nel bagno di latte, a osservarti con le due facce ruvide mentre rivolge a tua madre quella curva e liscia. Il pomodoro è nel piatto di sinistra; la mozzarella in quello di destra. Lei non ha mai compreso perché non le lasciassi preparare la sua bella caprese, gioco di fette alternate dell'uno e dell'altro ingrediente con un bel cappellino di basilico a coronare il tutto, ma lei non ha neanche mai tremato di fronte alle gocce di latte nell'olio. E ora ti chiama.

Blu, non finisci?

Alzi gli occhi e la guardi.

La professoressa nuova ha visto i miei ritratti. Non le sembrano male, ha detto.

Oh, ma bene!, fa tua madre, e guarda un po' te e un po' il pelapatate, sta facendo spirali di bucce di pera. Bene, Bluette, bene, e ti ha messo anche un voto?

Ha detto anche che dopodomani ci porterà a un festival di arte contemporanea, a Palazzo Re Enzo. Devo dire a papà di venire lì.

Pranzi con papà?

Passo il week-end, con papà, e no, mamma, non fare quella faccia, lo sapevi da giorni.

È che io e te abbiamo solo il week-end, dice lei mentre fa un fagotto con le bucce e poi, la pera in una mano, trasloca piatto e posate nel lavandino. Beve l'acqua che resta nel bicchiere; mette via anche quello. È solo che mi dispiace, Blu, e affonda i denti nella pera e tu affondi nella mozzarella quelli della forchetta e finisci – uno, due, tre, quattro, dieci – tutto il piatto.

Brava, dice lei, e sparecchia mentre hai in bocca l'ultimo morso. Metto via che tra dieci minuti devo tornare in ufficio.

A-ha.

E insomma che festival è?

Installazioni, cose così.

Non sei entusiasta?

Sì.

Ti rivolge uno sguardo da sopra la spalla, mentre lava i piatti. L'odore di limone ha cancellato quello del pane abbrustolito, lo scroscio dell'acqua ovatta le parole. La guardi, tacchi e camicia durante l'ora d'aria, la giacca a vestire la sedia. Mentre strofina bicchieri e lame di coltello, perfino il suo modo di liberarsi la fronte dai capelli appare fine, col polso che accarezza la pelle e inevitabilmente la bagna, e quando chiusa in camera spargi sul letto i tuoi ritratti, fogli A4 lungo tutto il materasso come carte di un solitario per giganti, cerchi di rimuovere e non puoi le volte in cui i tuoi compagni ti hanno chiesto (non di te ma) di lei.

Però nessuno se la piglia, ti ha detto Roberto l'unica volta in cui hai trovato il coraggio di parlarne, e alla fine hai dovuto confessare tutto a lei. È stato un sollievo, quando lei ne ha riso, ricordi? Quando ti ha passato il fazzoletto invitandoti a riderne con lei.

Mentre fotografi i bozzetti pensi che sono anni che non la ritrai; ormai neppure il vecchio ricatto, quello per cui solo un nuovo disegno potrà farle togliere dalla camera quello acerbo che le hai fatto anni fa, neanche quello ti interessa più, né ti tange che lo abbia usato come foto profilo per la sua pagina Facebook. Il punto è, ti dici mentre colleghi lo smartphone al computer e sposti le foto sul desktop, che senti di non poterla ingabbiare.

Lasci andare un sospiro, e le stelle al fosforo ti guardano pallide dal soffitto mentre apri le immagini a una a una e le infili nel cestino, risparmiando una tre quarti e un profilo. Due superstiti su dieci. Tua madre entra in camera mentre le carichi su Facebook e rimane a osservare il letto.

È vero che sono belli, dice, e Grazie, dici tu; Mi piacciono, Grazie, Fai bene a pubblicarli.

Ti alzi dalla scrivania e vai a radunare i ritratti. Li infili nella cartellina. Lei ti guarda operare in piedi sull'uscio; poi i suoi occhi si perdono tra le medaglie di quando andavi in piscina, i peluche di Roberto e la maschera piume e merletti che tuo padre ti ha portato da Venezia.

Quanta polvere attira, dice.

E tu non guardarla.

Lei scruta le balze, copre le narici con la mano e Però mi brucia, Blu, lo sai? Mi fa bruciare il naso.

Il naso? e dove sta?

Perdindirindina, chiede ai tuoi sette anni la nuova amica di tuo padre, chi ha preso il naso di Lea?

Era qui un attimo fa, tra le mie dita, ma ora non c'è più.

Hai preso tu, Blu, il naso di Lea bella?

Sei stata tu?

Sei stata tu, Blu, a prendere il naso di Leabella e a insegnare a Leabella a fumare?

Fissi la nuova moglie di tuo padre e poi i tuoi occhi scivolano sul cefalo le patate l'insalata i bicchieri il vino Lea per arrestarsi su di lui, che preso in causa dice Manco fuma, Blu, mica ha mai fumato. Poi con un gesto cancella la domanda e fa ripartire l'orchestra di forchette, il tintinnio dei coltelli contro i piatti.

Nessuno parla. Tra un suono e l'altro si incastrano le note elettroniche di *Jingle Bells* e *Silent Night*, e la melodia otto bit delle lucine natalizie ti ricorda i videogame delle vecchie sale giochi, mentre in silenzio sistemi gli occhi dentro il pesce. E vuoi restare lì, tra quella polpa, mentre cerchi di ignorare Lea che pesca patate dal vassoio, il pacchetto di Camel ancora dentro il piatto lì dove l'ha sbattuto.

L'avesse trovato tua madre: gesù.

L'avesse trovato tua madre altro che alzarle la voce, sbatterlo sul cefalo caldo e già spinato, gridare con l'arroganza e l'indignazione di chi è vittima di una calunnia infame e per giunta Davanti agli ospiti, come poc'anzi ha urlato Lea, Davanti a Blu e poi proprio l'8 di dicembre.

Avrebbe perfino chiamato tuo padre, *lei*, uno dei rari casi, e lui avrebbe emulato la sua reazione per farla un po' sfogare e poi sarebbe tornato a leggere il giornale sul letto, accanto a un'altra donna, e il venerdì le sigarette te le avrebbe scroccate comunque. Ti avrebbe rubato altri accendini. Ti avrebbe lasciato monete da un euro e tu avresti comprato gomme da masticare, le Vigorsol forti, e Non le mangiare tutte subito, avrebbe detto anche stavolta, ma poi – una, due, tre, dovresti dirlo a *lei*, dieci – poi alla fine non avrebbe controllato.

Guardi il piatto e guardi lui. Aggrappati al maglione di lana blu, tra i rombi, si nascondono un serpente di spago e due capelli d'angelo: se tua madre fosse qui glieli strapperebbe via, ma lei ora qui non c'è. C'è una donna, ora, qui, concentrata solo su di Lea. Una donna che continua a pulir pesce e non trova pace finché non sbotta e dice Però scusa allora perché erano nello zaino?, ma lo chiede solo quando gli occhi di entrambe si scontrano sul pacchetto, quasi con timore, quasi obbligata da quell'improvviso incidente di sguardi.

E allora Lea le dice quella cosa: Ce le avranno messe per farti rompere le palle, dice, e tu guardi tuo padre con tutta una serie di domande – perché non la scusa classica del Sono di un'amica? perché qualcuno avrebbe dovuto *incastrarla*? perché, soprattutto, Lea usa impunita quel termine? palle – che non ricevono risposta. Con le dita tra i capelli blu stinto lo guardi condire l'insalata e ti accorgi che Costanza, sua moglie, ha versato il vino fuori dal bicchiere. Distogli lo sguardo e arricci il naso. Solo tu senti l'odore del Verdicchio espandersi per tutti i metri cubi della sala da pranzo? ed è possibile che Lea, guardando ora la macchia che si allarga sui pettirossi della tovaglia buona, quella che sua madre ha chiamato Tovaglia con gli uccellini belli mentre la accarezzava per spianarne le pieghe, è possibile che Lea non senta irrigidirsi le braccia mentre vede annegare gli uccellini belli nel vino che sua madre dovrebbe bere?

La guardi sistemare il reggiseno sotto la larga maglia pipistrello, la mano nello scollo, e quando si alza per andare in camera sua, le sigarette ancora dentro il piatto e il cappotto appeso male alla sedia, ne sei felice. Si sono sciolte le righe. Tra poco Costanza uscirà di scena col volto increspato, andrà a buttare tutto quel ben-di-dio, come direbbe *lei*, che come sempre ha cucinato di troppo, e allora finalmente sarai sola con tuo padre a sbucciare mandarini.

I pranzi, ti dici, sono migliori da quando Lea è diventata cattiva, e allora pentiti, Blu, che se venti minuti di esclusiva con lui valgono il dolore di sua moglie che ora fugge in cucina devi aver perso davvero il senso di tutto ciò che è bene, non trovi anche tu?

Non trovi, Blu, che dovresti chiedere scusa?

Perché hai preso (il naso) in giro tua sorella?

Pro-sciu-ttona: questo le gridavate.

Perché?

Volevi forse dirle – mi sentivo così sola e fuori luogo e ho commesso uno sbaglio, era il mio compleanno, era il mio compleanno, mi sentivo (sfigata?) abbandonata e ho pensato che allora, se avessi accettato di unirmi allo scherzo, se l'avessi umiliata e se poi, sì, se l'avessi consolata, come non fossi stata io stessa a procurarle quel male, allora avrei potuto avvicinarla, e dirle, mentre piangeva – Vuoi sfogarti con me?

Però non dirlo a nessuno, risponde Silvia, e tu sei raggiante, Blu, dentro di te sei raggiante per quest'insperata apertura che si arricchisce di altrettanto insperata esclusività. Tutto il tuo essere brinda all'infelicità della tua compagna, cin cin! prosit! auguri!, perché ogni lacrima non è che un portale per raggiungere anime sole, da consolare. Da conquistare.

Dici: Puoi fidarti di me; dice: Davvero?; dici: Davvero, e mentre Silvia inizia a sussurrarti i suoi problemi – a raccontarti di Lucia che l'ha chiusa in stanza con Giovanni e Dario e di Giovanni e Dario che volevano scoparla in due, non l'hanno certo forzata ma lì tra i pupazzi e i libri di Lucia erano a petto nudo entrambi e avevano il cazzo che, dio mio, Blu, se solo li avessi visti – mentre lei sospira e scrive i nomi sul tuo banco perché gli altri non possano sentirli, tu lecchi tutte le sue ferite e ti infili in ognuna di quelle, ti insinui, entri come una malattia.

Dici: Tranquilla; dice: Non mi ama; dici: Mi spiace, e poi ti arrischi a posarle una mano sul braccio e lo stringi un poco e aggiungi Puoi sfogarti con me, Silvia, non lo dirò a nessuno e ti sarò vicina, dici, e vorresti spiegarle che non ha più bisogno di amiche né ragazzi, ora che ci sei tu, ma sai che è ancora troppo forte per arrendersi alla dipendenza che le stai iniettando, piccola ragazzina egoista, e allora ritiri la mano e le dici: Che stronzi.

Silvia alza gli occhi.

Hai ragione tu, commenti, e frughi nell'astuccio e poi cancelli i nomi che ha scritto. Soffi le briciole di gomma. Alcune rotolano orizzontali per fermarsi contro il diario; altre restano immobili, immuni al fiato: le schiacci con l'indice e guardi il sottile strato di gomma fuligginosa che resta incollato al polpastrello.

Quindi secondo te lui non mi ama.

Secondo me hai perso tempo con tutti e tre – dici, e saresti quasi sincera, saresti quasi onesta addirittura, Blu, se dopo questa quasi sincera e quasi onesta frase non aggiungessi quel tuo – ma io ti voglio bene, Silvia, e se pensi di esser sola sappi che non è così. Tu mi sei così cara.

Mi sei così cara, dici, e quando le tocchi le dita vedi le ciglia grasse di mascara bagnarsi e incollarsi e sussulti, fremi, tremi; senti un brivido in gola e giù giù fino al sesso, fin dentro, e mentre lei si copre il volto sai che dovrai (dirlo a tua madre, Blu, è una vergogna!) andare a fondo.

La tua mano si immerge nello zaino e torna su coi fazzoletti tra indice e medio.

Vorrei che non piangessi, dici, davvero, e sei così vergognosa e falsa che abbassi lo sguardo, cerchi la zip dello zaino, la apri e la chiudi. Apri e chiudi. Apri, Blu; chiudi. Fallo ancora. Non vorrai certo alzare lo sguardo. Non vorrai guardare negli occhi chi cercava una fuga e ha trovato te, *te*, che hai strappato le sue lacrime dagli occhi per scivolarle nei bulbi e infilarti nel cranio. Avanti: apri, e forza: chiudi. Finché apri e chiudi, finché il tuo mondo è quella chiusura lampo che hai lì tra le dita, tutto appare sotto controllo, non è così?, e nessuno stuprerà Silvia e nessuno dirà nulla a tua madre prima che lo faccia tu, prima che tu possa raccontarle di come le tue cosce abbiano imparato a piangere insieme alla gente che consoli.

Prima che lei possa dirti Ero così serena, Blu, perché hai fatto questo, perché?

Perché hai preso in giro Lea(bella)? Tu eri un idolo per lei.

Ora voi piangete e nessuno mangerà la torta delle

Winx. Perché hai deciso di rovinare il tuo compleanno maltrattando Lea(bella)?

Tu sei un idolo per lei, ma così la incattivisci.

E infatti non vedi, Blu, come è diventata cattiva Leabella?

Apri e chiudi gli occhi: diciannove. Apri e chiudi: venti.

Aprili. Lascia che ingoino il volto di Costanza mentre sistema mandarini e mapo sulla tovaglia, tra le mani di tuo padre, e con due dita aggancia il pacchetto di sigarette sporco di olio e rosmarino; lascia che inghiottano le sue labbra strette e i suoi occhi tristi, quelli che restano bassi, e digerisci il dolore di questa donna che ora inizia a sparecchiare.

Vorresti averne anche per lei, di penne da scoppiare tra le mani. Segui i suoi gesti, l'impilare i bicchieri uno sull'altro, e vorresti macchiare di inchiostro il suo disagio, sporcarle le braccia e le mani davanti allo sprezzo di Lea, darle l'opportunità di nascondersi in bagno con una fuga non fuga, di *salvarsi*, e invece accogli il mapo che tuo padre ti passa sbucciato, dividi gli spicchi e mordendo il primo strizzi gli occhi.

Aaaspro!

Tuo padre ride. Mangiane un altro, dice, e col telefono ti fa una foto e te la mostra. Ora falla a me.

Così finite a mangiare e ridere e fotografare mentre Costanza sparecchia e Costanza non c'è più; poi lui infila i pollici nei buchi delle tue maniche, dove sono anche i tuoi, e ti racconta delle vetrofanie da attaccare in cartoleria per Natale e ti chiede se vuoi fare un salto in negozio, nel pomeriggio, oppure uscire a far due passi con Lea.

Vi aiuto, dici.
Sicura?, dice lui.
Ci sarà un sacco di gente per Natale, spieghi guardando un mapo e prendendo un mandarino, e con quello ti chiudi la bocca perché non sai che altro dire, Blu, perché insomma c'è da chiedersi, e noi infatti ci chiediamo, come tuo padre riesca a sorprendersi ancora, come possa essere ancora convinto che tu abbia piacere a stare con Lea che ha quasi la tua età, dice, e a non accorgersi che da tempo, ammesso che un tempo sia poi stato come lui ritiene, un idolo per Lea non lo sei certo neanche tu. Così mastichi e sputi i semi contro la mano chiusa a pugno e li lasci cadere in uno strappo di Scottex. Uno, due, tre, nove – lasci scivolare l'ultimo sulla pelle, lo risucchi di nuovo tra i denti, di nuovo lo sputi – e dieci.
Pulisci le labbra umide col dorso di una mano.
All'insegnante nuova, dici, piacciono i miei disegni.
Le facce?, chiede lui.
Tu scoppi a ridere e Sì, dici, le mie facce. Ha detto che non sono brutte. Ha detto che domani ci porta a un festival in centro, non so che ora si fa, però se vuoi posso tornare in autobus e poi –
Ti vengo a prendere.
Allora grazie.
Lui accarezza i tuoi pollici nei buchi della maglia e fa scivolare via i suoi. Ti chiede come va con la mamma e dici Bene. Come va con la scuola e dici Bene. Come va con Roberto e dici che (viene sempre da solo, ti fa sentire out, quindi hai sperato gli si spezzasse il collo) va tutto Bene. Poi, dalla cucina, lo scrosciare dell'acqua sui piatti si interrompe: Costanza esce con le dita luccicanti e annuncia che sta andando in negozio, e di raggiungerla quando volete.

Con le quattro mani sulla ringhiera del balcone, la guardate caricare nel portabagagli lo scatolone con festoni e lucine; poi tuo padre accende due sigarette e sputa fumo al cielo: Insomma domani tutta la classe al festival? quanti siete?

Siete ventidue – tutte e ventidue le anime che insieme compongono la bella bellissima classe – eppure quando lasci il bar tra via Rizzoli e piazza Maggiore non riconosci che un volto: quello del barista che vi ha portato il conto quando ti sei alzata per andare in bagno.

Attraverso la kefiah domandi degli altri: solleva le spalle.

Non sono neanche le dieci e già sei perduta, povera Blu, già il suono dei tuoi passi ha perso il contrappunto di altri passi, e hai un bel dirti che la mappa di un festival sai leggerla anche da sola e che se volessi basterebbe prendere il telefono e chiamare Ernesto; hai un bel dirti, Blu, che se muoversi in massa significa un'altra conferenza come quella delle nove ti è andata anche bene. Il problema, Blu, è un altro. Il problema, povero naso ghiacciato, è che telefonando renderesti reale l'abbandono, reale il bisogno di chi ti ha scordata, e allora moriresti di vergogna, domenica sera, nel raccontarlo a *lei*.

Nascondi nel cappuccio i capelli blu stinto, apri la mappa sullo smartphone e coi polpastrelli sfiori la Pinacoteca, la Galleria Cavour e Palazzo de' Toschi. Un guizzo della lingua sulle labbra e stai già percorrendo le vie con l'indice e poi con le gambe, un luogo dietro l'altro, ma ogni volta che entri in una stanza vuota è la mano, e non il telefono, a vibrare nella tasca dove infili biglietti e volantini; ogni volta che torni sotto il cielo pallido di Bologna cammini più veloce in preda a una bulimia artistica che cerca altri quadri, altre installazioni, altre sculture, e fa pizzicare forte le cuciture dei jeans.

Cammini sotto i portici, corri quasi, ma eviti di pestare le linee tra le mattonelle e le strisce chiare in corrispondenza degli archi. La tua mano ora entra ed esce dalla tasca: sbirci lo smartphone, non trovi chiamate e di nuovo lo riponi. Lo fai una volta, due, tre, quattro, dieci. Poi venti. Trenta. Vuoi andare a cento, Blu? Andiamo a cento. Forse qualcuno chiamerà. Forse, Blu, si tratta di ieri sera, di quando Lea ti ha chiesto di telefonare a Roberto dal bagno e non dal letto, che voleva stare in pace, e allora tu hai desiderato che mai nessun ragazzo, con Lea – oh, Blu. Andiamo a cento. Dentro e fuori, dentro e fuori. Cammina, vai. Attenta alle linee. Dentro e fuori. Il cielo è così chiaro, oggi, così chiaro col sole che imbianca la foschia. Il cielo abbaglia. Chiudi gli occhi. Riaprili. Dentro e fuori. Respira, Blu. Le linee. Respira diciannove. Venti.

Crolli sul gradino di un'agenzia di viaggi, a un passo dalla meta. Attraverso le dita, raggomitolata contro la vetrina buia, osservi il nugolo di gente sulla porta del Vecchio Circolo e lo chiudi negli occhi. Basta linee, basta telefono dentro e fuori, basta battiti di ciglia. Cerchi di rallentare i respiri, di metterli uno dietro l'altro e non contarli, e mentre ti concentri sull'aria che entra ed esce dalla bocca, tra le voci intorno e il rumore delle auto più lontano, realizzi che non c'è sincrono tra il fiato e il suo sonoro. Ti stringi a te stessa. Tremi. Sei così sconvolta che prima di comprendere che non sono tue, le espirazioni che il tuo orecchio sente, forzi i polmoni a mettersi al passo, a rallentare, a sincronizzarsi. Inspiri. Attendi. Espiri più a lungo. Rincorri il suono che si è staccato dal corpo e ti senti immateriale, quasi morta, finché quel ritmo così diverso dal tuo non si interrompe per lasciar spazio a un sussurro, un altro fiato, una parola: Perdonami.

E tu la senti e lo sai. La senti e apri gli occhi e lo sai da subito, da questo primo momento, lo sai che sta per accadere qualcosa che, Blu, Blu, sentilo fino in fondo, lo sai, hai ora la certezza che qualcosa di pazzesco sta per cambiarti la vita.

Ti levi in piedi con decisione, quasi con solennità, e un passo dietro l'altro ti infili tra la gente e ti fai spazio nei venti metri quadri del Vecchio Circolo, attratta dai respiri che hai mescolato ai tuoi. Ti muovi spostando persone e toccando pareti. Ti fermi di fronte a un amplificatore, vittima di una nuova illusione sonora, ma un nuovo Perdonami fende l'aria viziata per arrivarti sdoppiato, un po' dalla cassa e un po' dall'angolo opposto della stanza, e allora il tuo sguardo scavalca spalle e schiva teste per schiantarsi su una vasca da bagno con zampe di leone, una vasca blu scuro, dove immersa nell'acqua si lava e insapona una donna nuda.

Che c'è, Blu, non l'hai mai vista una donna nuda?

Ma sì, ma sì che ne hai viste: a scuola, dietro tele come trincee, ne hai dipinte di modelle, Blu.

E però sei qui a tremare.

Smettila di tremare.

Avvicinati.

Ne hai dipinte di modelle, Blu, ma questa donna, questa creatura sublime che ti respira dentro, non somiglia a nessuna di loro. Si lava piano, con gesti lentissimi. Disegna scie di sapone sulla pelle nuda, e vedi la schiuma formarsi e scivolare lenta verso l'acqua, impigliarsi tra i capelli ramati e lunghissimi che coprono un seno, unica deroga a quella nudità così totale, e tra quelli sostare.

Avvicinati.

Muovi qualche passo in avanti e l'effetto dei suoi respiri è uno scollamento dalla realtà: più ti stringi a lei, più ti allontani dagli amplificatori all'angolo opposto della stanza; più ti allontani dagli amplificatori, più le tue orecchie ti suggeriscono che quella donna non è davvero lì, ma alle tue spalle.

Eppure la vedi, mentre posa il sapone. Mentre accompagna la risalita dell'acqua lungo il braccio, immerge una spugna nella vasca, ripete il gesto.

Ma intanto lo senti, il suo respiro sulla nuca. Il suo fiato, senti, e il sussurro dell'acqua, quel risciacquo segreto che non si concede alle tue orecchie se non supportato dalla vista, se non quando la vista ha già rivelato che c'è.

Avvicinati.

Una vecchia borbotta; dalla prima fila ti spinge indietro. In qualsiasi momento della tua vita un gesto simile ti ferirebbe, ma questo non è un qualsiasi momento della tua vita. Quei respiri ti stanno chiamando, Blu, e li stai contando, hai superato la trentina.

Torni in prima linea sorpassando un uomo e finalmente sei nella scena.

Vedi la vasca, il radiatore che ne scalda i bordi con la sua bocca rossa, il ripiano su cui sono disposti in bella mostra la saponetta, una pietra pomice, dei pettini, lozioni in tubetti dalle tinte chiare.

Vedi un leggio con un foglio stampato e che da lontano non riesci a decifrare; scorgi solo la parola in grassetto: PERDONATEMI.

E poi c'è lei. Bellissima, bellissima. Una quarantina di primavere che odorano di sapone al glicine ed emergono dall'acqua con due ginocchia come colline lunari, il costato esile e stellato di nei, un seno scoperto e dal capezzolo stretto, circolare; timido, quasi. Le sue mani scivolano su ognuno di quegli spazi e lo puliscono, lo sfregano, lo nettano dagli errori della realtà. Percorrono ogni cellula e poi salgono su, fino al volto, e tu sei lì e la guardi incantata finché, sotto sopracciglia come archi tesi, incontri i suoi occhi e fremi.

Impieghi qualche secondo prima di realizzare che l'errore è anche lì, congenito in lei, in quella sua iride rivolta all'interno che da sola è un dettaglio e nell'insieme una deviazione. Eppure il disagio è un attimo. Mentre lei ti guarda, mentre passa sulla bocca la saponetta schiumosa, quel violento strabismo diventa il climax di un'ancor più violenta bellezza.

Ti dice: Perdonami, e tu raggiungi la vasca e nella vasca ti specchi.

In questo bagno ci sono tutti i bagni della tua vita, Blu, vedi?

Quelli da bambina, che non volevi fare, e quelli tra le mani di Roberto e poi quello insieme a Lea, con le mutande indosso.

Perdonami, dice lei, e tu sei paralizzata.

Se solo smettesse di respirarti dentro, mentre si passa il sapone sugli occhi, potresti forse muoverti, potresti addirittura aprire la bocca e perdonarla, quella donna, e invece non ti dà tregua e tu continui a contare le inspirazioni e le espirazioni, a guardarla diventare i suoi gesti fino a imporre anche a te – e a tutte le altre persone? dove sono le altre persone? – il suo linguaggio, a confondere i tuoi battiti con i suoi che ora senti ovunque, dappertutto, ti accarezzano sopra e sotto la pelle.

E tu conti: sessantadue, sessantatré, sessantaquattro, e inizi a pensare che resterai lì per sempre finché la saponetta non accompagna i tuoi occhi lungo le sue cicatrici, quattro lunghe macchie scure tra la spalla e il gomito, come graffi delle unghie del passato. Graffi che corrompono il pallore lunare e ti fermano il sangue.

Ti perdono per il male che ti sei fatta, sussurri, e lei ti rivolge uno sguardo struggente – o meglio no: non ti rivolge uno sguardo ma d'un tratto lei *è* quello sguardo, ed è così che inizi a piangere.

Tocchi il suo corpo nella vasca e nella vasca ti immergi.

Siete un solo respiro – novantasei, novantasette, novantotto – e un solo sguardo.

Siete tutti i suoi errori e siete i tuoi.

Siete i suoi gesti e i tuoi.

Siete pulizia.

Lentissimamente.

Ma ora esci dall'acqua, Blu.

Hai sentito, Blu? Vieni fuori dall'acqua!

Vieni fuori, almeno tu.

Ti si accapponeranno i polpastrelli.

Strappi gli occhi dai suoi e poi indietreggi, ti volti, li agganci bagnati al leggio.

PERDONATEMI, è scritto, e poi: *Mentre pulirò il mio corpo esteriore, respirando vi condurrò nel profondo della mia anima; allora, se vorrete, potrete offrirmi il perdono che pulirà anch'essa e mi redimerà.*

Che cazzata, sbuffa il fiato accanto al tuo, ma non gli badi. Stai leggendo la biografia dell'artista – la biografia di *Dora* – ma le poche informazioni ti lasciano insoddisfatta. Raccogli invece un volantino di un evento ai piedi del leggio, c'è la vasca da bagno con le zampe, c'è il suo nome, c'è una data non troppo lontana.

Lo infili in tasca e vorresti guardarla e non riesci.

Sei di nuovo immobile, paralizzata, impietrita, ma poi lei dice Perdonami, di nuovo, e allora ti allontani: penetri tra la gente, chiedi Permesso, scappi; metti teste e corpi tra voi due fino a non vederla più, prima che uno sguardo ti possa svelare che non è a te che ora parla, ma a un'altra.

Ti fermi davanti all'agenzia di viaggi che ti ha vista tremare, davanti allo scalino, e solo lì ti accorgi che il tuo respiro affannato si è scollato dal suo. Tiri fuori il volantino dalla tasca, lo rigiri tra le mani e sul retro leggi: Pittrice e scultrice affermata, Dora ha dedicato alla performance art –

Potrei sapere cos'è?

La performance art?, e la Castaldi ti guarda ancora di sghimbescio con gli occhi piccoli che ti hanno cercato ovunque, con la bocca betoniera in cui già si impastavano giustificazioni da servire ai tuoi genitori. Difficile definirla, dice arrestandosi contro il parapetto di Palazzo Re Enzo, lo sguardo giù dove è ferma la Citroën che sponsorizza la mostra. Alcuni, dice, la definiscono come un'azione, un atto artistico che ha come protagonista il performer e che avviene in un determinato tempo e in un determinato spazio.

Come tutto ciò che esiste, dici, e No, dice lei, perché in questo caso l'artista è presente e vive l'atto, dice, e non importa se abbia deciso di appendersi al soffitto conficcando ganci nella pelle nuda, stendersi all'interno di una sagoma infuocata o appunto fare il bagno e domandare perdono: l'artista deve essere lì, deve essere presente, e deve essere vero.

Si ferma ad aspettare i tuoi compagni, sfilano pass dalle sue mani e se li lasciano strappare all'ingresso; poi si gira e ti guarda: È questione di trovare un linguaggio, dice, e qualsiasi azione può diventare una performance. Tutto ciò che un performance artist fa, in fin dei conti, può essere un'opera d'arte; mi stai seguendo, Blu?

Eh, Blu? Mi ascolti?

E dovresti rispondere: No. No, papà, non ti ascolto, dovresti dirgli, perché mentre lui ti apre la porta, il tuo zaino sulla spalla e lo sguardo già alla lista di piadine, tu gli passi accanto e sei lontana, Blu, sei sulla balconata insieme alla Castaldi, e nella vasca insieme a Dora.

Sedete su una panca a bere birra e lui ti chiede com'è andata: Bello il festival?, Stupendo, Cosa hai visto?, Una donna in una vasca, gli dici, e lui sorride e ha della schiuma a mo' di baffi, la spazza via a colpi di lingua, un! due!, sinistra verso destra, poi ti dice: Iperrealismo?, e tu gli dici: Non sai quanto, e ripeti: Non sai quanto.

Conti i morsi, zucchine e squacquerone, e sei lontana. Conti i nervetti al suo prosciutto e sei lontana. Guardi le gocce tutte pallide sul legno, latte che sborda dall'incarto della piada e macchia il tavolo e (lontana) conti fino a sette gocce, ne versi ancora tre, poi le tamponi, e senti lui dirti Sei strana e andare in cassa, lo segui fino in cassa, e solamente allora, soltanto quando ha i soldi tra le mani, recuperi lo smartphone e rinasci.

Cerchi lei.

Cer-chi-lei, Blu. Hai atteso trepidante il vostro pranzo, tu e tuo padre senza Lea, senza Costanza, ma adesso che lui è qui, che lui ti sta guardando col sorriso, vorresti continuasse a consultare lo scontrino e consultare lo scontrino e consultare lo scontrino e non cercasse di incrociare più il tuo sguardo, impigliato in Wikipedia alla voce Dora Leoni.

Lasciata la piadineria e il suo odore affumicato, lui tuffa una mano nella tasca del tuo parka, sfila il pacchetto di Marlboro e ne pesca una con le labbra; lo avvicina alla tua bocca.

Nfomma i può fape-e che ti pfende?

E tu sorridi e dici Niente, ma approfitti di ogni assenza del suo sguardo per evadere da voi e tornare a Dora: la fila al giornalaio, la chiamata di Costanza, lui che a casa scappa in bagno. E torna col giornale tra le mani, un sudoku scribacchiato, e quando dice Vuoi il pandoro?, e lo scuote nella busta trasparente con lo zucchero che salta, gli dici Ho mal di testa e ti ritiri in cameretta.

Lea non c'è; Lea è ancora in giro.

Ti abbandoni orizzontale sui due letti, col telefono per mano. Apri un blog e siete tu e Dora Leoni, il suo strabismo in primo piano nella foto.

Leggi: Dora Leoni, pseudonimo di Dora Di Silvestro

(Venezia, 1977), è un'artista italiana impegnata nei campi della pittura, della fotografia e della performance art.

Leggi: Nelle sue opere ricorrono elementi come saponi, bacinelle e lozioni purificanti, leggi alzando le sopracciglia, e poi passi avanti, salti menù e collegamenti e leggi: Figlia di mercanti di stoffe, Dora visse un'infanzia solitaria scandita da frequenti traslochi e lunghi periodi di viaggio. Incapace di stringere relazioni affettive stabili a causa dei continui spostamenti, durante l'adolescenza iniziò a trascorrere le giornate dipingendo quadri francobollo nel camper dei genitori. È a questo periodo, leggi sfilando e infilando i pollici nei buchi del maglione, che risalgono le opere *Stanza*, *Quattro metri quadri* e *Un bagno*, che catturarono l'attenzione del pittore Adriano Chiari durante la contrattazione con suo padre per l'acquisto di alcune stoffe. Quell'incontro fortuito cambiò la vita di Dora Leoni. Chiari si offrì di rappresentare i suoi dipinti claustrofobici presso alcuni amici galleristi, e al compimento della maggiore età di Dora si fece carico delle spese di iscrizione all'Accademia delle Belle Arti di Roma.

Sembrava la trama di un sogno a occhi aperti, leggi, ma quando, su consiglio dello stesso Chiari, Dora inaugurò la prima personale partecipando al vernissage con indosso soltanto un cappello a cilindro, umiliato dalla nudità della figlia e sospettando una relazione di lei con il pittore, suo padre attese Chiari all'uscita della mostra e lo ridusse privo di sensi. La storia, leggi sfilando i pollici e infilando le mani tra le cosce, diede un'enorme risonanza alla mostra di Dora, che partì il giorno stesso per fuggire al padre e si fece ospitare da Pietro Tricardi, un ricco e anziano body artist amico di Chiari che sposò due mesi più tardi alla giovane età di ventuno anni.

A lui, leggi stringendo le gambe e imprimendo sulle mani i solchi delle cuciture dei jeans, si devono le prime embrionali performance di Dora Leoni: secondo un aneddoto, quando il padre di Dora tornò all'attacco aggredendo Tricardi, quest'ultimo riuscì a contrastarlo, rincasò e raccontò tutto a Dora mentre lei faceva il bagno nella vasca blu con le zampe da leone, costringendola a chiedere perdono per più di un'ora. Quella totale sottomissione affascinò così tanto entrambi che la ripeterono tutte le sere, finché lo stesso Tricardi invitò Dora a eseguire la performance in pubblico.

Invitò Dora a eseguire la performance in pubblico, rileggi aprendo e chiudendo le cosce e ascoltando il respiro di lei, quello che senti ancora sulla schiena, e poi vai avanti e leggi: Ebbero inizio così le prime performance nella vasca da bagno con le zampe, che insieme caricavano su un furgoncino e portavano a esposizioni e festival. Era Tricardi a occuparsi dei contatti con gli organizzatori, spesso esibendosi a sua volta durante le stesse manifestazioni, e anche quando volle separarsi dalla moglie per stringere una violenta relazione con Katia Jolly, anche lei body artist, continuò a occuparsi del suo sostentamento e le lasciò tenere la vasca da bagno.

Alla morte di Pietro Tricardi, leggi respirando forte, Dora Leoni ereditò le ricchezze di famiglia del marito defunto e destinò alla formazione di giovani artisti la villa a Rocca di Papa, dove tuttora tiene regolarmente i suoi workshop.

Lecchi piano le labbra. Non c'è altro.

Il tuo sguardo si scolla dallo schermo e si aggrappa alla maniglia della porta, alla mensola sopra il computer, a quella contro cui Lea sbatte la testa quando la stacca troppo in fretta dal cuscino.

Non c'è altro e tutta la sua vita si divide tra la solitudine dei traslochi in camper e la convivenza con un vecchio che la umiliava in bagno e non c'è altro e lei non è mai stata amata ed è proprio questo che pensi, no?

Pensi questo e respiri forte, Blu, e allora di' un po': sei forse contenta che non ci sia altro? Eh, Blu? La vita di Dora è stata dolore. Emarginazione. È stata le mani di un vecchio sui seni e sui fianchi mentre domandava perdono, è così? Li vedi, hai già visto Tricardi sfilarsi i calzoni, i suoi peli grigi, la bocca di lei che ti ha chiesto perdono l'hai vista che – basta.

Oh, Blu. Passi pure l'egoismo, l'aver abbandonato tuo padre che si è preso il pomeriggio per te; passi la porta che hai chiuso tra voi, lui in salotto e tu nella stanza di Lea, ma dicevi che ormai avevi smesso di usare il dolore per avvicinarti a qualcuno e che – Blu, cosa dicevamo? Chi si infila nelle ferite per creare dipendenza è una droga o una malattia, e in ambo i casi è il male. Ricordi, Blu?

Ricorda, Blu.

Hai dodici anni e mezzo – ricorda, ricordiamolo – e sono con Silvia, sì, e ascolto la sua confessione e lei già sta un po' meglio, e lei già guarda gli altri. Giovanni, Lucia. Si sente un po' meglio e guarda Giovanni e guarda Lucia e io mi dico che quando starà bene, non solo un po' meglio ma meglio, cioè meglio davvero, se lei starà bene si alzerà e l'incantesimo che me la tiene accanto sparirà; ritornerà vuoto, quel banco accanto al mio, *cloc*: carrozza in zucca e cavalli in topi, e sono annichilita dal terrore.

Per questo continuo ad ascoltarla, sì, ed è per questo che le dico Non ti meritano, Silvia, tu sei buona e loro no, che ti hanno umiliata, che ti hanno addolorata, che sono dei bastardi, e lei si rabbuia e dice Dici?, e io invento parole e invento storie per tenerla lì con me e spero che resti, sì, e spero che pianga. Io spero non vada dagli altri, ma so che vuole loro. Io so che non mi è amica e che posso tenerla con me fino all'ultima lacrima e non oltre e che sarebbe più opportuno liberarla, ma certo che lo so, lasciar andare Silvia e tutti gli altri, e tutti gli altri, lasciarli andare tutti e voler bene alla mia mamma, confessarmi con la mamma, io certo che lo so, che devo voler bene alla mia mamma.

La mamma – hai quindici anni.

La mamma ti sta a sentire sempre, quando hai quindici anni e le racconti cosa fai. Ti sta a sentire, ascolta i tuoi sbagli, ti ricorda che siete amiche e che potete dirvi tutti i segreti, Blu.

Addirittura quando le hai raccontato di quella volta che, oh, Blu, ricordi quanta paura avevi quando le hai raccontato di aver visto per la prima volta il sesso di Roberto? di averlo preso in bocca?

Avevi tanta paura, cercavi le parole, e lei però ti ha ascoltata. Ha compreso.

Nemmeno allora, Blu, ti ha negato la sua amicizia.

Avresti dovuto confessarti a lei, credere in lei, fi-darti-di-lei, e non tentare un rovinoso contatto con Silvia che già guarda Lucia e Giovanni, che già parla con loro, Silvia che già festeggia il compleanno e non ti invita, Blu, sono passati soltanto tre giorni dal suo pianto, dalle dodici lacrime sul banco accanto al tuo, e tra altri sei è il compleanno di Silvia e lei nemmeno ti invita, altro che nuova amica! altro che confidente!

Carrozza in zucca e cavalli in topi, Blu, e davvero vuoi patire tutto questo anche con Dora? Oh, Blu. Chi non si accosta non può allontanarsi, non dicevamo così? non dicevamo che – Blu! – non dicevamo di non volerle più vedere, le schiene della gente?

Spegni il computer, alzati in piedi; ma cosa fai?

Certo, adesso cerchi lei. Cerchi Dora Leoni, il suo magnetismo, il suo corpo fine e sempre nudo, nudo, nudo, foto di nudo in tutti i suoi post, a ogni clic una nuova versione di quel corpo nudo e macchiato di nei. Li trovi sublimi, i suoi nei; la pelle lattea è come un cielo in negativo, i colori invertiti per costellazioni cui dovrebbero trovare un nome.

Scorri le immagini una dopo l'altra e ti sorprendi a carezzarle il corpo col ditino del mouse. Ami ognuno di quegli scatti, ogni centimetro dei suoi chiaroscuri, e quando su Facebook leggi i post, Blu, e le intense righe di tormento e strazio che accompagnano ogni foto, oh, Blu, se sei ipnotizzata. Sei una bambina.

Sei una bambina a cui manca il fiato mentre apre la chat, posa le mani sulla tastiera, le dita curve e tremanti, e scrive: Mi è piaciuta molto, scrive, la performance di oggi. Mi ha colpito, scrive, e cancella colpito. Coinvolto, e lo cancella. E allora si ferma, rilegge il post di Dora, quello che parla dell'arte come esorcizzazione e che l'ha fatta sentire compresa, e cancella anche Mi ha, parole di troppo, e invia il messaggio e poi resta a guardare, la bambina a cui manca il fiato, forse aspettandosi una risposta immediata, istantanea, fulminea, e forse aspettandosi che anche

Dora, come lei, come te, non abbia fatto che pensarti, Blu: no?

E sei penosa, Blu, con gli occhi sulla chat e tremolante. La guardi per ancora mille ore e poi la chiudi, torni alle foto, ne cerchi un paio. Le scarichi.

Le apri.

Le *stampi*

(dove vuoi arrivare?)

e tieni i fogli davanti a te, in piedi contro il monitor, eretti. Se gli angoli si piegano, come orecchie di cani cuccioli, tu li ritiri su, ti aiuti con astucci e portapenne, ma poi li lasci fare. L'importante è che si veda il volto, pensi; l'importante è che si veda il corpo, ti dici mentre cerchi il tuo bloc-notes e sfili tra le biro di Lea una Pilot gel di un pieno blu.

Respira, Blu.

Hai tracciato migliaia di linee guida, in vita tua: che cosa temi?

Ovale, croce in faccia, linea più in basso, naso e bocca, e poi, lì sulla croce, sulle ascisse, due occhi ben piantati sulla linea, qua e poi là. L'orecchio, l'altro orecchio; cosa temi?

Eppure vibri forte, Blu, e ogni tratto sembra quello dell'eyeliner sulle palpebre al mattino, che non riesci mai a domare.

Cosa tremi?

Respira, Blu.

Respira.

Non hai mai avuto un tratto così sporco, Blu, cosa ti prende? Avanti. Disegna il suo naso, la gobbetta lieve, il neo tra le sopracciglia, quasi in mezzo, un po' spostato a destra dove l'occhio vira al centro: sembra un'attrazione reciproca, quella dell'iride blu e del piccolo neo, non è così?, e ora scendi giù, la punta affusolata del suo naso piega in due piccole narici, morbide, la cartilagine sottile. Disegna le piccole narici, Blu, di qua e di là, piccole e simmetriche e – respira piano. Piano.

Non. Sta. Respirando, il tuo disegno.

E non c'è nessun fiato alle tue spalle, Blu, non senti?

Se rallenti il respiro, il suo suono rallenta. Se lo fermi, smette. Perciò resta concentrata.

I suoi occhi: le ciglia lunghe, arcuate. Perfetti, presi uno per volta, però insieme lo strabismo. Però insieme le traiettorie incrociate, lo scontro, due rette parallele che si incontrano più avanti, tra le tue labbra dischiuse. Chiudi la bocca, Blu. Disegna la sua. Cerca il contorno delle labbra regolari, apri uno spiraglio tra di loro come se dovesse accogliere il – Blu! Che stai vedendo? Non devi, non dobbiamo avventurarci nel passato di Dora Leoni, noi dobbiamo ricrearlo.

Di certo avrà salutato affetti e colline e cieli, quella bocca, prima di ogni trasloco, e avrà pregato al cospetto del padre e taciuto fino all'arrivo di Chiari, fino a quello di Tricardi, fino a implorare perdono, ma tu non pensarci, Blu; disegna. Se vuoi diventare una professionista, Blu, non puoi tremare. Non puoi stringere le gambe. Riapri le gambe. Respira, Blu. Non ti sarai per caso – eh? pensando alla sua bocca, al suo dolore, non ti sarai per caso –

Blu, ora dovrai essere punita. Ora, sì, subito, ora mentre fai finta di niente e torni ai suoi capelli, Blu, non sai che è troppo tardi? Ora mentre li disegni uno a uno, Blu: contali. Non rabbrividire. Contali. Uno, due, tre, quattro, cinque capelli, Blu, eri stata avvertita e invece lo hai rifatto, ti sei beata del suo dolore e hai aumentato il male nel mondo, le colpe nel mondo, e ora devi pagare, Blu, e dodici, tredici, quattordici, disegna i capelli, Blu, capelli intorno al capo e dove non ci sono orecchie e sopra il volto, qualcuno sopra il volto, e ventidue, ventitré, ventiquattro, visto quanto son lunghi?, cinquantuno lunghissimi capelli sul tuo blocco, mentre respiri forte, mentre respira lei da quel suo naso un poco arcuato, la gobbetta, le narici piccoline e delicate, Blu, sei stata proprio brava, ma adesso centododici capelli coprono anche quelle, il tuo foglio è zeppo di questi capelli che poi son lunghissimi, lunghissimi, e ognuno di loro è una linea tortuosa e arricciata che non si ferma ai confini del blocco ma rimbalza, va di sponda, torna indietro, e tu lì a seguirne le evoluzioni e ai trecento il foglio si piega, gli angoli si alzano sotto il tuo tratto pesante, e tu li tieni giù con la mano, la posi sopra il foglio e il cinquecentesimo capello rimbalza contro un labbro e poi la assale. Non fai in tempo a salvarla. Il capello assedia l'unghia mangiucchiata, Blu, il tuo smalto ormai sbeccato che dovresti ritoccare – non trovi? – e si avvolge intorno al dito. Una, due, sei, dieci dolorose evoluzioni e dopo muore, sull'unghia. Parte allora quello dopo, il cinquecentouno, e punta alla stessa meta: rimbalza contro il margine del foglio, raggiunge la tua mano e scala l'unghia, la macchia un poco, poi gira tutto intorno all'anulare e lo inanella. Cinquecentodue e cinquecentotré hanno la stessa sorte, riccioli-anelli intorno alle dita, e respiri forte quando, decine di capelli dopo, la tua Dora si spinge pure oltre, sulle nocche che rimbalzano la penna. Il foglio, adesso, non è che un gran pastrocchio: centinaia di scarabocchi le sfregiano il volto per cercare la tua mano, seguire le vene, ammanettarti. Ottocentoventi, ottocentoventuno. Ma tu respira, Blu; perché ora piangi? Non vedi che ora hai schiuso le tue gambe? Noi ci puniamo, Blu, e ci puliamo. Forza, su, ancora cento capelli e saremo a posto. Non guardare il disegno. Asciugati le lacrime e fai il giro del polso, ricalca l'ultima linea e poi ancora e ancora, gira intorno al polso e gira tre e gira dieci e poi riparti: cute, rimbalzo, unghia, polso, giri intorno. Ancora cinquantuno, Blu. Gira uno, gira due, gira tre, gira e – Blu!

Ah, non ci voleva.

Alzati adesso, Blu, e non guardarla. Se tieni il volto basso Lea ti ignora, lo sai. Non si è neanche accorta che hai la mano tutta blu, Blu, vuole solo il suo computer, dice, no? E tu daglielo.

Prendi la penna e vai dritta in bagno: abbiamo un lavoro da ultimare.

O forse, per caso, vuoi chiamare la mamma?

Possiamo farlo, Blu, e dirle dei pensieri brutti: capirebbe.

È una mamma buona, la tua.

È una mamma buona quando torna dal lavoro e ti porta regali bellissimi, no? Più torna tardi e più sono bellissimi, lo sai, e così succede – ricordi? sentiamolo – che un giorno si fa mezzanotte ma io mica ho paura, no, io so che tornerà, stanchissima, d'accordo, e però avrà tra le braccia un regalo strepitoso, questo vedo, una scatola gigante e la carta tutta piena di colori, e all'interno qualcosa che i miei amici non hanno neanche osato immaginare, che alla pubblicità non si è mai visto, e più passano i minuti e più il megaregalo si fa mega, e quando sento l'ascensore, poi il rumore delle chiavi nella toppa, io corro ad aprire prima ancora che possa farlo lei: Mamma mamma, che cosa mi hai comprato?, ma lei non ha regali e ha il trucco sfatto; ha un taglio sull'orecchio. Mi lascia un sorriso tutto spento e si trascina zoppicando in cucina, dove la baby-sitter le prepara in tutta fretta una malva con il miele. La macchina è andata, è da buttare, dice, e allora scoppio a piangere e confesso, stavolta lo confesso: Non mi sono preoccupata e Ho pensato solamente al mio regalo, dico, e Perdonami, mamma, e mentre mi aggrappo alle sue gambe il perdono non lo merito, lo so, e non merito tutto il suo splendore mentre mi risponde Non importa, non fa niente, o mentre mi accarezza e mi dice che anche questo si può perdonare a una bambina di sei anni.

Ma se non vuoi dirlo a tua madre, allora novecentocinquanta e cinquantuno e ottantasette e novantanove e mille, qui dentro il bagno.

Seduta sul water chiuso, penna e taccuino in grembo, ti asciughi gli occhi e allunghi la mano blu verso il bidet. Prendi la saponetta. La passi intorno al polso e sul dorso della mano e ti meravigli che non si colori, e che l'acqua resti trasparente. Ti meravigli che la mano ora sia comunque linda, pulita, d'un tratto neanche un segno.

Poggi schiena e testa contro la cassetta di scarico del water e strizzi forte gli occhi. Li riapri. La mano è pulita; l'acqua trasparente.

Hai le vertigini, Blu, e forse dovresti chiamare tua madre.

Tua madre che quando hai sette anni e rompi la spallina del suo vestito con le righe – e ti trova davanti al suo specchio coi piedi che sguazzano nei suoi tacchi e intorno al collo tutte le sue collane, da quella di perle alla catenina col ciondolo grande a forma di fiore che tu chiami Il talismano – tua madre, Blu, che prende l'abito e non dice niente, che contro ogni aspettativa non ti urla addosso né minaccia, ma soltanto tira fuori la scatola con ago e filo e ti insegna a rammendare, Blu, potrebbe mai non ascoltare le schifezze che di tanto in tanto pensi?

Parlane, Blu.

Perché non dici a Roberto che così non ti piace?

Siete in una zona deserta sulla strada per Casalecchio di Reno, nella sua macchina, le schiene abbandonate contro i sedili posteriori e i respiri annullati dal ronzio dell'aria calda. Lui ha un braccio intorno alle tue spalle e ti sta baciando il collo. Ti ha chiesto del festival e del pranzo con tuo padre, di come siano andati, però appena hai iniziato a parlare lui si è messo a baciarti, e mentre racconti hai il dubbio che non stia ascoltando una parola, specie nel momento in cui ti passa il pollice sulle labbra e ti dice che Sei bella.

Guardi fuori, gli alberi spogli e la sagoma lontana di San Luca oltre i finestrini già appannati.

Gli sei sempre piaciuta. Anche quando gli altri ti chiamavano Tavola da surf o Rubamazzi, versione camuffata del più diretto Scopa, Roberto ha sempre amato quel tuo corpo, le scapole sporgenti, il costato troppo in vista. Con mani tremolanti lo ha scoperto poco a poco, il seno a quattordici anni, le cosce a quindici; a sedici ti ha vista tutta quanta e ha sospirato, fremeva nella casa in costruzione che celava i vostri gesti, gesti imbranati, sullo sfondo pareti senza intonaco e scale senza ringhiere.

Fremeva lui; fremevi tu.

Eri felice, Blu, di scoprire insieme ciò che lui trovò da solo.

Eri felice, pensi guardando San Luca, quando lui ti sfilò i jeans a – Sedici anni. Hai sedici anni, Blu. Hai al collo un mezzocuore con la R; ha al collo un mezzocuore con la B. Intorno a voi l'odore di vernice e Lindor rossi, e gli incarti stropicciati e cinque rose dal gambo lungo.

Il sole del 14 febbraio è già alla resa, più grande e scuro mentre si avvia verso il tramonto, ma gli ultimi raggi filtrano attraverso quei rettangoli di vuoto che un giorno saranno finestre, due buchi con gli infissi, e rimbalza sull'incarto dei tuoi fiori e lo accarezza. Ti sfila il reggiseno: tremi. Gli sfili la cintura: trema. Avete steso un plaid sul pavimento freddo e senza piastrelle e lì si ammucchiano pian piano i vostri vestiti, scaldati dalla stufa che Roberto ha caricato nel bauletto dello scooter.

Ci siamo, dice, e fate l'amore per la prima volta coperti dai giacconi.

Quando ti penetra fai una smorfia e succhi aria tra incisivi e labbro inferiore, ma a quel dolore sei preparata – le rivistine incellofanate insieme a smalti e braccialetti ne davano l'annuncio – e così dici Continua, Non fermarti, e neppure il cedimento del suo sesso ti scoraggia: quando lo tira fuori col profilattico sporco di sangue e dice Ho paura di farti male, tu glielo prendi tra le mani, attendi che torni eretto e lo infili tra le gambe. Avete trascorso due anni a baciarvi e toccarvi e ora non vuoi rinunciare, Blu, e pensi a questo mentre intrecci le dita dietro la sua nuca e ti dici che sopporterai qualsiasi dolore e lo accarezzerai per tutto il tempo e vivrai quel momento al massimo per poterlo ricordare sempre, la tua *prima volta*, la tanto attesa, e stai ancora parlando con te stessa quando lui ti fa una smorfia bruttissima e ti crolla addosso.

All'inizio è paura. Ti irrigidisci, si ferma il cuore, chiami: Roberto?

E ti vedi già lì a rivestirlo, a trascinarlo per le scale a peso morto, a sederlo sul prato tra carriola e piastrelle mentre chiami l'ambulanza. Ti vedi all'ospedale a raccontare, a spiegare quel suo infarto: A volte succede, dirai, ho letto di gente che muore così, durante il sesso, e quell'idea ti dà un brivido e lui lo sente, si alza sui gomiti, ti scosta i capelli dalla fronte, sussurra: Grazie.

Grazie e si tira su, sfila il preservativo con la sua sacca chiara, lo annoda su se stesso e tu sei out.

Ti sorride e tu sei out.

Si riveste e tu sei out.

Ti passa il reggiseno e dice: Be', troppe emozioni?, e ride e poi ti aiuta a rinfilarlo, lo aggancia alle tue spalle e tu sei out.

E sei out mentre tornate al motorino, mentre chiudi borsa e rose nel bauletto, mentre sale con te a casa, e tua madre infila i fiori nel collo di una bottiglia. Sei out il giorno dopo sull'autobus, sulle sue ginocchia, e poi quando lo fate un'altra volta e il mese dopo e l'anno dopo, in mansarda o dentro un parco o in riva al fiume, e pian piano quella crepa nella vostra comunione spacca tutto, trascorrete le ore in macchina in silenzio, fate i viali di Bologna senza un fiato, ascoltando musica e guardando avanti, e senza un fiato uscite a cena e rincasate. E ci fai anche l'abitudine, alla fine, a non parlare con Roberto, e ci fai anche l'abitudine a essere out, ma a volte mentre hai gli occhi su San Luca, a quattro zampe sui sedili posteriori, passi la mano sul finestrino appannato e voli lì, lì sulle scale mentre scappi verso l'alto, e lui ti penetra e accarezza i fianchi ossuti, dice Male?, e tu scuoti la testa e sei (con Dora?) sulla via verso San Luca.

Non dici Non mi piace.

Non dici Io non godo, Blu, ma prendi ciò che ti vien dato e ti rivesti, come un dovere, e allora cosa c'è di tanto male se pensi di essere (con Dora) altrove?

Che c'è di tanto male se mentre lui schiaccia la mano sull'incavo della tua schiena, pollice e mignolo nelle fossette sopra ai glutei, tu senti pizzicare il sudore nello sfregamento della pelle e sogni di poterlo lavare nella vasca da bagno (di Dora) di casa tua?

O c'è di più, Blu?

Forse c'è che continui a pensare a quella donna, è così? Al suo (vostro) respiro, ai suoi occhi, ai suoi nei, ai suoi seni, alle sue mani pallide, alle sue dita lunghe e affusolate – su di te? pollice e mignolo nelle fossette della – e ai suoi capelli lunghi, il loro graffio (della penna) sul tuo polso, e ancora al suo (vostro) respiro sulla schiena, lei che ti morde il collo, lei –

Ti volti in un sussulto e Roberto, che ti affondava i denti nella pelle, per poco non la strappa. Che hai?, ti chiede, e ha il sesso tra le mani, le unghie contro la punta appassita del preservativo vuoto. Ti guarda fisso, Roberto, quasi minaccioso, e quando ripete Che diavolo ti prende? realizzi che ha sentito tutto quanto ed è sul punto di punirti.

È giusto, Blu, e lo sai.

Eppure ti rannicchi contro lo sportello, guardi fuori, cerchi San Luca e il tuo sguardo caracolla giù, lungo la collina, sulla strada dove non c'è un'anima, sulla strada dove l'unico respiro è quello del vento che invita al silenzio. Allora guardi lui e Ti chiedo scusa, dici, le ginocchia contro il petto, e quando lui tende una mano verso te, verso un polpaccio, giri la faccia contro il sedile e ti metti a supplicare: Ti chiedo scusa, Roberto, ma non farmi male, ti chiedo scusa, non farmi male, ripeti, ma poi ti accorgi che lui non ti sfiora neppure e allora lo guardi e cominci a singhiozzare.

Ma che ti prende?, chiede lui, però stavolta la sua voce è una carezza, Ma io ti ho mai fatto del male?, e tenta di nuovo un contatto e stavolta tu lo lasci fare, lasci che il suo braccio torni intorno alle tue spalle, lasci che ti culli mentre sai di non meritarlo, mentre continui a immaginare Dora, Blu, la mano di Dora che ti accarezza al posto suo. La scarti e lei riaffiora. La scacci e lei ritorna, Blu, e sai che lo farà per sempre se non confesserai tutto a Roberto, vero?

Questo lo sai – vero? – e sai anche che succederà qualcosa di brutto a lui, se non dirai niente a lui, e qualcosa di brutto alla mamma, se non lo dirai alla mamma, così mentre Roberto ti consola tu cerchi le parole giuste, le frasi che puoi dire.

Roby, io stamattina, *Sssh*, No, aspetta: devo dirti.

Così lui alza la testa e dice Ok; il pene è carne morta tra le gambe.

Roby io stamattina ho visto una scena che mi ha scosso, una donna che faceva il bagno nuda e ripeteva che, Ma in centro?, In centro, E ma nessuno, Fammi dire: era nuda in una vasca e si lavava, e poi di tanto in tanto alzava gli occhi e chiedeva perdono alle persone che erano lì, mi ha scosso molto, non riesco a cancellarla, E che fa?, Che ci ripenso, ci penso pure mentre fai l'amore, Facciamo, Quel che è.

Roberto posa il mento sulla tua spalla; con un dito ti sfiora un capezzolo. Ripete: E che fa?

L'ho vista, Roby, mentre lo facevamo.

Ma dai che non sei lesbica, e sorride. Ti bacia ancora il collo e tu ti scansi, ti ritrai. Che cosa vuoi che faccia?

Un quarto d'ora dopo, il respiro affannato, fronteggi la porta di casa e senti la chiave cozzare contro qualcosa. Ti concedi il tempo di un mancamento prima di realizzare che tua madre, non sapendo del tuo ritorno, deve essersi chiusa in casa per la notte; allora suoni.

Viene ad aprirti con la vestaglia di seta blu e l'indice a mo' di segnalibro infilato in un volume sul retail marketing.

Non dormi da tuo padre?

Gli ho scritto.

Hai litigato con Lea?

Sono anni che non litigo con Lea, dici – e in fondo son due anni che ti ignora, Lea, quella che è stata la pro-sciuttona e che adesso, pur essendo ancora molto in carne, è ben più popolare di te grazie a quel seno enorme, e a come lo porta – ma poi, prima di ritirarti nella tua stanza, provi a confessare anche a lei, perché non le accada nulla di male, la tua nuova colpa.

Cerchi le parole e non le trovi, Blu, e come sempre accarezzi il tuo peccato con una confessione che non lo centra, che anzi lo sfiora appena. Speri che basti, quell'ammissione a metà; speri sia sufficiente perché nulla di male le accada.

Ti sei solo suggestionata, dice lei quando hai finito, il libro in braccio come un neonato, e per il momento tanto ti basta per andartene in camera, per accoccolarti tra le coperte riscaldata dalla borsa dell'acqua calda e da una parziale assoluzione, per startene a guardare i libri e le medaglie del nuoto e i peluche e i disegni tutti ammucchiati sulla scrivania e anche sotto il computer e dietro il computer, insieme alle sculture, e per spegnere tutto quanto, per farlo sparire, il tuo mondo sostituito dalla luce fredda e distante delle stelle al fosforo.

Le conti, Blu: una, due, tre, dieci, quaranta; poi chiudi gli occhi.

Dormi.

Sveglia.

Riduzione della pena per parziale confessione, Blu: alzarsi e controllare che sia spento il gas, che siano spenti i termosifoni, che la porta di casa sia chiusa bene a chiave; op!

Devi aver calciato le pantofole sotto il letto, ieri sera, se il telefono non riesce a illuminarle, ma se segui le tubature sotto le mattonelle, lo sai, il caldo arriva dritto ai tuoi piedi seminudi, infilati nei calzini che lei ti ha comprato al mercato – ne compra di roba al mercato, lei, come quando hai dodici anni e tutte le tue amiche ti dicono Hai comprato la roba al mercato – e quindi se segui il calore sotto le mattonelle di granito, dicevamo, stando attenta però a non calpestare le linee che le dividono, puoi arrivare in cucina a controllare gas e caldaia senza per questo tremare di freddo. E trovare tutto spento, come ogni sera. E trovare la porta di casa chiusa, poi, all'ingresso, e poter tornare a dormire, Blu, e non era dunque semplice?

Eccoti, povera Blu, mentre con lo smartphone illumini la porta della tua stanza e poi la via che conduce al letto, col cielo (al fosforo) stellato sopra di te e così tanto sonno in te, povera Blu, ed eccoti ancora mentre ti infili sotto le coperte e sotto il plaid blu con il lupo, mentre stendi le gambe e sfreghi i piedi per scaldarli e spegni il –

Spegni il telefono, Blu.

Blu, spegni quel coso, davvero, non guardarlo neanche. Non leggerlo neanche, Blu, che altrimenti –

Blu, non vorrai che di nuovo –

Blu, non vorrai –

e sorridi pure.

Sorridi pure: nonostante tu abbia già pagato per via sua, per i pensieri orrendi che ti fa germogliare nella testa scolorita; nonostante i suoi capelli addosso, sulle mani, sui dorsi, tra le dita come anelli e intorno al polso come manette; nonostante la serata con Roberto, la scopata orrenda e poi il tremore, e la paura, e il panico che ti uccidesse, e nonostante la confessione a lui e a tua madre, parziale, e poi di nuovo tu, Blu, punita, qui in piena notte a controllare gas e porta invece di dormire – nonostante tutto ciò, sorridi allo smartphone e alla notifica su Facebook: c'è Dora, lì, e tu corri ad accendere la luce.

Oh, Blu, non ti bastava neanche leggere il messaggio. Hai dovuto accendere la luce. Hai dovuto accendere il PC.

Sei così ansiosa che neanche ti siedi. Apri Facebook da dietro la poltroncina girevole, tutta curva in avanti, le unghie di nuovo tra i denti. Senti il suo respiro. Senti lei che ti dice: Perdonami, e invece leggi: Grazie.

Grazie.

Ti ha scritto solo Grazie, Blu, e allora?

Ah, già: le aspettative. E adesso ti umilierai come al tuo solito cercando di forzare ciò che non viene spontaneo, è così? E infatti guardi il pallino accanto al suo nome, lei è ancora online, e nella speranza di strapparle qualche altra parola scrivi: Prego. Che ridere. Scrivi Prego e Verrò al tuo prossimo spettacolo, promesso, scrivi, e poi attendi in apnea, sei in apnea, lì dietro al tuo computer e alla scrivania e alla sedia e al pigiama con le pecore bianche e qualche sporadica pecora nera, dietro alla pelle e alla carne e alla gabbia di ossa, i tuoi polmoni si fermano un attimo con un mucchio d'aria dentro, per svuotarsi solo quando ti accorgi che lei sta rispondendo, quando Facebook ti assicura che Dora Leoni sta digitando per te delle frasi.

Frasi lunghe, a giudicare dal tempo che impiega.

Almeno – che dici? – almeno quattro righe. O anche sei.

Al rallentatore scivoli sulla poltroncina davanti al PC, in tempo per leggere comodamente seduta l'invito al suo prossimo evento: Però non chiamarlo spettacolo, scrive, che non c'è finzione nella performance art, e poi scrive Ti aspetto se quel giorno non hai scuola, e poi allega il volantino che hai già preso ieri, lì sul leggio vicino alla vasca, e poi Dora è offline.

Ma ormai sei felice. Entusiasta. Euforica. Ti ha scritto Se quel giorno non hai scuola e suvvia, Blu, non vuol dire che ti abbia riconosciuta. Basta vedere la tua foto per capire che vai ancora a scuola, ragiona, e poi quell'invito lo manderà a tutti. Aveva stampato dei volantini. Però niente, a te batte il cuore.

Sei felice, entusiasta, euforica mentre guardi le sue foto e decidi che sì, hai bisogno di ritrarla. Andrai al suo evento e le porterai il miglior ritratto che tu abbia mai creato, poco ma sicuro: ti servono solo cinque minuti per fermare le mani, perché smettano di tremare, ma intanto puoi chiudere la porta della camera, predisporre il blocco degli schizzi, prendere la penna, lei vuoi farla a penna, e respirare a fondo.

Un, due, tre: via. Ovale, linea degli occhi, linea del naso, linea della bocca. Hai scelto un mezzobusto che sboccia dall'acqua, dalla vasca con le zampe, e così il volto è piccolo, non più di cinque centimetri, ma hai sempre amato i ritratti francobollo e sei persuasa che stavolta andrà bene. Niente anelli e manette blu, stavolta, lo sussurri alla penna e al polso, e loro per confermarlo tracciano i capelli di Dora appena abbozzati gli occhi, cancellano il sinistro con una linea ondulata e poi li accompagnano sul collo e nell'acqua, per renderli innocui. Allora torni al volto, contenta di come il lavoro proceda spedito: le gonfi le labbra seghettando la carta ruvida, tratteggi le pieghe, ombreggi la conca che le separa dal naso e poi erigi la cima di questo, sottile e appuntito; bello. Poi scivoli dritta nell'occhio storto, per rifinirlo, e mentre pettini le ciglia con rapidi tocchi di punta senti il sangue batterti più forte nelle orecchie, lei ti ha scritto, lei ha risposto, lei ti vuole allo spettac: all'evento, e mentre le sorridi, le tue labbra tese contro quelle ben chiuse di lei, quasi non ti accorgi del tempo che passa, sono le tre di notte e sei le sue spalle, poi le tre e mezza e sei le sue mani, i suoi seni, il suo ventre. Abbozzi dei segni nell'acqua, laddove la vita sparisce, e nubi di schiuma tutto intorno. Bella. Bella come una sirena, pensi, e quel pensiero ti aggrotta la fronte. Dora una sirena? D'un tratto hai bisogno di disegnare le sue gambe, di farle esistere. Hai bisogno di inventare ciò che lei nasconde, non vuoi che Dora si nasconda da te, vuoi che Dora si riveli, vuoi che Dora si confidi e attenta, Blu, stai molto attenta, ti stai comportando come alle medie quando –

Blu, non frugare se non –

Ma ormai tu buchi l'acqua, la tua penna la infilza con

la saetta di un fianco e con quella dell'altro. L'ombelico è una freccia che fende la carta; poi il pube. Ti umetti le labbra. I tuoi gesti sono veloci, sicuri, ma all'improvviso la mano di Tricardi, il mentore di Dora, compare sul disegno, piccola come l'area pelosa, come a contenerla o a coprirla, come a farla propria. E ti spaventi. Prolunghi uno dei peli per cancellarla, la mano, e quella grazie al cielo scompare e il pelo viene su vittorioso, il pelo sul pelo dell'acqua. Il pelo fuori dal pelo dell'acqua. Il pelo sul corpo di Dora; il pelo sul corpo di Blu. Niente anelli e niente manette, sussurri di nuovo alla penna e al polso, ma ormai è troppo tardi: il pelo (blu) di Dora si arrampica sulla tua mano sinistra che – sciocca! stupida! – hai lasciato vicino al foglio e fa il giro del polso: uno, due, tre, dieci e via, dentro la manica del pigiama, così sei costretta a spogliarti per scoprire dove vada a finire. Lo vedi scendere lungo lo sterno. Tremi. Hai paura che voglia bucarlo e bucarti il cuore, e invece quello continua a scendere giù, disegna l'asse del ventre con una linea verticale e si infila sotto l'elastico dei pantaloni. Togli anche quelli. Con la penna tra le dita lo segui, lo evidenzi per non perderlo di vista e sfili gli slip: il pelo di Dora si perde tra quelli che ti arricciano il pube, ma la tua Pilot blu è lì, su di lui, e lì resta quando quello scollina il clitoride strappandoti un gemito e sparisce nella tua vagina. A gambe aperte, lo segui come nella tana del Bianconiglio. Lasci scivolare la penna giù e la fai riemergere. Scivola giù e poi riemerge. Scivola giù e poi riemerge e viene più su, risale la pendice cavernosa del clitoride e si ferma sulla punta, per iniziare a colorarlo. Guardi il disegno di Dora, i suoi seni, le sue labbra. Oh, Blu. La trovi bellissima, mentre colori il tuo clitoride e senti tremare le cosce. Dora la sirena magnetica. Dora la sirena che ha ottenuto i fianchi e l'ombelico e il pube in cambio della tua perdizione, Blu, ti sei sacrificata per lei e adesso sei nel peccato; l'hai salvata dalle dita di Tricardi e dalla sua vita di sottomissione e pena costringendoti alla perdizione che ora ti bagna le cosce e per cui dovrai pagare. Ma la senti respirare e questo ti basta, se ancora una volta il suo respiro si mischia col tuo. Respirate. Ansimate. Ansimi a bocca aperta e a gambe aperte mentre la penna sottile della Pilot blu di Lea ti gonfia il clitoride blu, ti fa tremare le ginocchia, indurisce i capezzoli dei seni nudi che mostri ai seni nudi di lei: li vedi, prima di chiudere gli occhi. Non hai mai avuto un orgasmo. Non hai mai conosciuto Dora. Non hai mai sentito le gambe tremare così forte. Non hai mai colorato di blu il tuo clitoride. Non hai mai –

Blu, non hai mai –

Senti l'eccitazione pervadere tutto il basso ventre e non hai mai creduto fosse una scarica liquida, Blu, non l'hai mai saputo, eppure mentre senti che sale, mentre tutti i tuoi muscoli si tendono e i piedi si inarcano e la schiena nuda si inarca anche quella tra la spalliera della poltroncina girevole e la scrivania, ti sembra che l'acqua bollente della vasca di Dora abbia sommerso anche parte di te, il bacino e le cosce fin dove stringe l'elastico del pigiama, e allora apri gli occhi e la scorgi nel tuo disegno, l'acqua, prima di sentire un'esplosione che non hai mai sentito prima d'ora, Blu, e di morire, di morire come le stelle al fosforo sopra di te, annullate dalla luce.

Cosa hai fatto, Blu?

Cosa!

Presto, ora corri in camera sua, corriamo!, altrimenti

lei – Blu, lei finirà al manicomio, lo sai. Se non tentiamo di – Blu!, dobbiamo confessarci *adesso*. Apri quella porta. Raccontale tutto, il disegno, l'orgasmo, confessale il – tu puoi fuggire, certo, ma non è meglio, Blu, l'assoluzione? Non è meglio il perdono della – Blu, lascia perdere il bagno, lascia la maniglia e – d'accordo. D'accordo, Blu. Pulisci prima il ricordo di Dora nel bagno. Abbassa la maniglia, cammina. Tu sei (una ragazzina vigliacca con una riga a penna che le divide lo sterno come un asse al segmento, una ragazzina col clitoride tutto) Blu, e devi essere punita. Coraggio. Superiamo il lavandino con i suoi asciugamani in microfibra e la lavatrice e l'armadietto e lo specchio che accompagna il tuo profilo dal bidet alla vasca – di Dora, la vasca blu con le zampe di leone, ed entriamo. Non guardarla così. Ne hai viste, di vasche con le zampe. Apriamo i rubinetti, Blu, e lasciamo che l'acqua ci circondi i piedi, si infili tra le dita e accarezzi un lato e l'altro della pianta per ricongiungersi sul retro, sui talloni, e lasciamo che ugualmente l'acqua ci circondi i glutei e che si ricongiunga alle tue spalle, là sull'osso sacro, in mezzo la tua carne. Respira. Dora respira, e allora tu respira. Lava l'errore, Blu: hai sulla vasca, lungo il bordo, tutti gli oggetti di cui hai bisogno, hai sulla vasca tutti gli oggetti – di Dora: la saponetta, la spugna, la pietra pomice. Usa la pietra pomice e non rimarrà più niente del tuo peccato. Non ci sarà più niente da confessare alla mamma perché non ci sarà più niente da confessare-punto, e questo ti rende più serena, Blu, non è così? Sei più serena, mentre il respiro di Dora ti guida nelle tue mille spazzolate di pietra pomice su e giù lungo la linea che divide a metà il tuo corpo, la linea che porta giù giù allo sbaglio, e vai avanti fino a mille, a mille, quando ormai l'acqua ti seppellisce il ventre caldo e lo sterno scorticato comincia a sanguinare.

Ma ora vieni fuori dall'acqua, Ginevra. Ginevra! Sono due ore che fai il bagno, vieni ad asciugarti che dobbiamo andare a casa.

Hai sentito, (Ginevra) Blu? Vieni fuori dall'acqua!

Vieni fuori, almeno tu.

Ti si accapponeranno i polpastrelli.

Ehi, Ginevrablù, sei tra noi?

Più che la sua voce, a strapparti dal torpore in cui sei immersa da due giorni è il tonfo dei libri sopra il banco.

Hai trascorso la domenica in camera, le gambe sotto le coperte e sulle spalle il plaid con il lupo, e tua madre si è affacciata dieci volte ed è entrata tre: con la borsa dell'acqua calda, con i Buscofen 200 e poi col piatto di crocchette e spinacine che ha lasciato accanto al letto. Alla luce che filtrava dal corridoio, gli occhi abbagliati dallo smartphone, l'hai vista andare verso la finestra e hai detto: No, e allora si è seduta al buio accanto a te, sul bordo del materasso; ha sbirciato l'app di Chi vuol essere milionario?

Bluette, ti ha richiamato Roby, Che gli hai detto?, Che stai male, Allora bene.

Ha sbirciato di nuovo il tuo smartphone, ha detto: La Nuova Zelanda, e poi: *La lettera scarlatta*, e siete arrivate alla terzultima domanda del quizzone e avete perso. Hai riavviato l'app. Siete arrivate alla quartultima domanda e avete perso e hai riavviato l'app. Siete arrivate alla terzultima domanda e avete perso e hai riavviato l'app e: Oggi non disegni?, ha chiesto lei, e tu hai toccato Carlo Magno sullo smartphone, hai sbagliato, hai riavviato l'app. Hai preso una crocchetta di patate. Hai indovinato le prime sei domande e poi hai guardato lei: La sai?, Guardiamola sul web, Ma che dici?, Così poi usciamo un po', ha detto, e tu allora hai abbandonato il telefono bollente a testa ingiù, accanto al piatto, e sei scivolata sotto le coperte.

Buonanotte, hai detto, e i tuoi occhi non hanno più incontrato altri occhi fino a questo momento, fino all'istante in cui, dopo essersi arrampicati sulla pila di libri che d'un tratto hai sul banco e poi lungo tutta la manica di un maglioncino a righe, non hanno incrociato quelli vispi della professoressa Castaldi, le sopracciglia alzate. Per poi tornare indietro: le sue labbra sottili, le spalle strette, di nuovo la manica a strisce orizzontali, polsini di cotone, la mano aperta su una copertina in bianco e nero: un volto femminile, fiero, bello.

Marina Abramović, dice la Castaldi picchiettando l'indice sul chiaroscuro di una guancia, si definisce la nonna della performance art. Troverai dei concetti interessanti, qui, per esempio il fatto che in quest'arte non è tanto il risultato ad avere importanza, ma il processo. Dagli un occhio, Ginevrablù. La sua storia è anche avvincente, dice, e facendo scivolare il libro sul banco e scoprendo un cofanetto di sette libri con su scritto *Doubles-jeux* aggiunge: Come la sua. Sophie Calle, che si fece assumere in un albergo per fotografare gli effetti personali della gente, o che telefonò a tutti i numeri di un'agendina trovata non so come per delineare il ritratto *in absentia* del suo ex possessore. Aveva uno strano concetto di privacy, la Calle, la considerava piuttosto: attenzione al dramma di un individuo.

Diobò, arriva una voce dall'ultima fila, io ho attenzione per il dramma di tutte le belle ragazze, ma non ci ho mica scritto ventiquattro libri!

Sette, lo corregge la Castaldi, e in francese. Che è la seconda lingua di Ginevrablù, vero Ginevrablù?

La tua risposta – So a malapena l'inglese – resta incastrata oltre l'imbarazzo di un sorriso, isolata dietro i denti, ma l'insegnante non l'aspetta: ha trasferito il cofanetto sul banco di Ernesto, per mostrarti un manuale in carta lucida sulla performance art. Ti mostra le figure e dice: Vedi? Non c'è un solo filone. C'è chi ha trascorso cento giornate col suo pubblico per riflettere sulla natura del tempo, categorizzando rocce o contando i giorni vissuti dalla propria nascita, e chi ha pedinato persone comuni fino a trovare un impedimento fisico; chi si è cucito la pelle del volto con ago e filo e chi ha performato insieme a un mazzo di rose color fuoco invocandole, mangiandole, legandole al corpo, graffiandosi con le spine. Perché ciò che accomuna le opere di performance art, come ti accennavo sabato, in fondo è –

La malattia mentale, sussurra Ernesto sfilando i volumi dal cofanetto.

La realtà, dice la Castaldi, la nudità dell'espressione. Nella performance art non si cerca la finzione, anzi: si tenta di eludere anche quella a cui siamo soggetti ogni giorno. Se stessi facendo una performance, Ginevrablù, è probabile che adesso risponderei qualcosa di molto scurrile a Ernesto, ma il mio ruolo…

Scusi, prof.

…mi invita a dirgli: Scuse accettate, Ernesto.

Lui ridacchia e ricompone il cofanetto, lo sposta dal suo banco pieno di scritte al tuo, pulito, mentre chiedi se è per quello che non si parla di Spettacoli, nella performance art, e lei risponde: Sì, credo di sì, dice facendosi vento col manuale, la Abramović scrisse che la differenza tra performance art e teatro è che nel secondo il sangue è solo ketchup e la pistola non può sparare.

Mentre lei rischiò di farsi sparare, azzarda una voce dagli ultimi banchi, non è così?

Più o meno, dice la Castaldi, e comunque ci sono varie versioni. Cosa di cui parleremo a ricreazione, però, perché adesso voglio vedere tutti i vostri lavori sul banco, su!, mentre la nostra Ginevrablù mette i miei libri nel suo zaino e segna sul diario di rendermeli entro un mese, che sono molto gelosa dei miei testi e il sangue che spargo, quando non li rivedo, non ha l'odore del ketchup.

Non ha l'odore del ketchup, il würstel col ketchup, quando mordi l'hot dog che tua madre ti ha messo di fronte: ha l'odore di würstel bruciato.

Lo tieni in una mano mentre con l'altra sfogli l'autobiografia di Marina Abramović che hai alla sinistra del piatto, aperta al secondo inserto in carta fotografica con le immagini delle performance. Il primo l'hai sfogliato a scuola, a ricreazione e poi accoccolata nel bagno dello spogliatoio durante Educazione fisica: sentivi ridere i compagni e seguivi i contorni della stella sul suo ventre; ascoltavi il rumore delle schiacciate e cercavi e non trovavi la paura nel suo volto; annusavi il sudore delle ragazze che tornavano a cambiarsi e sentivi l'odore del fumo, quello della stella di fuoco che le bruciava intorno.

Non certo l'odore del fumo della piastra, che tua madre ora cerca di buttar fuori aprendo la finestra e slogandosi un braccio a frustar l'aria, mentre con l'altro tiene la borsa schiacciata contro il cappotto.

Arieggio un po', spiega, e il tuo sguardo torna alle foto. Non lo alzi neanche quando ti saluta, neppure quando apre la porta e il tappetino finta erba all'ingresso sospende un momento il rumore dei tacchi, eppure nell'attimo stesso in cui esce, quando sbatte la porta, la pagina che hai tra le dita trema forte, ha un brivido, e allora chiudi il libro, e poi apri il libro e chiudi il libro, e apri il libro e chiudi il libro venti volte. Faresti tutto. Infilarti in una stella di fuoco o sotto uno scheletro, ma anche appenderti coi ganci al soffitto o aprire tagli nella pelle delle braccia. Faresti tutto e d'un tratto non c'è più nessuno, lì in casa con te, a poterlo impedire. E hai paura. Neanche due giorni fa la penna blu ti ha – e la pietra pomice, poi – eppure guardando il megaventilatore sul soffitto della cucina pensi: Ma è la realtà. La nudità dell'espressione, l'azione, il vero, e Tutto ciò che un performance artist fa, in fin dei conti, può essere un'opera d'arte, ti ha detto la Castaldi, e non ti importa se soltanto ieri hai stordito la tua mente coi quizzoni ed evitato in tutti i modi Roberto e cancellato da Facebook la chat con Dora: abbandoni libro e würstel lì in cucina e corri in camera tua, accendi il computer e recuperi dal secchio sotto la scrivania, tra trucioli di matita e fogli accartocciati e bucce di banana, il volantino con la vasca con le zampe e la data del prossimo venerdì. Non c'è tua madre, lì a salvarti, e il batticuore scrive a Dora che ci andrai.

Lei risponde subito: Sono felice.

E anche tu sei felice.

Lo sei mai stata, Blu, così felice?

Fa' attenzione, per il tuo bene.

Ricorda la carrozza in zucca e i cavalli in topi; ricorda quel giorno di cinque anni fa quando – ricordalo, racconta – sono a scuola: Lucia passa tra i banchi, a raccogliere in una busta da lettere i soldi per il regalo di Silvia, e io che ho asciugato le sue lacrime in tempo per la festa sono out. Giovanni (che l'ha fatta piangere) è invitato. Lucia (che l'ha fatta piangere) è invitata. Io, invece – l'unica che c'era, la Non temere ci sono qua io – io sono out, e la sua migliore amica salta il mio banco senza la pietà di nascondermi la busta. E mi chiedo perché. Guardo la schiena di Lucia allontanarsi e poi curvarsi su quasi tutti i banchi, e mi viene da piangere e non voglio, devo essere contenta, sorridere, contenta, che in fondo quante volte ho fatto in modo di saltare i compleanni?

Ho l'emicrania.

Ho il compleanno di mio padre.

Ho un allenamento in piscina, non posso saltarlo, domenica ho una gara.

Ho promesso – Ho confermato – Ho già dato la mia adesione al corso serale di disegno dal vero – alla cena con i compagni delle elementari – alle prove con un gruppo dove suono da ieri, mi dispiace, non posso venire, e tutto, Blu, per non dare un dolore a tua madre, alla mamma che ai regali per i tuoi compleanni ci pensa lei, te li lascia sul letto, li trovi già impacchettati con le coccarde o i fiocchi in raso.

Dirglielo è fuori discussione; ma te lo immagini?

Ma ti immagini se *lei* – lei che stanca morta ma con entusiasmo materno accompagna i suoi tacchi allo shop dell'azienda, sceglie il più bello dei prodotti, uno di quelli che Fanno fare bella figura ma che possiamo avere a prezzi ottimi, sostiene, e passa la sua carta di credito col nome del brand nel POS con l'adesivo col nome del brand e paga lei, altro che dieci euro di colletta, e poi ti lascia questo regalo sul letto già bello e impacchettato, Da figurone, dice orgogliosa mentre scalda il sugo pronto e srotola le tovagliette sul tavolo della cucina – ti immagini, Blu, se le dicessi: Non è adatto?

Se rispondessi che vorresti solo infilare i suoi soldi nella busta coi nomi, essere come tutti gli altri e non presentarti sui tappetini di casa dei festeggiati con questi pacchetti adatti forse ai loro padri, pacchetti che ti rendono ancora più strana e impopolare con su scritto Ducati, Lamborghini…

…Toyota, Honda: tocchi la spalla anche alle camicie più lise, quelle di quando faceva l'area manager ed era tutto un rimbalzare tra le concessionarie dell'Emilia, e le schiacci contro una parete dell'armadio coi loro loghi cuciti sul cuore. Con un rumore di grucce che ricorda l'affilarsi delle spade nei film, stringi a quelle anche i tailleur, i foulard, e fai spazio agli abitini e alle giacchette più casual, quelli che indossa il venerdì: li stendi sul suo letto. Li guardi. Accarezzi bottoni e colletti.

Vuoi essere bella, Blu?

Vuoi indossare qualcosa che non sia un jeans scolorito o un maglione sformato e con i buchi per i pollici, è così?, qualcosa di carino con cui puttaneggiare all'evento di Dora.

Sì, tu vuoi qualcosa di seducente con cui coprire quel corpo mingherlino che respinge Roberto da giorni, quel corpo che adesso, nonostante tutto, nuda di fronte allo specchio di tua madre e prima di indossare il suo vestito, ti chiedi se è bello.

E ti infili il vestito con le righe di tua madre, Blu, e le sue scarpe e tutte le sue collane, e stai facendo piroette tra il letto e lo specchio quando uno dei collier ti arpiona la spallina, e tu per liberarla la tiri e la rompi. E il primo istinto è di nasconderlo, il vestito, che la mamma è buona però quel vestito le piace, piace a te, piaceva a tuo padre, ma mentre te lo sfili di dosso lei rientra in camera e ti vede:

Non è un vestito per bambine di sette anni, Blu.
Non è un vestito per bambine di diciassette anni, Blu.

Ti spogli e scegli una mise più sobria: un maglioncino morbido con lo scollo a barchetta, che lascia intravedere le spalline del reggiseno, e pantaloni scuri che a lei non vanno più. Li ricacci con le mani in un paio di stivali senza cerniera e col tacco basso e obliquo.

Che carina, dice lei rientrando a casa, tra le mani un sacchetto di carta che odora di pollo, e tu sobbalzi perché non credevi tornasse, per pranzo, e ti eri anche scaldata dei bastoncini di pesce senza prima levarti i vestiti. Non avresti certo mangiato coi suoi vestiti indosso, non dopo la storia della spallina, se avessi immaginato di vederla rincasare, e invece Tienili, ti dice, i pantaloni. Ti stanno proprio bene.

Ti stringi nelle spalle.

Stai uscendo con Roberto?

No.

Lei tira fuori una vaschetta di carta argentata con mezzo pollo coperto di patate al forno; ne prende una con due dita e la infila in bocca, poi alita aria a labbra aperte: Scotta, dice, e prende due piatti di plastica soffiando ancora e aggiunge Se hai litigato con Roberto, Bluette, possiamo parlarne: sono giorni che non gli rispondi e che stai chiusa in, Stavo studiando, dici tu, e lei si interrompe e sorride. Infilza una coscia con la forchetta e fa per passartela, la pelle a pallini che si stacca dal petto con uno strappo gommoso e rimane appesa durante il tragitto, ma tu copri il piatto con la mano: Ho già mangiato il pesce, non mi va, e allora ti serve solo le patate, nove, e tu le mangi tutte e l'ultima la tagli in due metà.

Insomma dove vai così carina?

Domani la Castaldi ci porta a un evento, dici, e mentre menti a tua madre tremi forse più di quando quella stessa sera firmi col suo nome la giustificazione sul libretto, forse più di quando il giorno dopo, prima di andare in ufficio, lei ti infila una cinta di cuoio intrecciato nei passanti dei pantaloni e ripete Che carina, Bluette, sei proprio carina, e Sono felice che tu esca un po', anche se è per scuola; tremi più di quando esce, di quando con quaranta spazzolate provi a dare un senso ai tuoi capelli stinti e a sbrogliare tutti i nodi, che se ne resta uno poi lei muore, ma tremi meno, certo molto meno, di quando a ricreazione, presentando alla Castaldi il libretto, la vedi alzare lo sguardo per fissarti a lungo: Salutami Dora, dice infine, e tu non puoi tornare indietro.

Lungo tutto il tragitto fino in centro, il disagio ti accompagna in ogni gesto: mentre sali sull'autobus, mentre timbri il biglietto, mentre ti siedi con lo zaino tra le gambe, attenta a non sporcare i pantaloni. Attraverso le porte automatiche vedi la gente assonnata lavorare nei cantieri polverosi e bestemmiare, i vecchi mani indietro a commentare, e quando arrivi alla fermata la pioggia inizia a scendere e tu non hai l'ombrello. Però, Blu, gli addobbi di Natale. L'albero a piazza Maggiore.

Però, Dora.

E così il suo respiro: ancora; e la vasca da bagno: ancora, con le zampe da leone per Dora Leoni, lei nuda tra le curve della ceramica smaltata come in un nido levigato: ancora. Dalla porta scorgi la sua fronte, il braccio pallido abbandonato sul bordo della vasca e i capelli ramati sparsi sulle spalle e i seni nudi. Non c'è molta gente, stavolta, e quando la vedi anche lei vede te. E allora che fai, Blu? Rabbrividisci. Fremi, hai freddo, ma comunque togli in fretta la giacca e la appendi a un braccio perché lei possa vedere il maglioncino morbido di tua madre, i pantaloni eleganti, la cinta di cuoio intrecciato. Sistemi i capelli dietro le orecchie, ma resti sull'uscio.

Avvicinati, Blu, fatti avanti.

Guardala. Non hai visto che non c'è più acqua intorno a lei?

Davanti alla vasca ci sono due brocche e diversi vasetti, e dentro la vasca la tua bella Dora è (sepolta) coperta di terra fino in vita; di terra sono punteggiate le sue braccia, le mani, il busto e le spalle a spruzzi irregolari, la fantasia di nei confusa e sovvertita. Del nitore di una settimana fa, della schiuma e delle scie di saponetta, non c'è traccia, e mentre avanzi e ti siedi in prima fila per assistere alla performance tutta quella sporcizia si allarga nei tuoi occhi, li riempie; ti fa tremare. La vedi rimestare con le mani ciottoli e ciuffi d'erba e schiacciarsi le zolle contro i seni per osservarne l'esplosione, per seguire la caduta delle polveri che tornano alla terra madre lasciandosi sempre qualcosa indietro.

Vorresti salvarla, Blu, è così?

Immagini cosa significhi avere il corpo (sepolto) immobilizzato e tutta quella terra tra le dita dei piedi e tra le – che fai, allontani il pensiero? Eppure solo qualche giorno fa, con in mano la Pilot blu e l'elastico dei pantaloni stretto sulle cosce, tu hai – ebbene, che sia: fatti avanti, allora. Se davvero vuoi andar dietro al vecchio che ora si accosta alla vasca, se vuoi (salvarla) assistere da vicino alla performance, accompagnalo pure, segui le sue mani che raccolgono uno dei vasetti e lo porgono a Dora, segui le mani di Dora che diventano pugni e segui i pugni che raccolgono la terra per riempire il vasetto.

Ma sei una bambina, Blu, se per gemere in quel modo ti basta vedere le sue unghie sporche di terra infilarsi in bocca e cavare un seme da sotto la lingua: ringrazia il suo respiro, ringrazia la cassa che lo amplifica nascondendo i tuoi versacci, Blu, mentre lei pianta il seme nel vasetto del signore, tra la terra, e gli dice Perdonami e lui annaffia il nuovo embrione di piantina con la brocca.

Ringrazia, e sputa quei capelli. Ti vede, lì a ciucciare ciocche stinte e a fissare le sue unghie.

Pulisci le unghie, Ginevra.

Blu, dici a Ginevra di pulire quelle unghie; fai il favore a mamma.

Perché tu vorresti pulire le unghie di Dora, Blu, è così?

Prendere la brocca e le sue mani, lavarle le dita – le unghie, i polpastrelli, le nocche – e poi passare ai capelli, liberarli dalla terra versando adagio l'acqua sulla chioma e sul collo, sulle spalle, e veder fremere i ricci ramati nel tentativo di mantenersi elastici e nella foga di allungarsi per gocciare sul ventre. Tenere tra le mani le sue ciocche, vederle scomporsi al tocco. Liberarla, Blu, estirparla dalla (sepoltura) terra, lavarla, divenire l'artefice della sua salvezza, prenderti cura di lei per – Blu, fa' attenzione.

Ricorda Silvia, Blu, ricorda quando – Blu. Ricorda la linea scesa fino giù al sesso per liberare Dora, per strapparla dalla vasca, disegnare due gambe perché Dora non fosse una sirena, Blu, e che cosa hai guadagnato?

Che la sirena è sepolta.

O forse ha le gambe, Blu, non tremare in quel modo. Portale un vasetto, prendi la brocca, avvicinati. Lascia che Dora raccolga pugni di terra anche per te, ascolta il rumore sordo (della sepoltura) che si intreccia col suo fiato quando si posa (sulla bara) lì sul fondo, e non fissare le sue mani. Smetti di guardarle le unghie, non seguirle mentre si infilano sotto la lingua per pinzare un seme tra altri semi e grumi scuri, e avvicinati: non costringerla a sporgersi, Blu, per infilarti il seme nel vasetto.

Perdonami, dice, e dovresti dirglielo tu. Nel chinarsi oltre il bordo ha squassato il tappeto di erba e zolle che la copriva e in uno squarcio appare adesso un fianco nudo: di donna, non di sirena. Per evitarlo ti rialzi a testa bassa. Provi a concentrarti sulle zampe blu, quelle della vasca da bagno, ma ti fanno paura, le vedi muoversi e tendersi, come a volersi sgranchire, e capisci che Dora non è una donna né una sirena, ma è tutt'uno con la vasca. Allora arretri, ma non smetti di guardarla e così sbatti la schiena contro l'uomo che adesso si fa avanti. Ha in mano due vasetti: li fa cadere entrambi. Tu riesci a trattenere il tuo e non sai come; l'unica cosa che sai è che presto le zampe torneranno a muoversi e che la donnavasca correrà via o forse verso di te, certo verso di te, che hai pensato di asportarle il busto nudo, e ti prenderà e poi pianterà; seppellirà. Ma allora perché diavolo ti siedi?

Siedi, Blu, davanti a una cioccolata calda e sotto il cavo delle lucine natalizie agganciato mollemente a due quadri del bar, come un filo per i panni gravato dal peso di una trapunta. La bevanda ha un buon sapore di gianduia, l'hai ingoiata già ventotto volte, e ora mescoli quel che ne resta con la striscia di panna incollata al bordo, mentre il tuo sguardo attraversa la vetrina per sbattere ancora, dall'altro lato della strada, contro le schiene di chi assiste agli ultimi gesti di Dora Leoni.

Poi le schiene si voltano, escono, e tu infili il cappotto e scatti in piedi mentre tra i volti cerchi il suo. Non la trovi. Ti risiedi. Dovrà sistemarsi, lavarsi. Riprendi a mischiare il fondo di una cioccolata che non c'è più, immagini di coprire col cacao semini di piante prodigiose e guardi il vasetto, sulla poltroncina all'altro lato del tavolo, insieme allo zaino. Aspetti col respiro grosso e i nervi tesi, eppure quando lei esce la riconosci appena.

Bella è bella, ma non te la aspettavi così alta.

Per te era piccolina, un corpo (da proteggere) raccolto dentro al nido di una vasca, mentre anche senza tacchi deve essere quasi un metro e ottanta, pensi quando la vedi e constati quando poi le sei di fronte.

Perdonami tu, le dici, per averti fatta sporgere e incasinare tutto: la performance era, be'. E comunque, e con gli occhi accarezzi la piantina, mi è piaciuta pure l'altra, di performance; quella della vasca piena d'acqua.

Ti fa un sorriso rapido e infila lo sguardo nella borsa, seguito dalla mano. Ne estrae un succo d'ananas con scritto Zero e beve a lungo, lo beve tutto; poi sistema il borsalino a tesa larga che la rende ancora più alta e chiude il cappotto fino alla gola: Fa freschino, dice mentre si avvia verso il parcheggio, mentre la segui.

Oggi sì, dici, ma tu la giacca la tieni aperta. E comunque, aggiungi, ci siamo scritte su Facebook, non so se ti ricordi.

Tu sei?

Blu.

Lei ti getta un'occhiata veloce mentre raggiunge la macchina, poi lascia il succo su un bidone ed estrae il rossetto. Lo passa sulla bocca aiutandosi con la fotocamera frontale dello smartphone. Schiaccia le labbra, le sputa infuori con un bacio.

E che nome è, chiede, Blu?

È il nome di, ma ti interrompe, ti infila lo smartphone in una mano. Lo direziona verso di sé per rimettersi il mascara.

Bella è bella, lì china su di te con la bocca semiaperta (e senza terra) che pettina ciglia già lunghe, con la mano che compie rotazioni piccole ed efficaci, le unghie (pulite) lunghe contro il tubetto di rimmel.

È comunque meglio di Dora, dice.

Ma poi il mio nome vero è Ginevra, ti scopri a confessarle mentre recupera il telefono. Quando ero piccola i miei mi chiamavano Blu perché ridevo, se dicevano questa parola, solo che poi hanno continuato a farlo anche quando ho smesso di ridere.

Altro che ridere: piangi.

Hai cinque anni e piangi, mentre scappi dalla cucina che odora di minestrone, e tua madre e tuo padre ti chiamano Blu! Blu! Vieni a mangiare, basta capricci.

Ma adesso io sono Ginevra!

Perché Blu i capricci non li faceva mica, spieghi a Dora,

lei non faceva star male nessuno e la sua purezza non si sporcava mai. La bambina cattiva era Ginevra; Blu quella buona.

Vuoi dire quella obbediente.

Lo dice con la sua voce roca, la voce che sembra potersi sfibrare da un momento all'altro in due voci distinte, e ti mordi un labbro mentre col telecomando illumina i fari dell'auto, un lampo caldo nella via intristita dal cielo uggioso. La vedi infilarsi in macchina. Posi una mano sulla portiera ancora aperta, dici: Quella obbediente?

Dora appoggia la borsa sul sedile del passeggero e il cappello sopra la borsa, come fosse un'altra testa.

Voglio imparare, dici, ho visto su Facebook che fai dei corsi e, Workshop, ti interrompe lei, si chiamano workshop, E posso venire?

Lo sguardo di Dora ti scruta: hai una mano aggrappata alla macchina e l'altra al vasetto che lei ti ha donato. Una zolletta di terra rotola lungo il cappotto.

Fai l'application, dice.

Dici: La?

L'application, ripete, sul mio sito. Ti iscrivi, e vediamo se sei adatta a un workshop.

La tua mano scivola piano lungo la portiera. Ok, non sai cosa sia un'application, però i tuoi disegni sono piaciuti alla Castaldi, che è competente e conosce la performance art, e vorresti dirle questo e che oltre a fare ritratti e nudi sai dipingere con gli acquerelli, scolpire, modellare la creta, e vorresti dirle anche che hai a casa i volumi della Abramović e di Sophie Calle. Vorresti dirle che bella è bella, anzi bellissima, stupenda, sublime come umana e come sirena e anche come donnavasca, e vorresti dirle poi che le sue performance ti hanno segnato come neanche l'amore ha mai saputo fare. Vorresti dirle, ancora, che sei pronta, eccoti, sei pronta a dedicare all'arte la tua vita e desideri con tutta te stessa che sia lei a prenderti per mano e a insegnarti l'espressione, ma il rombo del motore suggerisce che hai poco tempo, che tra tutte le cose che vorresti dire puoi sceglierne una sola, una al massimo, e nella foga della scelta resti muta.

Lei ti guarda, attira a sé lo sportello: Ciao Ginevra, ti fa, e stupidamente felice, ignorando il suo sprezzante tono di sufficienza e il compleanno di Silvia e la tua fragilità, resti a guardare i fanali posteriori farsi più lontani, tremando e stringendo al corpo il vasetto dove Dora ha già piantato il suo seme.

Per fare il seme ci vuole il frutto, per fare il frutto ci vuole un fiore, ci vuole un fiore, ci vuole un fiore, per fare un tavolo ci vuole un fiore, Blu, e dal tavolo della tua stanza sposti una pila di disegni per fare spazio al fiore che verrà. Chissà di che si tratta. Dora ha piantato il suo seme e non hai idea di cosa sboccerà dalla terra, se una piantina grassa o del basilico o che altro. Sbatti il fascio di fogli A4 sulla scrivania – di taglio, prima sul lato lungo e poi su quello corto, poi su quello lungo e ancora su quello corto – fino a mutarlo in un blocco regolare. Lo appoggi su una mensola, al posto dell'ornitorinco di peluche che ti ha regalato Roberto e che abbandoni sul letto insieme agli altri pupazzi: via le papere dal comodino, avanti i libri sulla performance art che non renderai alla Castaldi, Blu, perché è questo che hai deciso, no?

Ma d'accordo, Blu, fingi pure di non pensarci, di essere troppo indaffarata con quelle medaglie che per te sono state tutto – ricordi?, tuo padre sugli spalti e tu a bordo vasca col primo argento conquistato sui cento metri a stile – e che adesso strappi dal muro come mesi di calendario: via la medaglia col cordoncino tricolore, via quella con il nastro azzurro, e i rimasugli di scotch lì appesi a metà nei piccoli rettangoli di intonaco scrostato. Ma avanti tutta, Blu, avanti tutta: via i poster, via le stampe patinate, via ogni cosa per far spazio alle nuove foto di performance artist catalogate in una cartella che hai sul desktop e per far spazio a Dora, certo, attacchi anche tre nudi di Dora calciando via le scarpe e salendo sopra il letto, e solo davanti alla maschera piume e merletti che tuo padre ti ha portato da Venezia la tua foga si calma. La risparmi. Riempi una busta di carta coi peluche che hai sfrattato, ti arrampichi sulla scrivania e la sistemi sopra l'armadio.

Per fare spazio (ci vuole un fiore) hai alzato un mucchio di polvere e ora ti stropicci le narici. Ti prude il naso, puoi farci poco. Non hai preso tu il naso di Leabella e non hai nasi di ricambio, al momento, così ti stendi sul letto e guardi le foto che hai affisso: la Abramović distesa sotto uno scheletro, il calco di Ana Mendieta in uno sprazzo d'erba, una foto di Tiziana Cera Rosco in abito lungo, Kyrahm e i suoi *Guerrieri*, l'orecchio nel braccio di Stelarc, Sciolè che rovescia gli occhi, l'altalena di Franko B.

Ma quanta gente, Blu, quanti occhi che ti guardano e si guardano; e pensare che ci si sentiva così soli, finora, quaggiù!

Mi sentivo così sola – pensavi a Capodanno – chiusa nel bagno a passare la colla stick sul lobo dell'orecchio sperando di arrivare in tempo per gli ultimi fuochi d'artificio, quello sbocciare di fiori del cielo così luminoso e ammaliante che mi aveva stregata, ipnotizzata, fino a convincermi che attaccata all'orecchio ci fosse solo una crosticina da grattare, e non la stellina adesiva incollata dalla mamma.

Ti sentivi così sola, Blu, nella macchina di Roberto, incantata dal dondolio del preservativo annodato, eppure avresti potuto dirglielo. Non è giusto, non è corretto, non è accettabile questo tuo stargli alla larga, evitarlo sull'autobus, lasciar squillare il telefono. Devi rispondergli, Blu. Sotto gli occhi di tutti i performer, devi metter fine alla crudeltà che riservi a Roberto.

Passi non averlo fatto prima, non aver recuperato il telefono che dal termosifone del bagno ti avvisava che qualcuno era in cerca di te; passi essere rimasta in camera a informarti sul workshop che Dora terrà a marzo, a vedere su YouTube quelli passati e a contare gli allegati da inviare mediante l'application form – il curriculum che non hai, le foto di performance che non hai fatto, la quota di partecipazione di duecentosettanta euro più alta rispetto a quella che hai sommato aprendo il portafogli e due testi di cento parole da scrivere: il primo motivazionale; il secondo in risposta alla domanda Di cosa hai paura?, che lì per lì le avresti risposto: Di te – passi pure questo, Blu, ma adesso il telefono ce l'hai contro il braccio, la raccolta di materiale è sospesa e stai riempiendo le ore di questo ennesimo sabato pomeriggio come il tratto annoiato della tua penna riempie l'ennesimo foglio.

Rispondi, Blu.

(Di cosa hai paura?)

Rispondi.

Rispondi: Che succede?

Risponde: Vuoi lasciarmi?

Rispondi: Perché dici così?

Risponde: Quante volte ci siamo visti, nell'ultima settimana?

Rispondi: Non ti sembra di essere un po' catastrofico, Roby?, e sei proprio ma proprio ingiusta, Blu, dopo averlo evitato in ogni modo possibile e averlo lasciato out, perché sì, l'hai lasciato out, mentre ti masturbavi sulla performance artist dei tuoi sogni. Sei ingiusta, Blu, e cattiva. Infila gli auricolari, raccogli la penna, disegna il tuo occhio cattivo nello spazio del volto.

Come puoi non provare compassione per lui, mentre confessa Ti sento distante? a te la colpa non ti sfiora, Blu, è così?, la colpa non sai neanche cos'è, mentre dici: Non è vero, non sono distante e – disegna il tuo occhio cattivo! – e anzi.

Anzi?, chiede lui.

Anzi, mi sono sentita un po' sola, credevo ti fossi allontanato tu, dici, e allora complimenti!, Blu, complimenti! Menefreghista; bugiarda; meschina. Disegna il tuo occhio cattivo. Avanti. Disegna le ciglia vicine e a un brivido dallo sfiorarsi. Disegna le palpebre gonfie. Le iridi opache. Le linee delle sopracciglia convergenti verso la base del naso. Disegna il tuo occhio cattivo.

Ma se non mi rispondi più, dice Roberto.

E tu dici: Stiamo parlando – disegna l'altro occhio cattivo – e prima avevo il silenzioso.

Non lo so, dice lui, non lo so, e di fatto non sa che hai ascoltato due volte la suoneria e l'hai seppellita sotto i respiri di Dora, i video delle performance di fronte a te e la musica dei Sonic Jesus ben lontana da te, chiusa nel bagno come tutto ciò che è da espellere, non è forse vero? E allora disegna l'altro occhio cattivo: le ciglia vicine e a un brivido dallo sfiorarsi, le palpebre gonfie, le iridi opache, le linee delle sopracciglia convergenti verso la base del naso.

Eccoli, i tuoi occhi cattivi, mentre dici: Davvero.

E lui dice: Ma non hai richiamato.

Ho preso il telefono adesso, gli dici, e allora disegna il tuo occhio cattivo. Il terzo, Blu: sì. Fuori dal volto: sì. Disegna il tuo occhio cattivo, il tuo terzo occhio cattivo, il tuo occhio cattivo per-fe-tta-men-teallineato con gli altri due occhi cattivi, disegna le ciglia vicine e a un brivido dall'incollarsi, le palpebre in tumefazione, le iridi prive di luce, le linee delle sopracciglia che assaltano il naso ed eccolo lì, perfetto come gli altri due, mentre Roberto ti dice Va bene e rispondi Ti amo, e allora disegna il tuo occhio cattivo, avanti, il tuo quarto occhio cattivo fuori dal volto e in linea con gli altri tre, quello di chi dice Ti amo e non dice di Dora, e disegna poi il quinto, e il sesto, e il settimo, e se il foglio è finito disegna sul tavolo, Blu, che sarà mai?, allinea i tuoi occhi cattivi e disegna sul tavolo e disegna sul dorso della mano, non toglierla, non ora: disegna il tuo occhio cattivo.

Cos'hai da tremare?

Se tremi, Blu, rischi di compromettere la riproduzione delle ciglia incollate, delle palpebre marce, delle iridi buio profondo, delle linee delle sopracciglia che oscurano il naso, e dunque non tremare. Dalle pareti ti guardano. Fa' vedere a Marina Abramović e Tiziana Cera Rosco e Kyrahm e Stelarc e Flavio Sciolè e Franko B, fa' vedere ai loro occhi che begli occhi sai disegnare. Che bel serpente.

Mentre Roberto continua a parlare, mentre i suoi Ti amo anch'io e Non voglio perderti sgusciano via dagli auricolari e si infilano nelle orecchie, tu alzi la manica della felpa e disegni occhi sulla pelle del braccio, uno dietro l'altro. Sei molto brava, Blu. Sei molto brava ad aprirli con la tua penna e a non sbagliare un segno, sei molto brava a tenere calmo lo stomaco di fronte a quei (bubboni a forma di) occhi che si aprono come nelle foglie le sfere di Magritte, quelle che ti facevano venire i conati, o forse non è questione di essere bravi – Blu, Blu: se non sei così forte da andare avanti con questi occhi *adesso*, puoi sempre confessare a Roberto di Dora, della penna, dell'orgasmo, che l'hai evitato – perché forse o di sicuro non si tratta di aprire gli occhi con la tua penna, di farli sbocciare come fiori (per fare un tavolo), ma di liberarli. Gli occhi sono sempre stati lì, Blu, ed ecco che nel momento esatto in cui schiocchi un bacio per Roberto, nel momento in cui ti distrai e schiudi le labbra, si strizzano.

Abbandoni il telefono sul foglio e corri in bagno.

Col braccio pieno di occhi intorno al water, vomiti i due Kinder Paradiso con cui hai inzuccherato il portatile e abbandoni la testa contro la tavoletta. Quando la rialzi, i tuoi performer sono lì.

Blu, devi essere punita.

Ci sono tutti, non vedi? Sono con noi i performance artist dei tuoi poster, Blu, e tu devi essere punita e devi entrare nella vasca con le zampe. Entra, l'acqua non scotta, l'acqua è a temperatura ambiente, l'acqua non è l'acqua fredda di quando in estate entravi nella piscina olimpionica e l'istruttore diceva Avanti, Blu, tuffati, ma è l'acqua perfetta, tiepida al punto giusto, perciò togli i vestiti ed entra nella vasca.

Non vuoi che Roberto muoia, vero? che compaia e poi affoghi nel – Blu, non vuoi che lui affoghi o che per il dolore si impicchi, lui che ora si starà chiedendo perché non rispondi e che per una settimana si è chiesto perché non rispondessi, non vuoi che si impicchi, vero?

Perciò adesso entra.

Entra sotto gli occhi di tutti, Blu; sono gli occhi che hanno visto ogni cosa e che ora ti guardano dalle foto che hai stampato, dalle pareti, dal soffitto, dagli specchi replicati dagli specchi. Hanno visto ogni cosa e ora ti vedono entrare nella vasca e non piangere, Blu, hai scelto tu di godere con Dora e mentire a Roberto, o di liberare gli occhi, perciò ora ascolta come è accogliente l'acqua, appoggia pure la testa contro il bordo della vasca e chiudi gli occhi e poi apri gli occhi. Se chiudi gli occhi, con te li chiude una delle mille paia di palpebre che adesso ti guardano.

Mille paia, Blu, sì.

Perciò iniziamo. Apri e chiudi due.

...tre, quattro, cinque, sei, sette e otto, nove e dieci, e undici, dodici, tredici, quattordiciquindici, sedici, diciassette, diciotto e diciannove lampioni ti separano dalla fermata dell'autobus. Li superi tutti e torni indietro di uno, lo recuperi: venti. Lasci lo zaino sui piedi mentre aspetti l'autobus, le mani in tasca e la testa china nella sciarpa.

La mamma stamattina ti ha svegliata con latte e Nesquik – Bevi piano che è bollente – e alla luce del corridoio ha radiografato i rettangoli di carta immacolata sopra il televisore e sulle pareti: Che è successo alla stanza?, ha chiesto cercando e non vedendo le medaglie del nuoto, e tu hai guardato le stampe dei performance artist con (gli occhi) le facce verso il muro e ti sei girata verso il muro anche tu, la trapunta fin sul naso come adesso la lana.

Faceva freddo, fa freddo, e quando sale sull'autobus

Roberto ti prende le mani e le tiene tra i suoi guanti. Non ha le dita, oggi. Due sacche di stoffa ruvida e pruriginosa le contengono come placente; sfili le tue e le gratti sul dorso.

Dice: Io ti amo.

Lo guardi e Ascolta, inizi, ma poi i suoi occhi si riempiono di lacrime e allora non rispondi più: ti limiti a guardare la bocca che ripete Non voglio perderti e che ha sempre più saliva, sempre più saliva, sfilacci molli e trasparenti che si tendono tra molari lucidi come gli occhi. Ti dà un po' di nausea, tutto quell'annacquarsi sull'autobus affollato, così lo abbracci forte per non starlo a guardare. Non voglio perderti, fai l'eco.

Passi le prime tre ore a messaggiare sotto il banco; alla quarta il professor Dini ti sequestra lo smartphone e a fine mattinata lo recuperi e voli nell'auto di tuo padre, lui ti bacia la fronte, estrae l'accendisigari.

C'è il timballo, annuncia.

Il tempo di fare inversione e già l'abitacolo è pieno di fumo. Apri il finestrino – *lei* prende i tuoi vestiti con due dita, quando lui ti riporta a casa – e tieni la Marlboro fuori mentre ti abbandoni sullo schienale e punti le ginocchia contro il vano portaoggetti. Buono il timballo. Buono l'odore del timballo che vi accoglie già sulle scale, mentre nella busta di tuo padre tintinnano due bottiglie di Sangiovese.

Costanza si affaccia in soggiorno con un piatto di grissini avvolti nel prosciutto: Ci vorrà ancora un po', dice rientrando in cucina, e vai a sederti accanto a Lea che arriccia un tovagliolo mentre parla al telefono. Ciao, dici. Lei sbuffa e va a chiudersi in camera.

Lea!, grida sua madre, ma Lea non torna più. Mentre

mangiate il timballo e le patate al forno e la macedonia di mandarino, mela e ananas, il silenzio lascia spazio alle sue risate oltre la porta, ai suoi Ma va' là!, e alla fine Costanza prepara un bicchiere di frutta anche per lei e glielo porta in camera insieme al timballo.

Ti chiedo scusa, dici quando riappare con due vasetti di yogurt vuoti, è colpa mia.

Lei ti accarezza la testa e va a lavare i piatti; tuo padre si versa da bere.

Povera Costy, bisbiglia; poi ti fa l'occhiolino: Non tutti hanno figlie come te.

Per fortuna, papà.

Perché dici così?

Perché io non, ma lascia perdere dai.

Con Roberto tutto bene?

No.

Lui avvicina la sedia alla tua, la linea del vino sulle labbra.

Papà non voglio parlare di Roberto.

E di che vuoi parlare?

Guardi il tuo bicchiere di frutta, i pezzettoni di ananas ammucchiati sul fondo; dici: Me le faresti delle foto, papà?

Lui sorride. Come le vuoi?

Girati, dice, facciamone una mentre riempi la bottiglia!, e tu non sai se guardare lui o l'imbuto con cui versi la passata di pomodoro in un vuoto di vetro scuro.

Le conserve di pomodori non le prepara mai nessuno, in agosto a Bologna, ma in Abruzzo sì, in vacanza dalla nonna sì, e tu hai quattro anni e sei stanca di rincorrere il gatto e far parlare le bocche di leone, così aiuti lei e le zie anche se hanno bruciato il formicaio dove sbriciolavi le merendine e anche se fatichi a guardare pomodori dai colori così vivi farsi scuri dentro le bottiglie. Perché non ti piace che i colori mutino, Blu, è così?, non ti piace che si alterino, corrompano, guastino, marciscano. Hai quattro anni e non ti piacciono le cicatrici, le macchie sulle mani del nonno, le vene in trasparenza, i labirinti sottopelle delle smagliature, Blu, e così alla fine guardi lui, tuo padre, e un po' di polpa va versata ma che importa.

Tu guardi lui e lui fotografa te, e che importa se sporchi il grembiule e i piedi abbronzati? Ti piace fare smorfie all'obiettivo e per adesso è tutto tuo, altro che Lea.

Perché non ricordi molti di questi momenti, Blu, è così? Una vita a spartire con tua sorella rettangoli dieci per quindici di carta fotografica, come la camera dove sei ospite a volte il week-end. Gli album rilegati in pelle sono pieni di immagini di coppia, Blu&Lea, ma un paio di pagine tutte tue, Blu, quelle sì che le ricordi.

Quando tua madre ti comprò la bustina da venti decalcomanie e noi sentimmo il bisogno di finirle tutte; tutte e venti sparse per il corpo, e lei si arrabbiò e ti mandò da tuo padre, e tuo padre ridendo ti fotografò.

Si prende troppo sul serio *lei*, disse lui e pensi tu mentre tiri dritto verso la camera col Ciao ma'! di cortesia. Accendi la luce, dai un'occhiata ai poster facce al muro e lasci sul cuscino il sacchetto col nome della merceria e le farfalle color fragola; poi estrai dalla cartellina i due autoritratti realizzati mentre tuo padre ti fotografava e li adagi sul letto. Ne scegli altri otto dalla pila di disegni sulla scrivania. Li disponi in fila.

Penna blu su carta, i tuoi disegni sarebbero tutti identici – naso sottile, sopracciglia come V rovesciate coi picchi a tre quarti, bocca schiusa sui denti grandi e forti e quei tratti regolari che inducono le persone a dirti che sembri più piccola e poi a scusarsi: Un giorno sarà un complimento – non fosse per la differente quantità e dimensione delle lentiggini che ti disegni ogni giorno in viso e riproduci con cura certosina sul foglio.

Ma sposti il tuo paio d'occhi dalle dieci paia identiche che ora (non si strizzano, non si strizzano, per favore non si strizzano) attendono immobili alle guance spruzzate di blu e non cogli troppe differenze. Sfili dunque il maglione, lo getti tra le felpe e i pantaloni impilati sulla poltroncina girevole e fai per toglierti le Converse.

Tua madre ti trova così, una gru in bilico sulla sottile gamba destra, la scarpa sinistra tra le mani e il corpo che pende.

Ti ho portato un succo, dice con due succhi tra le mani.

La scarpa viene via di colpo. Ti aggrappi alla poltroncina che ti accompagna con le sue ruote e i suoi vestiti fino al centro della stanza, dove ti ricomponi.

Lei ti guarda il piede scalzo. Lei ti guarda i disegni sul letto. Lei guarda i fogli vuoti alle pareti, di nuovo, coi succhi di frutta come col Nesquik qualche ora prima, ma stavolta non dice.

Dici tu: Puoi lasciarlo sul letto.

Lei guarda il succo mela e banana che ha portato per sé.

Mi sto cambiando, mamma, e ti sfili la seconda Converse aggrappata allo schienale della poltroncina. Devo fare delle cose. Poi vengo, dai.

Lei esce dalla tua camera senza sforzarsi di aggiungere un sorriso, la cannuccia del succo ancora nella plastica. A piedi scalzi raggiungi la porta e la chiudi alle sue spalle.

Guardi la chiave. Giri la chiave. Torni alla poltroncina e copri il maglione con i jeans, la T-shirt e il reggiseno; al loro posto infili un lupetto a collo alto e dei leggings di pece, poi tiri fuori le spille da balia dal sacchetto della merceria e inizi a fissarti addosso gli autoritratti. Spegni la luce, posizioni la macchina fotografica sulla scrivania e azioni l'autoscatto. Corri verso la parete opposta.

Flash!, e il lampo ti investe mentre aggrappi al ginocchio il quinto disegno.

Raggiungi di nuovo la scrivania, di nuovo azioni l'autoscatto.

Flash!, e il lampo ti acceca mentre il sesto lo agganci al collo.

Accendi la luce della stanza, guardi la chiave. Guardi il succo di frutta, abbandonato e solo nel groviglio di coperte e lenzuola e plaid con il lupo. Avresti potuto accontentarla, Blu, quanto tempo ti avrebbe rubato un succo di frutta? L'avresti resa felice – chiedeva così poco! – che sai quanto soffre quando la abbandoni per tuo padre. In pochi minuti avresti cancellato la solitudine del suo pranzo riscaldato e mangiato certo in piedi, accanto al microonde, o magari in padella con forchetta e coltello, come fa quando è di fretta. Un succo di frutta, solo il tempo del succo di frutta ti chiedeva e tu niente, Blu, avevi forse paura che – Blu, avevi certo paura che facesse domande, è così? come mai quei disegni sul letto, che c'è nel sacchettino, e quei fogli alle pareti?

Hai forse incontrato Dora, Blu? Ti sei forse masturbata come una puttana su – basta.

Agganci gli ultimi disegni, spegni la luce e scatti altre due foto: Flash!, frontale e Flash!, di profilo, come due immagini segnaletiche, poi riaccendi la luce. Strappi due grosse manate di creta dal blocco sotto la scrivania, le sistemi sulla tavolozza per i colori a olio e le annaffi con l'acqua per la notte: quando sono abbastanza morbide, le spalmi sugli angoli dei disegni che hai addosso e sui vestiti, in modo da rendere la tua superficie più uniforme possibile, senza troppi spigoli, e altra creta la usi per modellare il pugno della mano sinistra e occultare i confini delle dita; allora spegni la luce, torni alla macchina e Flash!, il profilo coi graffi di creta e Flash!, nascondendo la mano destra. Prendi la macchina fotografica e dedichi un ultimo scatto al pugno informe, poi accendi la luce e spegni la luce e accendi la luce e spegni la luce e accendi la luce e scarichi tutto sul computer, incluse le foto che tuo padre ti ha inviato su WhatsApp.

Durante il caricamento, raccogli e bevi il succo. Apri Mozilla. Ripassi l'elenco dei materiali da preparare per l'application form: il curriculum, il testo di cento parole, le immagini di una performance. Per un massimo di quindici partecipanti, c'è scritto. Succhi e mordi la cannuccia. Qualcosa inventerai, per il curriculum; intanto con Photoshop lavori le foto per annullare gli sfondi nel buio e accentuare le luci su tutti i tuoi volti, per rendere quello vero più chiaro e più chiaro, come i ritratti. Avresti potuto tingerlo, usare le tempere, ma ormai amen, Blu, amen, lo schiarisci al computer e poi infili tutte le foto in una cartella che chiami Performance e sei una buffona.

Oh sì, Blu, sì, sei una buffona, con la tua finta performance chiusa tra i quattro angoli di una cartella virtuale, sei una buffona e sei buffa, seduta al PC coi disegni e la creta ancora addosso: se solo tua madre sapesse, se solo immaginasse per quali impellenze le hai negato qualche minuto di felicità, Blu: riderebbe.

Riderebbe, Blu?

O il dolore che le hai dato non le permetterebbe di –

Che c'è, non vuoi pensarci, Blu?

Cos'è che ti fa paura, Blu?

Cos'è che ti fa paura, chiede Dora nelle cento parole per il suo application form, cos'è che ti spaventa, e coi disegni che ti frusciano intorno e il sapore di mela e banana in bocca apri Word e scrivi: Io. Le mie colpe. I colori che si corrompono. Le cose che si corrompono. Rovinare le cose. Immaginare il male della gente.

Immaginare il male di Roberto. Immaginare Roberto che non viene. Immaginare Roberto che ha dolore al sesso. Immaginare Roberto che non fa più sesso. Immaginare il sesso di Roberto che si ammala e – se solo lo togliesse. Se solo te lo togliesse di lì, Blu, davvero non faresti questi pensieri? Se si accorgesse che mentre spinge sbatti la testa contro il finestrino, se ci mettesse i cappotti dietro, se stringesse la maglia tra i denti invece di sfregartela su e giù sui seni nudi, sui capezzoli, o la levasse, se si accorgesse che non sei eccitata, se arpionasse meno la coscia, se non ti spingesse il ginocchio contro la testa del sedile anteriore, se pensasse al tuo orgasmo, se sapesse che anche tu puoi averne uno, se ci avesse provato, se non ci avessi provato, se non sapessi che puoi averne uno, Blu, ma con lui non ce l'hai e non ci prova neanche: non faresti questi pensieri, sul serio?

Con la gamba nuda sollevata e l'altra sul sedile, i pantaloni a fisarmonica tra il ginocchio e la scarpa ancora al piede, sei così ostile che neppure fingi il piacere, stavolta, neanche ti sforzi di fiatare i sì-oh-sì di rito che di solito sussurri allo schienale. Ascolti i suoi con lo stesso interesse che riservi alle raccomandazioni di tua madre, lo vedi agitarsi sul tuo corpo, mutare l'inclinazione delle tue cosce; lo spingi via. Tiri giù la gamba e le maglie arrotolate fino al collo.

Niente orgasmo per te: niente per lui.

Mentre ti guarda seduto sui talloni, sembra così (stupido) stupito con quel coso tra le gambe che scende piano piano. Ti accarezza la coscia nuda, chiede: Ti ho fatto male?

Non rispondi; chiede: Vuoi lasciarmi, Blu?

Roberto, cominci, ma il suo mento prende a tremare, il pene scivola e scompare per sempre nell'abisso tra le cosce e ti accorgi di quanto male gli stai facendo, Blu, finalmente te ne accorgi. Finalmente ti svegli, che se dopo anni di fidanzamento tu prendi e ti masturbi tutta sola, per di più pensando a un'altra, e non dici al tuo ragazzo come vuoi che ti tocchi e lasci che faccia l'amore con te come sempre, Blu, addossargli la frustrazione per il mancato orgasmo è un po' da vile, tu non credi? Farlo soffrire così, lui che stasera ha sorriso quando ti ha vista, lui che poi era così bello, da bambino, ricordi le foto? lui quattrenne avvolto nella bandiera dell'Italia e sorridente?

Quel bambino meritava di restarlo, sorridente. Quel bambino bellissimo – i genitori gli volevano certo un gran bene, Blu, certo speravano per lui il meglio – meritava di essere felice, di essere accudito e amato; non meritava, così indifeso e puro, di finire un giorno a pregare che tu non lo abbandonassi, Blu, che evitassi di fargli del male per poi consolarlo con carezze ancora sporche di creta, che capissi che il tuo modo di spegnere i sorrisi (tua madre lo sapeva) ai bambini è come –

Che ti decidessi subito e per sempre a non –

Distruggere la gioia. Distruggere la purezza. Dare amore solo in cambio di amore. Fare del bene per avvicinare le persone, per soddisfare un disperato desiderio di attenzione e non riuscire, del resto, a trovare motivi disinteressati per compiere buone azioni. Desiderarli tanto da star male. Desiderarli da odiare le buone azioni degli altri, se oltre a sembrare buone sembrano anche prive di egoismo. Odiare le persone prive di egoismo. Distruggere la purezza, distruggere la gioia.

Novantasette parole.

Vai a capo un paio di volte, scrivi: Prendimi, ti prego; poi cancelli e ritenti: Sarebbe utile partecipare.

Sulla scrivania c'è ancora il succo mela e banana con la cannuccia masticata: la annusi e arricci il naso, sa di bava, poi torni al computer e osservi la freccetta muoversi sullo schermo, allegare il file con le cento parole, allegare le tue foto coi fogli addosso, allegare un curriculum da ridere che parla di liceo artistico, corsi pomeridiani di disegno e altre performance che non hai mai realizzato, tipo in una scrivi di occhi che hai aperto nella pelle, e alla fine rileggi tutto, sganci il cervello dall'indice che sfiora il mouse e lasci che invii.

Quando il cervello se ne accorge, ti pompa il sangue in faccia. Sospende il fiato, il cervello, e arresta i muscoli e ti fa tremare tutta, Blu, e hai un gran brivido su per la schiena, ma in quel momento appare una schermata sul monitor che dice: Grazie per aver compilato la richiesta di partecipazione al workshop. A breve riceverà un'e-mail di conferma, dice, e tu corri ad aprire la posta e l'e-mail non la trovi. Ricarichi la pagina: non la trovi. Ricarichi la pagina: non la trovi. Ricarichi la pagina tre, ricarichi la pagina quattro, ricarichi la pagina dieci e non la trovi. Apri la posta indesiderata. Apri Facebook, apri la chat di Dora, la chiudi. Ricarichi la pagina undici, ricarichi la pagina dodici, ricarichi la pagina diciotto e la trovi. Abbiamo ricevuto la sua e-mail, la ricontatteremo nei prossimi giorni per un feedback sulla sua candidatura. Stop. Recuperi il succo. Mordi la cannuccia. Torni su Facebook e apri la chat con Dora, c'è scritto Sono felice e l'ha scritto lei, lei, quando le hai detto che saresti andata all'evento, Sono felice, e vorresti dirle che ti sei candidata per il workshop ma succhiando le ultime gocce di succo dalla cannuccia schiacciata ti freni.

Perché ti senti inquieta, Blu, non è vero?

Sai che se Dora ti prendesse dovresti trovare i soldi e saltare due giorni di scuola e volare verso una bucolica tenuta sui colli romani, non è forse vero?, e daresti un dispiacere a tua madre. Te la vedi ancora lì, la mamma, lì accanto al letto col suo desiderio innocente di bere un succo con te, un desiderio piccolo e semplice che comunque non può esserle esaudito. La vedi davanti a te e la cerchi in camera sua, ha ancora la luce accesa.

Mamma?, chiami, e lei alza il sorriso dallo smartphone e restate a chiacchierare qualche minuto distese sul letto. Infine vai a lavarti i denti e frughi lo specchio del bagno alla ricerca di occhi, ma la vasca sembra non avere zampe e tu corri sotto le coperte per non darti il tempo di sfidare la sorte.

Poi attendi –

– la fine del pranzo del mio ottavo 25 dicembre, sì, presto lo spirito del Natale sguscerà tra gli incisivi che mi mancano aggrappato alla poesia che ho imparato, le mani dei parenti si passeranno il lavoretto di fusilli, rigatoni e porporina (a scuola i miei amici si spalmavano il Vinavil sui palmi, lo spellavano, e io per divertirli sono tornata a casa con le sopracciglia avvolte nella colla come bachi) e potrò aprire i regali che mi aspettano sotto l'albero e che già conosco, ben elencati nello scontrino lunghissimissimo dimenticato dalla mamma sul comò e mancante della piscina gonfiabile che dunque non arriverà.

Come non arriverà la risposta di Dora, lo so, che Dora non è Babbo Natale, ma al mio diciottesimo 25 dicembre non attendo altro – non la poesia, non il lavoretto, non (altri) regali – e continuo a guardare la pagina del destino, vuota come il vasetto di terra che lei mi ha donato e dove so che invece ci vuole un fiore, ci vuole un fiore, ci vuole un fiore.

E attendi –

– le quattro ore che mi separano dal suono del citofono; da dodici è il 29 dicembre, da una ho nove anni.

Mentre mia madre rovescia patatine al formaggio e pop-corn nelle insalatiere colorate, in piedi nella mia stanza tengo il collo dritto e la testa contro il muro: la squadra scalena che uso per Educazione tecnica corre lungo la riga dei miei capelli come su una rotaia, finché l'angolo retto non tocca la parete; poi mio padre la rovescia di piatto, traccia un segno con la matita, dice: Lllllà!, e insieme sorridiamo al muro scoprendo che infine sono più alta della mensola alta. Prendo la matita e trasformo la tacca nel gambo orizzontale di una margherita: disegno i petali, i pistilli, le foglie. Sono così orgogliosa, davanti alla mia scala di tacche e alle medaglie del nuoto, che per un momento smetto perfino di attendere il ronzio del citofono che darà il via alla festa, il *dlin-dlon* dell'ascensore che porterà su il primo invitato, il crocchiare della carta da regalo, gli auguri di Zanzarone, che si è conquistato il nome finendo dritto nella zanzariera di Martina, e i messaggi di chi è già in settimana bianca e dunque non arriverà.

Come non arriverà la risposta di Dora, lo so, che Dora cosa c'entra coi miei diciott'anni?, eppure mentre divento maggiorenne non chiedo la macchina o un viaggio o un nuovo amore, al fuoco delle candeline: Esprimi un desiderio!, mi esortano i compagni di scuola davanti alle croste delle pizze, e io riesco a pensare solo al workshop, a lei nella terra, alla sua piantina, a quell'ultima tacca-margherita segnata con mio padre e a tutte le tacche segnate da quel giorno, righe spoglie contro il muro quando invece ho sempre saputo che alla fine di ogni gambo ci vuole un fiore, ci vuole un fiore, ci vuole un fiore.

E attendi –

– la mezzanotte del mio sesto Capodanno, chiusa nel bagno a passare la colla stick sul lobo dell'orecchio e sulla stellina adesiva regalata dalla mamma. Non volevo, non volevo. La schiaccio contro la pelle, tiro via il dito: anche stavolta rimane attaccata all'indice. Confeziono un ditale di carta igienica, schiaccio la stellina sul lobo, ritiro la mano: l'orecchino è sulla carta. Prima che qualcuno possa bussare fuggo in camera, avvolgo testa e orecchie in una sciarpa e torno sul balcone: mio padre mi issa su un fianco e mi passa una bacchetta che sprizza scintille all'altra estremità; mia madre raccomanda di allungare il braccio e tenere le stelline di fuoco oltre la ringhiera, proprio le *stelline*, dice, e allora so che sa tutto e non riesco più a guardare i fuochi che sbocciano come fiori del cielo, perché attendo il perdono e so che non arriverà.

Come non arriverà la risposta di Dora, che mica lavora a Capodanno, eppure chiusa in bagno controllo la pagina del sito e leggo su Facebook il suo post di auguri, c'è anche un primo piano, è così bella. Una formica risale il bordo del lavandino dove ho sciacquato la faccia. Le gocce sono ostacoli con cui si scontra e che aggira; sono mura di labirinto. Faccio un ditale di carta igienica e asciugo una striscia di libertà dello spessore di un polpastrello; poi torno da Roberto e lanciamo una lanterna, ma mentre la guardiamo ascendere e non sbocciare so bene che lassù ci vuole un fiore, ci vuole un fiore, ci vuole un fiore.

E attendi –

– la Befana (vien di notte con le scarpe tutte rotte) mentre decoro la prima pagina del diario passandoci sopra carezze di matita; sotto ho sistemato una moneta da un euro, e la punta di grafite si inceppa sui confini del numero uno, dell'Europa, delle due, tre, sei, dodici stelline che frammentano il lato destro della corona circolare, che poi è l'area di piano delimitata da due circonferenze concentriche, così hanno detto a scuola. Costanza mi lancia un'occhiata mentre posa sul tavolo un bicchiere di latte e un pacco di biscotti; Lea crede ancora alla Befana e aiuta la madre nella preparazione del piccolo ristoro per quella povera vecchina che (ha le toppe alla sottana) dovrà viaggiare tutta la notte (viva viva la Befana!) per portare leccornie ai bambini buoni e ai cattivi il carbone: Aspettiamola svegli!, propone, magari arriva!, e mentre chiudo il diario sento mio padre contrattare: Fino alle dieci e poi a nanna, d'accordo?, ma io so già che non arriverà.

Come non arriverà la risposta di Dora, s'è mai vista una Befana tanto bella?, eppure continuo ad aggiornare la pagina del workshop, per non farlo devo alzarmi. Preparo un tè grattando zucchero col cucchiaino dal fondo del sacchetto, do acqua al terriccio con il seme che non ha fatto il fiore, ancora no, e ci vuole un fiore e io spero e non credo che domani spunti e sbocci, e spero e non credo che arrivi una risposta, domani si riprende a lavorare e io ci spero e non ci credo – è così – in una risposta.

Che invece arriva: sei stata presa.

Sei. Stata. Presa, Blu, sei stata presa, sei stata presa, e adesso e ora che si fa?, sei stata presa, farai il workshop insieme a Dora, Dora ha capito che tu hai il dono, Dora ha capito che: neanche ci credi, sei stata presa, guardi lo schermo e sei stata presa, aggiorni la pagina e sei stata presa, tre giorni insieme a Dora, tre giorni tu con Dora, e le performance, e l'arte, tu hai il dono e lei lo sa e per questo ti ha presa, Blu, e scatti in piedi, ti risiedi, metti la musica, alzi il volume, sei lì con Dora e la vostra arte, vi esibite insieme, fiumi di gente.

Nascondi sorriso e lacrime nella coppa delle mani. Tutto ciò che di brutto hai vissuto non è stato che una prova per arrivare fin qui: l'esclusione, la solitudine, il dolore, nient'altro che ostacoli da affrontare per godere appieno di questo momento, una preparazione necessaria per essere scelti da Dora, ora lo sai, e ti levi in piedi e torni a girare tutte le stampe coi volti e i corpi dei performer, guardatemi, io sono Blu e sono una di voi.

Vorresti scriverle.

Torni a sedere, e di voglia di riprendere i compiti non ne hai l'ombra: potrai mica pensare all'età giolittiana proprio adesso?, ridi, e a che pro, poi, quando ormai il tuo destino è segnato?

Vorresti scriverle, sì, e col cuore che batte dappertutto apri Messenger, cerchi Dora, rileggi Sono felice, quello che ha scritto lei, e mentre pensi alle parole giuste per ringraziarla ti accorgi che hai ricevuto un'e-mail.

C'è il suo nome, al posto del mittente, ma è un'e-mail preimpostata. Indica il luogo del workshop e come arrivarvi, conferma l'appuntamento per l'ultimo week-end di marzo e comunica in grassetto le coordinate per il bonifico: da intestarsi a Dora Leoni, Banca Unicredit, e conti nell'Iban ventisette cifre. Ventisette. Le leggi, le sommi: il numero che ne esce è dispari, di nuovo, e sfili i pollici dai buchi del maglione per tirare le maniche su. Sommi il numero con la data di scadenza per il pagamento, che è (vicinissima!) dispari anch'essa, e quello che ottieni ti calmerebbe pure, non fosse che tutti quei soldi – e la somma delle cifre non certo pari, Blu, non certo pari – entro una settimana non li avrai mai. Alzi lo sguardo sui performer: e ora che faccio?, e nella coppa di mani stavolta tuffi l'angoscia.

Povera Blu, dov'è quella felicità che felicità così non ne avevi avute mai?

Se solo potessi parlarne con loro, tua madre e tuo padre; spiegare che mancherai a scuola qualche giorno, è vero, ma per qualcosa che per te ormai è la vita!

Se solo ti dessero quei soldi, o te li avessero dati; se non ti avessero regalato tutti quei gioielli per i tuoi diciott'anni, che gioielli non ne hai messi mai e allora cazzo: perché?, pensi, perché ti hanno regalato quei gioielli spendendo chissà quale cifra; gioielli che però in fondo in fondo –

Blu! Quello sguardo, Blu: non pensarci. Vorresti davvero – Blu! Ma non ce l'hai, tu, il senso di colpa? non ricordi che gli occhi di tua madre brillavano più del punto luce che ti teneva in gola, le sue mani a chiuderti il gancio sotto la nuca, le tue a sollevare i capelli?

Avanti, Blu, spegni il computer, dai l'acqua al vaso senza fiore, esci a passeggiare ma non leggere oltre, non leggere il diciotto carati lo paghiamo ventisette euro al grammo, Blu, non leggere orofacile punto it, non aprire su Google Maps la pagina coi pallini colorati in corrispondenza di obiettivi che ora non devi avere. Starai male, Blu, e sei ancora in tempo: chiudi le schede, chiudi il computer, e la cassaforte.

Chiudi la cassaforte, Blu (ti si accapponeranno i polpastrelli).

Almeno tu, Blu, ascolta: di' a Ginevra di sfilarsi gli anellini, ascolta la mamma, che dobbiamo andare a scuola. Nel pomeriggio, poi, potremo giocare ancora, ma ora dai alla mamma il serpente d'oro che gira intorno al pollice e ha l'occhio di zaffiro. Quello, sai, da grande potrai portarlo all'anulare, ma ora toglilo, Blu, e andiamo a scuola; se lo fai, dopo pranzo la mamma ti lascerà tenere al collo tutte le sue collane.

Ma tu, Blu, che sei una bimba (obbediente) buona, perché non dici a Ginevra di mettere a posto (il naso di Leabella) i gioielli?

Perché non glieli cavi dalle tasche? lasci che trasformi in denaro l'amore immenso di sua madre?

Tu non lo meriti, Blu, l'amore immenso. Non quello di tua madre, non quello di tuo padre, non quello di Roberto. Ciò che meriti è ciò che hai tra le mani: una busta col logo di una banca e una finestra trasparente che affaccia sul tuo nome, Ginevra De Angelis, bimba cattiva, domiciliata a Bologna e titolare di un conto corrente nuovo nuovo capace di comunicare tramite Iban dispari con il conto corrente di Dora.

Sposti il portatile in un angolo della scrivania e stacchi un pezzo di creta dal blocco che tieni accanto ai piedi: lo osservi, lo bagni, getti un occhio agli attrezzi, stecche e mirette, mentre passi le dita sull'argilla per ammorbidirla, ma di acqua ne hai messa troppa e (ti si accapponeranno i polpastrelli) sei costretta ad aggiungere altra creta. Fai respiri lenti mentre prepari il supporto metallico e vi infili il panetto. Vuoi una mano. Vuoi modellare delle dita con le dita. Prendi una miretta ed elimini ciò che è di troppo. Ti piace osservare il lavoro della miretta, di solito, quel suo passaggio che libera la scultura che verrà dal superfluo, che sostituisce le imperfezioni con una superficie perfetta e liscia, da accarezzare, quasi, eppure questa volta non funziona, stavolta tutta quella levigatezza ti disturba come ti disturba l'odore della creta e che strano, pensi, hai sempre pensato che fosse un profumo e non una puzza, quello della creta, eppure adesso vorresti lasciare la stanza e lavarti le mani, Blu, non è così?, ma continui a modellare le dita e ti viene in mente che l'anello col serpente ci starebbe proprio bene, sull'anulare che verrà, sarebbe proprio un gran bel dito, quello, per il serpente d'oro che avevi in cassaforte; non è così, Blu? non splenderebbe, la mano che verrà, con tutti quei gioielli che tu avevi e, oh!, ma l'avevamo detto, no?, che ti saresti sentita in colpa. Eppure la tua bocca, Blu, non tremava mica come adesso, mentre diceva Vendo oro al Compro oro, e anzi diceva A quanto arrivo e Grazie mille, la tua bocca, e sorrideva perfino, ricordi?, la tua bocca, sorrideva al Compro Oro mentre diceva Grazie ancora e veniva via dal negozio, Blu, non è così?, e allora fai vedere, Blu: sorridi. Forse che non riesci a modellare, mentre sorridi, Blu? forse che tutta quella levigatezza, e l'odore della creta comprata da tua madre, forse sono troppo da tollerare per chi l'amore l'ha venduto per soldi?

E allora ammazza il sorriso.

O nascondilo, coprilo, occulta la vergogna. La mano che vive nella creta, schiacciala forte sulla bocca oscena, schiacciala adesso sulle labbra e ricaccia indietro ciò che hai detto, fa' che non si veda, per l'amore di dio, fa' che *lei* non veda. Trattieni il respiro, Blu, e fa' che la mano di argilla aderisca alla pelle, che diventi tutt'uno con le labbra, le guance, anche il mento. Nascondi tutto, Blu, che non si veda. Passa le mani due, quattro, otto, venti volte e annulla la bocca, annullala ancora. Arriviamo a mille, Blu, e qualcosa andrà a posto. Arriviamo a – Blu! Non piangere, Blu, non vedi che cosa succede? Guardati allo specchio. Se piangi, gli occhi rischiano di sciogliere la creta, di lavarla via: su, chiudi anche gli occhi. La creta sugli occhi, Blu, fai la buona. La creta su – E allora non piangere. Niente occhi ma non piangere, Blu, d'accordo? E siamo a sessantadue, sessantaquattro, ottanta, centosei. O centosette? Hai perso il conto, Blu?, ma allora non c'è più speranza. Forse non c'è più speranza, per te, che non sia andare da *lei*.

Le dirai che hai venduto i gioielli.

Le dirai che ora tutto il suo amore – come era felice,

Blu, il giorno della tua cresima, mentre ti porgeva il pacchetto; c'era un fiocco di raso, sulla bustina, e la sua emozione la faceva parlare del braccialetto a tre ori prima ancora che tu lo vedessi – è diventato una cifra da leggere nell'Area riservata di una banca online.

Le dirai che era inevitabile, no?, perché dovevi andare tre giorni in vacanza insieme a una donna su cui ti masturbi. Saltando la scuola, scappando nel Lazio, magari rubandole gli abiti nuovi.

Dovrai farlo, Blu, se ora liberi la bocca. Prendi altra acqua, bagna – il vasetto di terra di Dora: perché è così sterile, te lo sei mai chiesto? – l'argilla che ora tira la pelle delle guance e del mento e riprendi a contare dall'inizio, Blu, forse puoi farcela, possiamo farcela, o prendi il blocco da sotto la scrivania, liberalo dalla plastica e andiamo in bagno, c'è ancora un tentativo da fare, Blu, cerchiamo delle punizioni nella stanza con la vasca, Blu, prendiamo il blocco e cerchiamo delle punizioni nella stanza con la vasca, lasciamo la terra contro la bocca e cerchiamo delle punizioni nella stanza –

– delle punizioni.

La Stanza delle Punizioni, Blu: ci siamo. Riempi la vasca con le zampe, versa la creta. Spogliati, Blu. Immergiti.

Intorno a te ci sono tutti; dall'altra parte della vasca, con la creta fino al collo, c'è Lea.

Ti porti una mano alla bocca. Ti manca –

– l'incisivo superiore destro. Ieri notte è arrivato il topino dei dentini, se l'è preso da sotto il bicchiere e ti ha lasciato in cambio una moneta da un euro; poi Lea ha pianto, che voleva anche lei (il naso) il soldino, e Costanza l'ha portata in camera mentre chiedevi a tuo padre come avesse fatto, il topo, a sollevare il bicchiere, e soprattutto cosa ci facesse poi coi denti di tutti i bambini. Ne hai immaginato la tana: molari le sedie, incisivi i cuscini, canini per far le inferriate e respingere i gatti, e tuo padre ha tirato via un foglio dalla stampante perché la disegnassi, ma poi non ti ha dato il tempo di finire e vi ha portate tutte al carnevale.

Una festa divertente, non c'è che dire, tutta la famiglia allargata alla ricerca di Nemo, ma poi tu e Lea siete rientrate a casa coperte di schiuma e Costanza vi ha infilate nella vasca per sciacquarvi e insaponarvi. Insieme, con le mutande indosso. Per coprire le vergogne, ha detto – che poi lo dice sempre, no?, come al mare, quando vi fa cambiare il costumino reggendo il telo intorno – e adesso tu vuoi rivestirti. Piagnucoli, mentre ti tiene una mano sulla fronte e ti sciacqua i capelli, e vuoi tornare a casa. Vuoi chiedere alla mamma perché lei le vergogne non te le abbia mai coperte, e Costanza dice Aspetta, dice Blu, aspetta, e tu guardi Lea(bella), la chioma acconciata con la schiuma e i coriandoli, e poi scatti in piedi. Lasci la vasca con (il naso di Leabella) le mutandine zuppe e Costanza ti sistema davanti allo scaldabagno.

Almeno asciugati, dice, visto che devo lasciarti i capelli impastati con –

– la creta. La cosa fa sorridere Lea; il suo sorriso fa tremare te. L'argilla sciolta ti impedisce di vedere il corpo di tua sorella dal collo ingiù, ma sai che indossa le mutande e ti chiedi se per te è lo stesso. Muovi la mano sinistra per fugare il dubbio. L'acqua è torbida e nasconde il movimento, ma quando le dita si posano sul sesso nudo il sorriso di Lea si tramuta in un ghigno.

Ti piace Dora, è così?

Hai venduto i gioielli per lei, sorellina, mi sbaglio?

Il tuo sguardo fugge agli occhi di Lea, evade dalla vasca e inciampa in quelli di tutti i performer, e di tua madre. L'argilla sciolta sciacqua e sciaborda mentre strappi via la mano (dalle vergogne) dalle cosce per liberare lo scarico. Vuoi ripulire tutto, Blu? L'hai creato tu, questo pantano; hai insozzato tu la sorellastra. Le hai rubato (il naso) la purezza, ricordi?, quando lei voleva solo giocare, era una bambina, e tu con gli altri le gridavi Prosciuttona – ricordi, Blu? non è vero che i tuoi otto anni li hai in mente così? – e allora guardala adesso. Lascia stare che ha un ghigno, che mostra i suoi denti (la casa del topo?), e guardale il petto, il seno ingombrante coperto di argilla. È tua questa colpa. Ricorda – confessa: ho appena otto anni, Costanza ci bacia le fronti e poi spegne la luce; io scivolo nel letto di Lea e le racconto la cosa che ho imparato, che per fare i figli va messo il pisello nella rosellina finché la pellicola che il maschio ha sul pisello non si abbassa, e Lea però si spaventa, lo dice a sua madre, e mio padre il giorno dopo mi rimprovera: Attenta, con Lea, che è piccolina, che le bambine piccole – Hanno sempre ragione, le bambine piccole, non lo sai, Blu?, e le sorelline grandi devono starci attente, non che un giorno le si mette nella vasca e le si sporca di argilla, guarda cos'hai combinato. L'acqua torbida scende giù e il corpo di tua sorella è sporco, non vedi?, è pieno di fango. Apri l'acqua, forza, apri i rubinetti e fai scendere l'acqua pulita, smetti di guardare il sorriso di Lea, non vorrai spegnerlo! Non vorrai, come quando avevi undici anni – farla piangere, ecco che sai fare a quell'età: dirle che le bambine delle medie non giocano più con le bambole e arrabbiarti così tanto (tu che sei il suo idolo!) quando per sbaglio rivela a Silvia e a Lucia e a tutti gli altri che a volte, con lei, tu ci giochi ancora. Ricordi, Blu? Le desti ogni colpa, di fronte a tutte quelle (case di topi) bocche piene di denti che ridevano forte, che ti prendevano in giro, ma era forse Lea(bella) a escluderti a scuola? era forse – sporca così, tua sor(bella), prima di entrare con te nella vasca? Guarda, Blu, guardale i polsi, il ventre argilloso. Avrebbe potuto restare pulita, avrebbe potuto – insomma, Blu, la vasca era la sua, la madre pure; perché, di ritorno dal carnevale, avrebbe dovuto dividerle con te? Se siete in mutande, se siete in acqua in mutande, Blu, la colpa non è che tua. Chi ha mangiato alla mensa di sua madre? chi si è preso le attenzioni di sua madre il 29 dicembre, giorno del tuo diciottesimo compleanno, ricevendo in dono un gioiello che poi – L'hai venduto, riesci a dirlo a Lea? riesci a dirle che anche l'amore di sua madre, Blu, l'hai venduto per pensare a Dora nella vasca da bagno dove hai toccato il sesso con le mani tremanti? Eppure lei diceva Aspetta; Costanza diceva Blu, aspetta, prendi freddo se – Esci dall'acqua. Ti si accapponeranno i polpastrelli, Blu. Esci dall'acqua, prendi la cornetta della doccia e lava il corpo di tua sorella. Tu l'hai macchiato, tu hai da lavarlo. Forza, Blu, non sbattere gli occhi, non contare i respiri; è questo che devi fare adesso: rendere il naso a Leabella, lavarne il corpo. Vuoi performare? vuoi un atto viscerale che non sia finzione, sangue che non sia ketchup e una pistola che spari? Allora alzati in piedi, regola l'acqua e lava Leabella. Puliscile il viso, il collo, il petto più vasto del tuo, Blu, e sciacquale i piedi. Non singhiozzare: stai performando. Hai cento occhi, nella Stanza delle Punizioni, e tu hai venduto i tuoi gioielli e non confesserai – non a Lea, non a loro né a tua madre – per cui compi l'atto, Blu, e chiedi perdono.

Chiedi perdono, Blu, come Dora.

E adesso vestiti, e abbandona il bagno. Tua madre è in casa: falle un saluto, rivolgile un sorriso e torna pure in camera; ignora il blocco di creta sotto la scrivania. Se vuoi scrivere a Dora che hai fatto il bonifico, che fremi dalla voglia di iniziare, apri pure Facebook, mandale un messaggio. Questo momento l'hai atteso tanto, povera Blu, e invece te ne stai lì in piedi, coi palmi insù, ferma nel mezzo della stanza a osservare le tue mani sporche.

Tu sei Ginevra, vero?, ti chiede la ragazza con il graffio, la giapponese, e allora facciamo un bel bilancio: ieri mattina hai detto a tua madre Vado da papà, mentre ficcavi nello zaino braccio e jeans, Viene a prendermi a scuola e torno domenica, hai detto, ma poi sei andata alla stazione e dal binario diciotto, col telefono che prendeva e non prendeva nell'area sotterranea, hai chiamato lui e Questo week-end resterò a casa, papà, che non mi sento bene; poi hai scritto a Roberto: stessa versione – hai la febbre, la nausea, i linfonodi ingrossati – e ieri pomeriggio, mentre a Roma salivi su un autobus per Rocca di Papa, hai risposto ai suoi messaggi che eri in bagno a vomitare, Per favore sentiamoci domani, non mi mantengo in piedi, hai pregato, e considerato ciò, alla luce di tutto quanto ciò, si direbbe che sì, puoi dire di essere Ginevra, Blu; puoi indiscutibilmente essere, mentre in questo spazio bucolico le piante si contagiano la luce di marzo e le ragnatele bagnate di brina scintillano da volerci infilare i ciondoli, la bimba cattiva.

Ma dici Sono Blu, respirando erba bagnata e stringendo la sua mano; poi la segui mentre si allontana per presentarsi agli altri. Ha la giacca che odora di pelle, un abitino scuro sotto. Ha un taglio su uno zigomo, che comunque graffia meno della frangia color platino sugli occhi da orientale. Ha anelli da girare. Ha un workshop con Dora alle spalle, stessa sede però più concentrato, e da ieri sera si muove nella villa coi gesti di chi ha visto, e quindi è già padrone.

Tu, invece, osservi.

Nell'ampio giardino tra il boschetto di ulivi e l'edificio dove pernottate conti otto persone e altrettanti pouf dove sedersi – sette in meno rispetto al numero massimo di partecipanti ammessi al workshop, e sei tanto buffa, Blu, tanto buffa e tanto ingenua, da pensare che solo una selezione rigida, e non una carenza di candidature, sia la causa di quel numero; ci sono poi diciotto vasi con primule di tutti i colori, quattro scatoloni pieni di oggetti e un tavolino con un mucchio di fogli dove adesso siede Mirella, la donna che ieri vi ha condotto nelle camere e adesso è al telefono con Dora: che sta arrivando, vi avverte, e vi invita ad accomodarvi.

E all'improvviso tremi. Raggiungi l'ultimo pouf della seconda fila, il più vicino al boschetto, e sei felice di sederti – o lasciar cedere le gambe? – perché ti mancano le forze, Blu, e tutt'a un tratto hai freddo, hai i brividi, e sei così agitata che mentre vedi gli altri sistemarsi, pizzicare i pantaloni sopra le ginocchia, allacciarsi meglio le scarpe, far strisciare gli zaini sull'erba e tra i piedi, continui a guardare il pouf accanto al tuo e già cerchi risposte da rifilarti tra qualche minuto, quando tutti si saranno sistemati e dovrai giustificare la sua stoffa immacolata. Che invece si piega sotto il peso di uno zaino, poi di due ginocchia: con la coda dell'occhio, lo sguardo sopra la tua spalla sinistra, cogli la sagoma di Marta, una delle due sorelle animaliste con cui dividi la camera e che adesso, nonostante tu sia stata così poco carina da presentarti appena, ieri sera, negando a entrambe la possibilità di far altro che dormire, ti rivolge un sorriso e si sistema accanto a te. Infili le mani fredde tra le cosce e ricambi il sorriso; poi ti accorgi che la sorella è ancora in piedi e fai per (scusarti, girare le pizze sul termosifone, togliere le tue cose da sotto il banco, tenere basso lo sguardo) alzarti, ma l'altra prende posto in prima fila e coi muscoli tesi rimani dove sei.

Dove sei, Blu, se lei non c'è?

Osservi Marta allungare le gambe e stiracchiarle fino al pouf di fronte al suo, le punte delle scarpe affondate nella stoffa. Tra il bordo dei calzini e quello dei pantaloni scorgi una striscia di peli scuri: li hai visti in versione integrale su su fino all'inguine, ieri sera, e prima di allora – ricordi? raccontiamo? – quattordici anni fa, a Roma, state tornando in albergo.

Prossima fermata: Barberini, Fontana di Trevi, uscita lato destro, e sono circondata da borse e da gambe, tengo le mani ai miei genitori ma non volovolovolo: la mamma ha il mal di pancia, papà tiene le buste di cartone, gli acquisti tutti in braccio, e così mi appendo appena, ruoto sulle scarpe con la suola che si illumina, succhio un'Alpenliebe. A ogni fermata, intorno a me, le ginocchia cambiano: spariscono quelle di lino e ne appaiono di rotonde, una è sbucciata; si allontanano quelle coperte dalle gonne e al loro posto ne arrivano di storte, le rotule sottolineate dall'elastico dei gambaletti. E vorrei dar loro dei nomi, nomi diversi, uno per coppia, ma ecco che la porta le risucchia, le piega, Fontana di Trevi, uscita lato destro, e poi eccone di nuove e adesso sono circondata, rinchiusa tra le gambe come il panda nella gabbia di bambù. Guardo mio padre. Scompare oltre la giacca di una donna. Cerco allora di sgusciare sotto quella, piego il collo, abbasso la testa e lì le incontro: le ginocchia pelose. E le caviglie pelose, e i polpacci, e le cosce che spariscono sotto il vestito ed è come in quel cartone, *L'incantesimo del lago*, che gli umani diventano animali e gli animali umani, e capisco che presto accanto a me ci sarà un lupo. Tiro il braccio di mio padre e non mi sente. Lo chiamo e non mi sente. Riprovo con la mamma e non mi sente, sono sola, nessuno può aiutarmi, allora piango. La signora-lupo mi guarda e si china, è terribile, ma adesso mio padre mi vede da sopra la spalla di lei, la gente lo lascia passare; mi accoglie tra le buste.

Ginevra, che c'è?

Mentre mi prende in braccio vedo la signora farsi più bassa; nascondo il volto nell'odore di dopobarba, sento mia madre: Avevi fatto la brava finora, dice, su: non vedi che la mamma ha il mal di pancia?

E ce l'hai anche tu, il mal di pancia, e conti sedici giorni dall'ultimo ciclo mentre Marta ritira le gambe ed esclama Che figo! Che figo, dice al ragazzo del pouf di fronte che da bambino trovava un mucchio di monete, e di banconote perfino, ma lui ruota di centottanta gradi e risponde che No, figo proprio per nulla, dice, perché questo testimonia che il mio sguardo non si alzava mai da terra, no?, e così voglio performare qualcosa che mi costringa a guardare in faccia gli spettatori, dritto negli occhi e magari usando le monete, no?

No, non è giorno di ciclo. Ti muovi sul pouf e guardi nel bosco, tra gli ulivi, quasi che Dora dovesse venir fuori da lì, come una dea, i piedi nudi e tra i capelli i fiori –

morti, Blu? i fiori tra i capelli sono sempre morti, bambina, cosa credi!, e la mimosa di Roberto, lo sai, è ancora a casa che – basta. Ti concentri sul cinguettio degli uccelli oltre le parole degli altri, oltre il rombo di un aereo che divide il cielo in due triangoli brutti e scaleni. Inutilmente. Senti parlare di corsi, di eventi, di digiuni e di luci, senti Ho fatto body suspension, senti Le bambole le preparo da solo, senti Tre settimane a mangime e antibiotici, tre settimane in gabbia, dice qualcuno, e alzi lo sguardo e si tratta di Elisa, scuote la testa, A metà della quarta, poi, abbiamo interrotto.

Perché?, le chiedi.

Risponde: Vomitavo.

Perché quel supplizio, intendo.

Per gli animali, dice lei. Qui in Italia, spiega, non ci sono manifestazioni forti contro gli allevamenti intensivi, contro i mattatoi, contro l'industria della carne e del latte, e così io e mia sorella ci siamo attivate per – e non senti più niente.

Dora.

Dora.

Dora.

Dora è –

Dora è apparsa davanti a voi – da dove? – e adesso è china su Mirella: ride la sua risata roca, posa il dito sul foglio dell'organizzatrice e lo fa scorrere sulla carta muovendo le labbra. La borsa le scivola lungo la giacca e vorresti avvertirla. Vorresti alzarti e tirargliela su, agganciarle il manico alla spalla, e invece resti incantata a guardare.

Bella è bella, ma non te l'aspettavi così in tiro. Niente piedi nudi sull'erba fresca e bagnata di brina, niente fiori tra i capelli, o abiti candidi e leggeri come lenzuola a carezzarle il collo e le braccia pallide, le braccia coi nei come stelle, ma una camicia scura infilata nei pantaloni infilati negli stivali alti, col tacco, e una giacca di pelle simile a quella di Yuriko, l'allieva giapponese.

Accavalli le gambe, di nuovo le separi. La borsa ampia le crolla giù lungo il braccio, strattona il gomito come un bambino che chiede attenzione. Dora la posa sul prato e alza lo sguardo: Siamo tutti, dice, benvenuti.

Dal coro dei pouf si alza un Grazie spezzato dall'unico Ciao Dora che intimo e discordante giunge dalla prima fila. Lei guarda Yuriko e le rivolge un saluto personalizzato, un saluto che – ti fa ingelosire, Blu? – comunque è giusto un cenno della testa. Poi un cenno lo fa anche a Mirella, le dedica un veloce commiato mentre esce di scena e ne recupera la sedia per portarla davanti alla scrivania, nessuna barricata tra voi e lei.

Spero siate ben riposati, dice affondando i gomiti nelle cosce, la giacca che si tende mostrando i polsi, lo spero vivamente perché ci sarà parecchio da lavorare, in questi tre giorni, e voglio che lo facciate al massimo. Intanto vi pregherei di lasciare tutti gli zaini da quella parte, contro il gazebo, e di tenerci i telefoni dentro.

Qualcuno si alza; non tu. Tu hai lasciato tutto in camera, e mentre borse e sacche si accalcano tra erba e legno cerchi gli occhi di Dora, la sua approvazione, il suo Blu ma che brava!, tu sì che sai come si partecipa a un workshop, tesoro, ma prima di raggiungerla il tuo sguardo inciampa nel biondo platino in prima fila e devia verso il basso, una sponda lenta, triste, la palla numero otto che si ferma a un passo dalla buca.

Questa mattina, riprende Dora mentre i tuoi compagni si sistemano e muovono sui pouf, faremo un po' di conoscenza, parleremo dei percorsi di ognuno di voi e analizzeremo le vostre paure. Ho qui, e Dora si gira, prende le carte dalla scrivania, ne sfoglia gli angoli sulle gambe senza però guardarli, ho appunto qui i vostri lavori, dice, le vostre cento parole sul tema che vi ho dato, Di cosa hai paura?, e nel corso della mattinata li analizzeremo uno a uno. Andremo poi a pranzo tutti insieme, qui alla villa, e consumeremo un pasto leggero, vegetariano. Durante il workshop non si beve e non si fuma. Il mio consiglio è di limitare al minimo anche le parole, le chiacchiere, e di passarvi i significati con gli sguardi e con i gesti; non sono di quei performance artist che impongono il silenzio, durante i propri workshop, ma trovo che star zitti sia una buona pratica per allenare l'espressione.

Le due sorelle animaliste si guardano. Elisa, seduta in prima fila, indica Marta e si morde il labbro; poi ride. Marta aggrotta la fronte ma ha il sorriso anche lei.

Nel pomeriggio, riprende Dora, faremo esercizi per allenare la concentrazione e il movimento. Nella mia ultima e-mail vi ho suggerito di portare delle tute, o qualcosa di comodo, ma in ogni caso qui abbiamo delle T-shirt e dei pantaloni. Chi ne avesse bisogno può venire da me dopo pranzo.

Da lei dopo pranzo, Blu.

Da lei dopo pranzo, dunque, ci andrai?, a dirle che non hai portato la tuta, che era stesa ad asciugare, che se l'avessi presa e scaldata col phon di certo tua madre avrebbe chiesto, indagato, lei sa bene che il venerdì non hai Educazione fisica, no?, e il sabato neppure, e allora che le avresti detto? e allora, cara Blu, ma non lo vedi?, hai lasciato in stanza lo zaino ma la tuta t'ha fregato, già non sei più così eletta, ecco una porta che si chiude, siamo in metro.

La signora-lupo è ancora lì, mia mamma si tiene la pancia, la galleria sotterranea riprende a succhiare il treno in direzione Anagnina.

Quando l'altoparlante avverte che siamo diretti a Repubblica, Teatro dell'Opera, uscita lato destro, tre ragazzi si alzano e mio padre si precipita a occupare i loro posti: ci sistemiamo tutti, io e lui seduti per benino e la mamma piegata in due, si sente male, avevo fatto la buona finora e adesso ecco. Raddrizzo la schiena, tiro su il collo e il mento per guardarla oltre le buste che il papà ha sulle ginocchia, e oltre al suo volto contratto vedo il tunnel che prosegue sempre uguale. Sempre uguale, sempre uguale, sempre uguale, e non avevano chiamato la fermata? Non avevano detto – Teatro dell'Opera, uscita lato destro – che saremmo arrivati? Guardo fuori e guardo mio padre, ha gli occhi stanchi; lo scopro a rubare un pezzo di pizza bianca dal sacchetto di carta: che si sia rassegnato a non arrivare? che sia pronto a vivere lì, su quel treno che la terra ha inghiottito per sempre?

Infili l'indice nel collo della felpa e lo tiri giù, a sinistra e a destra. Si allenta: riprendi a respirare. L'odore di erba bagnata si mischia a quello delle primule; l'aria è frizzante.

...guidare infine l'espressione, sta dicendo Dora. Per questo, e raddrizza la schiena, si tira le maniche giù lungo i polsi, domani mattina ci dedicheremo a una protoperformance, un esercizio più lungo che ho chiamato Feti e che potrebbe sembrare, a primo impatto, una sorta di performance su commissione: come quando si scrivono racconti a partire da un incipit d'autore, no?, però nel nostro caso, vedrete, la consegna servirà per stimolare una reazione e tirar fuori il vostro io.

Così diremo: fuori l'io!, Blu, eh?, e lo esterneremo per benino e le diremo quanto è bella.

Oh, Blu; povera Blu. Non sai fermare le tue gambe. Bella è bella, sì, è bella, col suo sguardo singolare, il cielo storto dell'occhio sinistro che si tuffa nel mare dritto del destro, no?, e tu non sai dove guardare, se lei ti guarda, e la bellezza è pure questo, pensi: qualcosa che non sai approcciare.

Però adesso sta parlando, Dora: ascolta.

Ascolta: Commenteremo l'esercizio, dice; parla del pomeriggio. Ci confronteremo insieme, dice, il pomeriggio, e poi la sera vedremo un video con una mia performance e infine proveremo a elaborare delle azioni più strutturate a partire proprio dai Feti. Ma ora, e si alza, prende la sedia, torna dietro la scrivania, ora vorrei sentire voi. Alberto, tu hai esperienza con la body suspension.

Sì, dice qualcuno alle tue spalle, e ti volti. La voce appartiene a un ragazzo grassoccio, sulla trentina, le gengive inferiori gonfie come palloncini negli interstizi tra i denti. Mentre scendevi le scale per arrivare in giardino, stamattina, era davanti a te: ti ha colpito per l'odore di fragole e per la peluria tatuata in testa e sulle braccia. Ti sei irrigidita quando, al sole, ti sei accorta che era glabro.

Sì, dice, sono alle prime esperienze ma ho lavorato a lungo come piercer, per un tatuatore, e da parecchi anni conosco e seguo i ragazzi del suo giro che fanno tutti body suspension.

E a farti paura, dice Dora pescando uno dei fogli dal mazzo, sono i corpi che si fanno medium del dolore e non della compassione. Nelle tue cento parole, continua Dora, e il ragazzo tira finalmente giù le maniche della felpa, nasconde i tatuaggi, nasconde le mani, dici che ti fa paura il bullismo subito da ragazzo: il mio corpo diventava uno strumento, prendeva l'odio dalle mani altrui e si riempiva di dolore che poi riversava da qualche altra parte.

Sì, dice il ragazzo, ma ora guarda basso. Sì, poi un giorno però arriva in negozio una ragazzina che vuole farsi un piercing alla lingua ma ha paura, non sa se può affrontarlo, così prendo la mia, di lingua, e la buco; la ragazzina rimane a guardarmi con le labbra strette, ricordo che tirò un gran respiro come un fischio, tra quelle labbra, ma poi mi guardò con amore, ve lo giuro a tutti quanti, era piena di amore per ciò che avevo fatto per lei. Così ho pensato che lo stesso corpo che era stato strumento d'odio potesse –

E infatti, lo interrompe Dora rivolta alla prima fila di pouf, qui Alberto scrive che ha paura di rimanere paralizzato, perché è ancora troppo fragile per comunicare sentimenti attraverso l'immobilità. Alberto ha paura che il suo corpo resti muto, così scrive, e ora siete muti tutti.

Un risolino viene fuori da ogni torace e non dal tuo. Perché non ridi, Blu? magari – per caso, sarà poi mica che – non ti aspettavi che le cento parole di schifo che hai scritto sarebbero state lette in pubblico?

Guarda Alberto, Blu. Non lo sapeva forse neanche lui. Balbetta che è per questo che fa performance; che la levitazione genera uno stato mentale di libertà; che l'odio non esiste, mentre è appeso per il petto, l'odio resta a terra, resta a fondo, non lo segue.

E tu cosa ne pensi, Blu?

Guarda. Dora vi mostra delle foto. Due scatti, due donne, due gabbie da infilarcisi solo se in ginocchio. Con l'occhio come il mare, cerca le animaliste: Una bella prova, dice, ai limiti della claustrofobia, come quel giorno in metro.

Quel giorno con l'odore di pizza bianca e il tunnel sempre uguale: Quando arriviamo?

Mai, mi dico, e la paura mi aggrappa allo schienale, mi arrampica in ginocchio sulla sedia. Coi polpastrelli bianchi vedo il muro rallentare, le luci rallentare, e solo quando il tunnel lascia il posto alla stazione di Repubblica, e la barriera umana si aggruma sulla porta, oso spostare gli occhi: cerco quelli di mio padre e lui mi tira a sé, fa crocchiare le carte dei pacchi, Che succede, Ginevra, che c'è?

Guardo i nuovi passeggeri, i polsini sbottonati che scivolano lungo gli avambracci e le dita che si stringono ai ganci appesi in alto.

Chiedo: È sicuro che ci sono altre fermate?

Lui sorride e dice Certo che ci sono, tu conta fino a sessanta e vedrai che arriviamo alla prossima.

Appoggio la testa alla sua spalla. La rialzo.

E quando finiscono, il treno dove va?

Quando finiscono si ferma.

E se non si ferma?

Mio padre strappa un altro pezzo di pizza e risponde con la bocca piena, che la mamma, tanto, sta troppo male per notarlo: Deve fermarsi per forza, dice, perché alla stazione Anagnina il tunnel finisce. Ma non avere paura, Ginevra; conta!

E di nuovo fa crocchiare la mia spalla contro i pacchi mentre intoniamo: Uno; due; tre...

...quattro; inspiri ed espiri, cinque; inspiri ed espiri, otto; inspiri ed espiri, dieci, e di nuovo frizioni ginocchia e braccia per scaldarti, mentre un uomo con una bambola in grembo parla della propria esperienza con la stop-motion, mostra l'unico occhio della creatura e confessa che vorrebbe performare insieme a lei, combattere la minaccia del consumismo invitando il pubblico a riscoprire la compassione per gli oggetti inanimati. Una cosa interessante, insomma, interessante, dice Dora, e passa la parola a Patrizia, ex cantante lirica ossessionata da Demetrio Stratos, e a Carlo, con la sua formazione da illusionista e un paio di performance sul doppio già alle spalle. Poi guarda Yuriko. Sorride, a Yuriko, e legge: Ho paura delle sorprese che rompono l'abitudine. Mi destabilizzano, scrive Yuriko e dice Dora, perché se non ci possiamo fidare dell'abitudine nelle piccole cose vuol dire che non abbiamo certezze neanche con quelle grandi; chi può assicurarmi che la realtà non venga stravolta da un momento all'altro? chi può darmi la certezza che quando avrò finito di scrivere queste parole la mia camera sarà ancora intorno a me, che avrò ancora due mani, che il cielo qui fuori, così inutile e gratuito, non decida di diventare liquido? Il mondo si somiglia ogni giorno e non ha ragioni per farlo. Io lavoro sullo straniamento.

Ricordi, Dora?, si intromette dalla prima fila il casco biondo, l'happening per pianoforte e quartetto d'archi: poi l'ho fatto.

Ricordo!, dice e sembra entusiasmarsi Dora. Ed è andato bene?

Alla grande, e il casco biondo si muove, cambia forma, diventa il volto col graffio di Yuriko. Si gira e vi guarda, quel volto, poi dice: Suono la viola d'amore da quando avevo sei anni. Sono una musicista, spiega, e capita spesso che nei festival sull'Oriente mi chiedano di esibirmi, di prendere parte a quegli eventi serali che giustificano il prezzo del biglietto dopo un pomeriggio a guardare bancarelle.

Accarezza il graffio e posa le mani sulle ginocchia nude.

Mi piace esibirmi col mio gruppo, ma lo considero un lavoro e il lavoro va pagato. Sempre. Arte o non arte, non esiste lavoro che non meriti compenso, e così l'anno scorso, e Yuriko torna a girarsi verso Dora, si sistema sul pouf, l'anno scorso mi hanno proposto una collaborazione gratuita e mi è venuta questa idea: se proprio dovevamo esibirci gratis, avrei deciso io che spettacolo offrire.

E perciò, dice Dora, avete manomesso gli strumenti.

Abbiamo usato un pianoforte muto, di quelli che si ascoltano con le cuffie, e rivestito archi e archetti in modo che il loro passaggio sulle corde fosse silenzioso. Guardavamo gli spettatori e loro ci guardavano gli smoking aspettando il concerto; poi ho dato il via, e avresti dovuto vederli. Che facce, mentre i fruscii si moltiplicavano e le dita del pianista facevano *tap tap* sopra i tasti.

Poveracci, dice Alberto, si saranno alzati in massa.

Al contrario: sono rimasti tutti. Andare via senza spiegazione, risponde Yuriko tornando a voltarsi, vuol dire caricarsi di un senso non curato di irrealtà; te la sentiresti mai? È come quando vedi qualcosa di mostruoso: ti copri gli occhi con la mano, magari, ma lasci sempre uno spiraglio tra le dita.

Distogli lo sguardo e lo spedisci dentro il bosco mentre parla di derealizzazione, di quando da bambina si rannicchiava al buio temendo che la realtà sarebbe venuta giù, crollata come un teatro di stagnola, come i sogni a ogni risveglio: Perciò cerco lo straniamento, ripete a voi e a Dora, e il tuo occhio la accarezza con la coda e vuoi guardarla e non lo vuoi.

Che c'è che ti disturba, Blu?

Quella ragazza, ti disturba. Quella ragazza parla con Dora come fosse una sua amica. Quella ragazza non ha paura delle cento parole sulla paura. Quella ragazza vorresti sparisse dalla faccia della terra, Blu, e la invidi e la detesti e sei d'accordo con lei, non c'è proprio alcun motivo per cui il mondo debba continuare a somigliarsi, il sole a sorgere, o una metro ad arrestarsi ad Anagnina.

Per questo lo dico a mio padre: E se un giorno non si ferma?, ma lui sorride e dice Conta, Ginevra, dai, ma io il conto ormai l'ho perso e l'aria mi manca quando lui dice Diciotto.

E diciannove, venti, ventuno.

Al ventidue salgo di nuovo sul sedile, in ginocchio, e guardo il tunnel sempre uguale; il ventitré viene coperto dalla voce.

Prossima stazione: Termini. Uscita lato destro.

Guardo mio padre, dice Ventiquattro, ha gli occhi persi nel sacchetto con la pizza. Venticinque, dice mentre strappa un pezzo, e io mi aggrappo alla sua spalla, sbircio la mamma oltre le buste.

Ne ha ancora tanti di secondi?

Ancora trenta, dice lui.
E se una volta non fa in tempo?
Lui fa le sopracciglia brutte ma per scherzo, che sorride, e conta ancora, conta sempre, conta fino a quarantuno e allora fuori ecco la luce, la stazione, tanta gente che si accalca sulla porta e vuole entrare. Fate scendere!, urla un vecchio mentre spinge spalle e borse, tutto il volto accartocciato, e papà mi dice Visto?, non c'è traffico qui sotto e questo treno è sempre in tempo. Ora siedi bene, dice con la bocca piena, stropicciando il sacchettino della pizza con le dita tutte unte, vuoi un pezzetto di focaccia?
Io lo guardo e dico Uno, due, tre.
Almeno fai partire il treno.
Quattro, cinque, sei.
Dagli il tempo di partire.
Sette, otto.
Ginevra!
Nove, dieci.

Ginevra!, di nuovo, e finalmente ti accorgi che tutti ti guardano; che Dora ti guarda. Seduta sulla scrivania, lancia il suo strabismo ipnotico alle nuvole, in alto, poi lascia che l'occhio mare dritto atterri di nuovo su di te: Sei con noi?
Scusa, dici, e la guardi accavallare le gambe, stringere una mano nella morsa delle cosce. Scusa, ma per tutti sono Blu, vorresti dirle, e pure a nuoto, a dodici anni, arrivò una Ginevra che quando la chiamavano non mi giravo mai, ma il coraggio non lo trovi e dici Scusa, solo Scusa, e a disagio ti sistemi sul tuo pouf.
Dora è lì e ti sta guardando.
Dora è lì e ti sta chiamando e cerca te.

Dora è lì.
Dora.

Dora.

Dora apre di qualche centimetro la zip dello stivale, dice: Ginevra è l'allieva più giovane che io abbia mai avuto, questo dice agli altri, e tu chissà perché ti ecciti tutta, Blu, che non è mica un complimento, incontrare presto Dora Leoni; che non è mica un vanto, Blu, partecipare a un workshop a diciotto anni e tre mesi anziché a trentuno e mezzo, però la cosa ti emoziona e quando lei prende i tuoi fogli, le foto scattate nella stanza coi ritratti e con l'argilla, impieghi qualche istante ad accorgerti che è strana. Li scruta, gli occhi socchiusi; poi li mette via, prende un altro foglio e dice: Io, le mie colpe, i colori che si corrompono, le cose che si corrompono; sono le tue paure, Ginevra, no?, e tu dici Sì e lei continua Rovinare le cose, immaginare il male della gente, distruggere la gioia e, ecco, sì, anche la purezza. Dare amore solo in cambio di amore.

Alza la testa e tu abbassi la tua. Stai tremando. Tieni gli occhi incollati al suo stivale e assisti alla penetrazione di quattro dita nello spacco, le vedi insinuarsi dove la zip ha creato un varco, una feritoia, un pertugio tra la pelle della gamba e quella della calzatura.

Poi, riprende Dora, fai tutto un discorso sulla purezza, sull'amore disinteressato e sul ribrezzo che provi per il tuo egoismo, e la mano penetra nello stivale fino alle nocche, ma voglio farti una domanda, Ginevra, si può?

Ti aggrappi all'occhio storto. I brividi, il freddo, sono spariti, e hai mani e volto in fiamme. Stai bruciando, ma Dora non sembra accorgersene, sfila la mano dallo stivale e posa il foglio sulla scrivania, alle sue spalle, dice: La domanda è, ma si fa pensierosa, porta la nocca dell'indice alle labbra, vi appoggia il naso. Tu, Ginevra, sembri temere te stessa, riformula, il male che ti porti dentro, e allora mi chiedo, e forse puoi spiegarmi, che c'entra la performance coi ritratti?

Il fuoco si diffonde. Non più le mani, ma le braccia intere. Non più la faccia, ma il collo, il petto; tutto. Vorresti liberarti della felpa, ma gli occhi di Dora, cielo obliquo e mare dritto, ti hanno già pietrificata con l'intento di umiliarti: ti è chiaro, l'hai capito, e poi quella cerniera! L'ha lasciata mezza aperta per tenerti nel disagio, tu non credi?

Tu non credi, dice lei, che dovresti lavorare più vicino a ciò che vuoi comunicare?

A testa bassa dici Sì. Fai fatica a prender fiato. Fai fatica a replicare e neppure hai il coraggio di pregarla affinché ti chiami – Blu, tu non hai neanche il coraggio di imporre per te stessa il nome che tu stessa hai scelto?

Mi ha colpito, dice lei, che hai scritto Io. Mi ha colpito che sei tu la tua paura.

Tu alzi il volto. Ti ha colpito?

Dice Io avevo paura di impazzire. Mio padre era un violento, e io avevo pensieri così brutti che ero certa di finire come lui. Mi dicevo: impazzirai. Dora, perderai la testa. Ma i pensieri, delle volte, si producono da sé: brutti, orrendi, spaventosi, e tutto sta poi nel domarli, nel far sì che non evolvano in realtà.

Ed ecco, Blu: viva viva la tua Dora! Viva la tua Dora fragile, dolce, comprensiva; tu non puoi che perdonarla, Blu, è così? E l'umiliazione pubblica, le paure date in pasto a tutti gli altri, la zip ancora giù che dovresti chiudere, oh sì, dovresti alzarti e chiuderla, Blu, perché niente di brutto succeda alla – Blu, ma fai sul serio? Pensieri che si pensano da sé, Blu, ma dai. Domare i propri istinti. Detto poi da una persona che sta lì a mortificarti, a dirti Sei con noi Ginevra?, a dirti Lavoreremo sui brutti pensieri Ginevra e sul rovinare le cose Ginevra e anche sui colori che si corrompono Ginevra e Ginevra e Ginevra e Ginevra.

Riflettici, Blu.

Pensaci, Blu, che continua a dirti Pensaci Ginevra.

Pensaci, Ginevra, che la mamma ha il mal di pancia, prima di buttarti addosso a lei. Stavamo contando, no? Conta insieme al papà, siamo a ventuno, ventidue, ventitré; lo vuoi o no un pezzo di pizza?

No grazie, rispondi al piatto, ma la ragazza lo posa comunque di fronte a te, sul tovagliolo di stoffa: Guarda che non c'è altro, spiega, e Posso avere del pane?, chiedi tu, questa roba non la mangio, e lei dice Pane non ce n'è, Ma io non, Il piatto è unico, le allergie e le intolleranze andavano indicate in un'e-mail, non ne abbiamo ricevute.

Guardi il piatto e guardi Marta, che ti siede davanti. Ha gli occhi su di te. Anche sua sorella e Alberto e Carlo hanno gli occhi su di te, e per evitare che ti guardino tutti, per evitare che ti guardi anche Dora, dici Va bene, va bene così, ma la ragazza è già passata oltre, lascia piatti unici sul lungo tavolo di legno da cui fuggono via via i tovaglioli, pinzati da coppie di mani che li fanno scivolare sulle gambe. Sollevi il piatto per liberare il tuo, vedi chicchi di miglio ovunque, la crema di fagioli insozza le foglie d'insalata. Soffochi un conato. Di fronte a te, un'ampia vetrata sfonda l'intera parete della sala da pranzo, trasformando quello spazio stretto in un prolungamento del giardino: è lì che porti la tua smorfia, tra il gazebo e il boschetto con gli ulivi.

Guarda che è buono, dice Marta, e tu sposti gli occhi su di lei e deglutisci. La sua sagoma è contornata dalla luce, spalle e braccia chiuse tra linee nette come quelle di un dipinto rinascimentale. Proprio buono, dice, e continua a parlare, Marta. Dice Sul serio, dice È un piatto macrobiotico, così dice, e tu ti chiedi perché non chiuda il becco se ti viene da vomitare e se Dora vi ha consigliato di stare zitti.

Non vede, Marta, che gli altri rimangono in silenzio? vuole che Dora si accorga che non mangi?

Vuole che – Blu, forse dovresti mangiare. Se credi che Marta voglia metterti in cattiva luce con Dora; se credi che per questo, adesso, stia parlando della macrobiotica e di quanto sia importante evitare la carne, specie quella di allevamento dove tagliano i testicoli ai maiali, dice, e sua sorella si intromette e chiede Tu li mangi gli animali morti o neanche quelli?, perché io e Marta ci chiediamo se non mangi questa roba cosa mangi; se credi che tutto questo domandare, Blu, questo indagare, sia perché Dora si accorga che la più giovane del gruppo, quella che prima l'ha colpita, non conosce disciplina, allora testa bassa e mangia.

Mangia, Blu.

Non rispondere alle provocazioni, scansa le foglie di insalata sporche, rovesciale, nascondi la crema di fagioli e mangia le altre. Forza. Scansa, rovescia, mangia. Scosta i granelli di miglio dalla pasta. Trattieni il cibo; non vomitare. Non vomitare, Blu, non vomitare e non dare ascolto a Marta, non dare ascolto a Elisa, non rimpiangere i cibi precotti che tua madre ti cucina, Blu, ora non serve. Scansa, rovescia, pulisci, mangia. Mangia. Mangia. Mangia, mangia, mangia – fermati, Blu, lascia la forchetta. Non vomitare o sarà peggio. Alzati e svuota il piatto nel cestino. Dora è uscita, Dora è andata a consegnare le tute e tre ragazzi si stanno alzando, perciò svuota il tuo piatto e segui il gruppo.

Che fatica, Blu.

Che fatica, si fa, a schiacciare la lingua-mollusco contro gli interstizi tra i denti per scalzare i granelli di miglio, no?, e che fatica reprimere la nausea e che gran fatica, che gran tremendissima fatica maledetta, dover sempre calcolare ogni cosa: lasciarsi superare lungo il corridoio, per esempio, e mettersi in coda per ultimi di fronte allo stanzino con le tute per avere qualche istante da soli con Dora; puoi mai vivere così?

E cosa le racconterai? che ti sfili le mutande e pensi a lei?

D'accordo, Blu, è solo stima, ammirazione, o tenerezza perché il padre era violento e lei soffriva. Convinciti di questo ed entra pure; entra.

Eccola, la tua Dora, seduta sui talloni mentre rovista nello scatolone con le magliette. Si è liberata della giacca, l'ha appesa al pomello della porta, e sotto la maglia leggera intravedi il filo del reggiseno, una linea sottile come quelle che fanno le lenzuola quando la mamma le piega male. Ne segui il percorso sbilenco, da metà schiena alla spalla; poi lei si volta e alza un sopracciglio.

Ecco qui la nostra attrice!, ti accoglie, e raccattando i pantaloni di una tuta si alza in piedi; è altissima. L'ho capito subito, dice, che non hai mai fatto una performance, ma non c'era mica bisogno di mentire. I fogli addosso, quelle foto in cameretta.

Ti porge pantaloni e T-shirt, ma sei pietrificata.

Su, Ginevra, non prendertela. E prendi invece questa roba, ride lei tendendo il braccio. Non potevi mica credere che non me ne sarei accorta. E poi, Ginevra –

Blu!, dovresti dirle. Blu!, dovresti correggerla, invece di startene lì a tremare, Blu; ma non vedi come ti umilia? Ti ride in faccia, Dora, e tu sei lì che non fai niente, che tremi sulla porta, che ascolti E poi, Ginevra, sei così giovane, che ascolti Respira, che lasci che lei ti prenda il polso e ce le appenda da sé, tuta e T-shirt, al tuo braccio immobile.

Tu sei lì e ascolti Comunque i tuoi disegni sono davvero belli, Ginevra, e le perdoni tutto. Una frase che spazza via le altre, una gioia che rade al suolo ogni tormento, Blu, ed è allora che lei si avvicina con due dita, tira fuori un laccio dalla tua felpa e te lo posa delicatamente in petto. Molto belli, ripete, e tu ti perdi nel suo cielo obliquo e poi nel suo mare dritto e quel mare ti esplode tra le cosce, Blu, caldo e intenso, e allora corri in camera a lavarti e sciacqua uno, e sciacqua due, e sciacqua quattro…

…e dieci, venti, trentadue… papà, gli domando, ma se il treno si ferma prima di arrivare alla stazione noi restiamo qui sotto per sempre?

Ma no, sorride lui, ci sono le uscite di sicurezza.

E se in quel momento non ci sono?

Ma ce ne sono tantissime; non le vedi?

Non lo so.

Come non lo sai?, e lui si gira in un fruscio di carta e buste, Guarda bene.

Ma sono sempre sottoterra?

Partono da qui e poi arrivano in superficie, sì.

Ma allora sono altri tunnel.

Be', e lui torna a poggiare la schiena, la stiracchia, non dice altro.

Ma se sono dei tunnel infiniti, riprendi dopo un breve silenzio, chi ci viene a salvarci? Chi viene (a controllare se ho un sonno sereno quando la mamma dorme e già sono le due?) se un giorno le cose vanno male e noi restiamo intrappolati in metro? Io ho paura che – Yuriko abbia ragione, Blu? hai paura che Dora capisca che Yuriko è intelligente e allora –

Conta, Ginevra, dai, mi supplica la mamma, ma ormai il conto l'ho perso. Guardo mio padre e guardo fuori, mi manca il respiro, ripeto: Se restiamo qui chi ci viene, a salvarci?

Poi penseremo ai compagni, sta dicendo Dora, ma in questo momento vorrei che vi concentraste solo su voi stessi. Vi ho fatto togliere le scarpe: schiacciate i piedi sul terreno, sentite il suolo, cercate di distinguere dove finisce un filo d'erba e dove comincia l'altro. Chiudete gli occhi. Sentite tutta la pianta del piede, sentite le dita; respirate.

Respirate, dice, e tu, Blu, respiri. Da quindici minuti Dora ha il pieno possesso del tuo corpo, dice Congiungi le mani e Premi i palmi e Concentra i tuoi sensi sulla nuca, percepisci la nuca, e tu obbedisci e ti senti al sicuro, basta obbedirle per fare bene, basta obbedirle per non cadere in errore, e allora tu premi, concentri i sensi, percepisci e l'unica cosa che non riesci a fare è non pensare, è così?, perché lei ti dice pensa solo alla pianta del piede e tu pensi Sto pensando alla pianta del piede e socchiudi gli occhi.

Chiudili, Blu. Non cercare, Blu, la testa di Yuriko. Conta i fili d'erba: quanti sono quelli sotto il tallone? quanti sfiorano l'alluce?

La voce di Dora è roca ma dolce, vi dice di piegare piano il busto, di fare la gobba, di toccare il prato con le mani e di schiacciarle. Chiudi gli occhi. Yuriko sembra una rana – tu questo pensi? – una rana con le ginocchia piegate e le braccia tese, pronta per gracidare mentre salta verso l'alto, *craaa!*, per piombare più in là, ai piedi di Dora. Riceverà una carezza, riceverà un bacio: come una principessa, pensi, e invece no: con le ragazze non funziona. Una ragazza-rana, Blu, resta una rana, lo scoprimmo quando Silvia, al compleanno, non volle neanche – basta.

Concentrazione.

Concentrazione sulle mani, sulle dita, sulla brezza di fine marzo che sfiora il dorso dei piedi. Non riapri gli occhi neppure quando avverti una presenza muoversi intorno a voi, a te, chinarsi su di te; poi una carezza ti lambisce la spalla, e le tue palpebre lasciano entrare l'immagine di Dora che ti porge uno specchio largo un volto. Guardi il tuo riflesso e guardi lei, che passa oltre. Offre ai tuoi compagni un giocattolo, una penna, una camicia; avanza e distribuisce, torna alla scrivania, prende altri oggetti che pesca nello scatolone, dice: Ecco.

Vedi le schiene raddrizzarsi, qualcuno si massaggia il collo o le braccia.

Ora che siamo tutti nel presente, dice Dora, vorrei che ognuno di voi si concentrasse su un unico oggetto, che gli dedicasse ogni briciola della propria attenzione. Cercate di non guardare altro e scrutateli in ogni dettaglio, analizzateli, ruotateli e studiateli muovendovi lentamente, piano, piano: così; bravi: così; fate dei gesti lenti, immaginate di essere nell'acqua. Immaginate, e Dora si muove piano anche lei, si china, rovescia le ali molli dello scatolone sugli oggetti che restano, immaginate di essere in una piscina, dice, e tu, Blu, mentre lei torna ad alzarsi, pensi che in piscina il tuo riflesso si vedrebbe appannato.

E hai sempre qualcosa da ridire, Blu, è così?

Ti chiedi come fare, tu, a guardare ogni dettaglio di un coso che ti sputa in faccia la tua immagine, ma invece di risposte ricevi il tuo stesso sguardo scettico. Lo trattieni; lo sostieni. Lo specchio sulle ginocchia e la testa china, ruoti piano l'oggetto, segui le scanalature in legno della cornice, vai su su con lo sguardo fino al gancio per appenderlo al muro e poi lo volti: di nuovo tu, più grande. Una bocca e un naso e un viso più grandi fronteggiano i tuoi. Batti le palpebre. Rivolti lo specchio e sei di nuovo tu, Blu, a grandezza naturale. Lo rigiri e sei enorme; lo rivolti e sei tu, e che hai da guardare?

Abbassa gli occhi, dici.

Ginevra piano, dice Dora, muoviti piano, e il tuo cuore batte forte, pochi minuti e già ti ha ripresa, come potrai avere (il suo affetto) la sua stima? come potrai, Blu, riuscire a – Tutta colpa di quegli occhi. Che si abbassino. Li guardi e hai un moto di rabbia: la Blu che ti guarda non distoglierà lo sguardo finché non lo farai tu, dovrai farlo anche tu, e questa incredibile costrizione, questa coercizione, Blu, ti opprime. Mandi via gli occhi ruotando lo specchio con lentezza, come fossi nell'acqua, e per il tempo che resta ti concentri sulla cornice, sul gancio, non ti guardi più; poi Dora passa a prendere gli oggetti.

Le due sorelle si scambiano uno sguardo. Alberto cerca il cielo. Dalla prima fila Yuriko fa il risvolto alle maniche della T-shirt: segui le sue dita mentre agganciano la stoffa a una spalla. Ti vede e sorride. Scappi anche al suo sguardo.

Bene, dice Dora ammucchiando peluche e lampade sulla scrivania, adesso vorrei che vi divideste in quattro coppie; voi, Elisa e Marta, vi consiglio di scegliere altri partner. Questi esercizi che andremo a fare, spiega raccogliendo un flauto dolce e cercando e chiudendo i primi buchi, vi insegneranno che lo spettatore è sempre parte integrante di una performance. Se la performance è realtà, se è la parte più vera di noi, allora non esiste performance che possa prescindere dal rapporto col pubblico, e con le energie che questo manifesta con sguardi e azioni. Dunque, sceglietevi un compagno.

L'erba fruscia, Carlo trascina il pouf contro quello di Alberto, con cui divide la stanza. Per un istante, Blu, hai il terrore che nessuno (venga a vedere quante volte in un'ora sai cancellare il tuo volto) si sieda accanto a te, ma poi guardi Marta: alza le sopracciglia, fai cenno di sì.

Mentre stringete i pouf Dora dice Bene, dice Forza, dice Quello che farete qui vorrei lo teneste presente domani, con la protoperformance, e domenica e sempre, non dimenticate mai gli spettatori: voi scambiate energie con ciascuno di loro.

Marta indica il tuo braccio, la pelle d'oca tra la spalla e il gomito. Tiri giù la manica della T-shirt.

Ora se siete pronti, riprende Dora tornando a chinarsi sullo scatolone, vorrei che una persona per coppia venisse a prendere una lente di ingrandimento e cominciasse a guardare l'altra nei suoi particolari, come fatto con gli oggetti. Mezz'ora, e poi vi scambierete i ruoli.

Mezz'ora, Blu.

Per mezz'ora qualcuno dovrà per forza – sarà costretto a – guardarti: Dora l'ha detto.

Dora, ci fosse stata ai tempi di Silvia e Giovanni, li avrebbe costretti a guardarti, eh Blu? avrebbe costretto tutti a occupare il banco accanto al – ma sei buffa.

Sei buffa, Blu, se pensi a queste cose e te ne stai tutta contratta mentre la lente di ingrandimento cerca e gonfia la tua pelle d'oca, i tre nei che hai sul braccio sinistro, i dodici sul destro che insieme a quello del collo fanno pari: lo indichi a Marta e lei lo cerca, lo ingrandisce; la segui con la coda dell'occhio e il mento teso, il tuo naso è un'ombra che sfoca la fronte e gli occhialoni della brava animalista.

È strano essere guardati così, Blu, eh? Neanche Roberto, forse, ti ha mai guardato così, né ti ha contato i capelli come Dora chiede di fare nell'esercizio che segue, uno a uno per venti minuti, e quando è il tuo turno ti incagli coi conti e riprendi da capo, mentre guardi Yuriko tirar fuori una molletta dal tascone della tuta per raccogliere la chioma di Elisa in un confuso chignon. Troppo facile, pensi, troppo facile così, e riprendi a contare – uno, quattro, venti, trenta – ma il sorriso di Yuriko ti innervosisce, la serenità con cui tira via i fili dal fermaglio, il sorriso che prima ti ha rivolto. Cosa ride. Aver già lavorato con Dora non vuol dire avere la strada spianata con lei, pensi, no? usare la pinza, trovare scorciatoie.

Ti sforzi di non guardarla, ma più volte sbagli il conto e ricominci, così quando Dora dice Stop ti chiedi se mentire, dire un numero più alto di Yuriko, ma poi Dora va avanti, non chiede cifre, e sedendo per l'ennesima volta sulla scrivania vi dice di restare a coppie e di cantarvi *Fra' Martino Campanaro* con le voci sfalsate, come nei giochi dei bambini, e a chi ride dice È un esercizio serio, perché quando performate dovete avere ben presente l'altro ma non perdere la concentrazione.

E così con Fra' Martino Campanaro dormi tu, dormi tu, suona Fra' Martino dormi tu, Blu, terminate gli esercizi e rimanete ad ascoltare i commenti di Dora, mentre il sole del tramonto le si scioglie sui capelli dello stesso colore. Sei esausta, con la filastrocca che continua a srotolarsi nella mente, ma al tempo stesso ti senti vigile, viva, tutti i tuoi sensi sono aperti e, quando rientri in camera, resti dieci minuti con gli occhi chiusi contro il getto della doccia.

L'inaspettato buonumore, però, è destinato a scolorire: lo fa insieme ai tuoi capelli, che tingono di blu l'asciugamano candido del bagno, e poi a cena, quando di nuovo finisci a fronteggiare il piatto macrobiotico e la crema di fagioli che sporca tutto il resto. Guardi il sorriso di Yuriko, guardi Dora, e cerchi nel tuo piatto le foglie linde di insalata, la parte più croccante e solida del cespo.

E inizi a masticare.

Mastico, mastico e la pizza si incolla al palato. Mancano un paio di fermate, ha detto papà, ma non ne posso più: conto i secondi, mi inginocchio sul sedile, guardo fuori, crollo a sedere, e quando la metro torna a frenare, quando una nuova stazione inonda di luce il tunnel, stringendo al petto la pizza chiedo di scendere.

Per favore, papà, per favore!, però risponde lei e Non fare i capricci, mi dice, la mamma deve andare al bagno e ormai ci siamo, fai la bimba buona, mi prega, e io vedo il treno partire e non riesco più a ingoiare, la pizza mi riempie la bocca, mi soffoca, e allora la sputo in una mano, un mucchietto colloso e sbiadito che accompagno sul palmo con la lingua, e poi guardo mio padre e scoppio in lacrime.

Lo sento sospirare.

Sento buste e sacchetti crepitare mentre si gira verso di lei, le chiede se non sia il caso di proseguire da sola, E io scendo con Ginevra, propone, e prendiamo qualche bus.

Lei dice Non ha senso, ci vorrà un'eternità.

Lui dice E la bambina?

Lei sbuffa, si tiene la pancia, dice Manca così poco, sono solo due fermate, e a quel punto tra i singhiozzi la prego pure io: Soffoco, mamma, non riesco a respirare.

E ti spogli.

Sei nel giardino, tra il boschetto e i pouf; i tuoi piedi affondano nell'erba fresca. Guardi Dora. Come in un déjà-vu, lei segue i tuoi gesti accavallando le gambe, aprendo la zip dello stivale, lasciando penetrare quattro dita tra le pelli: ma stavolta siete sole.

Vai avanti, ordina la sua voce roca mentre coi jeans alle caviglie accarezzi il cordoncino del cappuccio, quello che ha toccato lei. Vai avanti, e l'occhio cielo obliquo infilza l'occhio mare dritto ma l'occhio mare dritto è su di te, sul tuo volto, non permette di fuggire.

Incroci le braccia per afferrare sui fianchi l'elastico della felpa abbondante e tiri su. Per un attimo la stoffa si interpone tra voi e riesci a fuggire al suo sguardo, esiti perfino, ma poi c'è di nuovo lei, la mano fino al polso nello stivale. Lasci cadere la felpa sul prato e ti accorgi di non avere freddo.

Vai avanti.

Guardi le tue braccia pallide, la magrezza che la felpa celava e che adesso è esaltata dalla notte: potrò mai piacerle? potrò?, e passi una mano sul cotone scuro della canottiera, il cotone che sprofonda il tuo corpo nell'ombra, e ti domandi se un po' se lo aspetti, lei, che sotto non indossi il reggiseno.

Ma Vai avanti, dice, e tu obbedisci e scopri capezzoli piccoli e turgidi, abbandoni anche la canottiera, un fruscio leggero la unisce alla felpa. Guardi lei. Vai avanti, aspetti che dica ancora, e ancora obbediresti, lo sai, tu obbediresti e caleresti gli slip sulle cosce, valicheresti le ginocchia, libereresti le caviglie dai jeans restando a combattere la notte col tuo solo corpo spoglio, e invece adesso Dora si alza, ti viene incontro, lei altissima ed elegante e bella, nel suo vestito da sera; tu piccola, gracile e nuda, un vermicello che attende la grazia.

E di grazia ce n'è tanta, Blu, ce n'è tanta, nel gesto che ti libera le spalle dai capelli e li raccoglie sulla nuca. È così vicina che puoi sentire il suo corpo; così vicina, quando si china su di te, che la sua giacca di pelle si muove e ti sfiora, la zip lambisce un capezzolo e senti il ventre che si stringe: Concentrati su questa sensazione, dice lei, e tu di nuovo esegui gli ordini, chiami a raccolta i tuoi nervi e li convogli tutti lì, sul capezzolo che la zip continua a grattare avanti e indietro, vivi solo per quello come al mattino hai vissuto nel tuo stesso respiro, nel solletico dell'erba, nello specchio e nei pori di Marta, nei suoi peli delle gambe.

Ti ritrai con un sussulto. I peli delle gambe ti riportano a Roberto, la sua casa in costruzione, tu in ginocchio e lui che slaccia la cintura e – cerchi Dora: incontri l'occhio cielo obliquo, che sfugge, ti riversa nell'occhio mare dritto dove affoghi. È a quel punto, Blu, che l'acqua comincia a salire. La senti alle caviglie prima di poterla avvertire con le piante dei piedi. Provi a muoverti. Il jeans zuppo ti inchioda al prato. Dora, chiami, e lei ti guarda amorevole, dice Siamo sirene, no?, e ti stringe forte a sé, adesso senti la pressione dei suoi seni, il suo profumo; senti scivolare le sue mani dietro la schiena nuda e sui glutei, ma le dita non inciampano nell'elastico degli slip: corrono invece veloci sulla tua coda ed eccitano tutte le squame che si alzano e aprono e lasciano entrare quell'acqua che –

Apri gli occhi.

Impieghi qualche secondo, prima di capire dove ti trovi, ma poi riconosci nel buio la sagoma di Elisa, gli occhi celati dalla mascherina che usa per la notte e una mano sotto il viso: le lascerà i segni sulla pelle, è il pensiero che accompagna il tuo risveglio, mentre due dita si infilano nei pantaloni del pigiama e constatano che sì, hai gli slip bagnati.

Che schifo, Blu, come farai a dirlo a Roberto?

Trascorri qualche istante immobile, supina, prima di accendere lo smartphone.

Quando sei rientrata in camera, ieri sera, hai trovato sei chiamate di tua madre e un messaggio su WhatsApp: Hai dimenticato la cartellina dei disegni, diceva, e tu hai scritto Stai tranquilla, la professoressa sta male, hai spiegato, ma adesso ti accorgi che la tua risposta non è stata inviata, che c'è poco campo, e un messaggio ti avvisa che lei ti ha chiamata di nuovo. E poi c'è Roberto, quel suo Dove sei?

Non: Come stai, ma: Dove sei.

Con una mano sul petto rispondi ai messaggi, ti accerti che partano; spegni lo smartphone.

Elisa e Marta dormono profondamente. Raggiungi il bagno in punta di piedi e non senti un fruscio, così ti chiudi dentro e fai il bidet. Pensi a Roberto. Pensi a Dove sei. Pensi a Roberto. Pensi al fatto che non sa – che sei una sirena – cosa hai appena sognato e che dovrebbe saperlo, dovresti dirglielo, dovresti raccontargli che desideri che Dora ti spogli, che ti passi la zip della giacca sui seni, che si stringa addosso il tuo corpo, Blu, e dovresti toglierti le dita da lì. Leva le mani da lì, Blu. Sciacquati in fretta. Asciugati. Forza. Che cosa penserebbe tua madre.

Tua madre, Blu, ti sei chiesta il perché di tutte quelle chiamate?

Ma tu i sensi di colpa non sai che cosa sono, e vorresti implorare la mamma, Ti prego, ti prego, non puoi rovinarmi anche questo, e pensi alla protoperformance e conti i secondi.

Diciannove, venti, ventuno. Mi attacco al braccio di mio padre e lui si accorge che tremo; dice alla mamma: Ginevra deve uscire.

Ginevra deve venire fuori, ripete Dora. Ginevra è cattiva, hai detto, disobbediente, ma allora perché accetta l'ordine di rimanere in disparte? e Blu, nata per isolare la bontà ideale, non ha preso forse troppo potere? non è forse crudele, nella sua totale assenza di compassione verso Ginevra?

Sono stati gli altri, vorresti urlare, loro hanno iniziato a chiamarmi Blu anche quando ero cattiva!, ma Dora passa avanti, cammina lentamente e parla con Marta, con Carlo, con Yuriko.

Schiacci la mano aperta contro la placenta e con gli occhi segui le formiche.

Siete usciti in giardino dopo l'alba, stamattina, con un cielo velato di latte e il sole che giocava lentissimo alle ombre cinesi. Tempo di pioggia, ha sospirato Elisa. Tempo di merda, ha risposto Alberto abbracciandosi i tatuaggi, e i vostri sguardi sono corsi fino al boschetto con gli ulivi, per precedere il passo, ma anziché nelle file di pouf, che avreste poi trovato stipati nel gazebo, sono inciampati nel mucchio di sacchi trasparenti davanti alla scrivania.

Dora si è chinata, ne ha sollevato uno e ha aperto la lunga zip: Dentro!, ha detto mentre te lo passava, lo sguardo già al prossimo allievo, ma tu sei rimasta immobile e allora è tornata da te. Occhio cielo obliquo in mare dritto e occhio mare dritto un maremoto: Ci sono i fori per respirare, ha spiegato, e tu hai accettato di infilarti dentro un sacco di plastica con una zip, pensa!, un sacco con i fori, e allora perché ora ti comporti come se ti avessero rinchiusa? perché, raggomitolata in posizione fetale, devi concentrarti sul prato sconnesso o sulle formiche – una, due, tre, quante: emergono e fuggono lungo i fili d'erba – pur di non pensare che –

– Sei prigioniera, Blu, in un sacco di plastica. Ginevra prigioniera di Blu; Blu prigioniera di Ginevra, che se non viene fuori non puoi uscire dal sacco, così dice Dora, ma lo sa, lei, Dora, che se per caso la zip non si aprisse tu rischieresti di morire nel sacco? lo sa, Dora, che se dai fori non dovesse passare altra aria, Blu, rischieresti di morire nel sacco? Perché l'aria ti manca, Blu, sai che è così. Mentre tocchi la plastica trasparente, mentre Dora ti dice Ginevra, vieni fuori, parlaci di come Blu ti ferisce, nella performance la ferita è feritoia, non sa, Dora, che tu stai per morire. Non sa che *tua madre* sta per morire. Non ci pensi, Blu? Le chiamate, lei che ti cerca, che spira piano piano e non sa dove sei. Sei cattiva, Blu. Sei cattiva e ferisci Ginevra, così dice Dora, e tu vorresti rispondere e non riesci, ma in fondo non importa perché tra non molto, Blu, soffocherai.

Morirai, Blu, perché nella tua vita sai fare solo il male.

Chi fa solo il male, nessuno lo tirerà fuori.

Dai buchi non passerà l'aria, e nessuno ti tirerà fuori.

La zip non si aprirà, e nessuno ti tirerà fuori.

Nessuno, Blu, si accorgerà di –

– e allora aprila tu: tu per prima. Tira giù la zip, dimostra che Yuriko si sbaglia, che il mondo si somiglia ogni giorno. Dimostra che puoi uscire. Lascia il sacco. Alzati in piedi. Raggiungi lo scatolone con gli oggetti, come Dora vi ha spiegato, e performa tu per prima. Tu per prima, Blu, la più giovane, diciott'anni e già performer. Tu che vuoi uccidere Ginevra; tu che vuoi uccidere tua madre: guardati. Lo specchio: guardati. La vedi Ginevra? Blu, la vedi più Ginevra? Riesce a *uscire*, ancora, Ginevra? Cercala, Blu. Prendi il rossetto e prendi l'eyeliner, disegna sullo specchio Ginevra. La vedi, mentre il rossetto slitta sulle labbra che (specchi) disegni? la vedi? Blu, la vedi con i suoi occhi pieni di rabbia, i suoi capelli scuri, i suoi: denti? Quei denti tra le labbra rosse, dio, cancellali. Blu, davvero vuoi – Blu, davvero riesci a guardare quegli occhi, quella rabbia, tutta quella cattiveria quando tutti – la mamma, il papà, Roberto, Costanza, perfino Leabella – non hanno fatto altro che volerti bene?

Distruggili, Blu.

Distruggi quegli occhi, quei denti, i capelli nero-male. Distruggili in un colpo, passa la tua mano tremante –

quella che ha aperto la zip, che voleva liberare Ginevra! – su tutto quello schifo, così!, e distruggila ancora. Distruggi Ginevra, distruggila ancora. Tutto quello schifo. Tutto quel nero. Tutto quello schifo, Blu, i colori mischiati e corrotti; non sono terribili, Blu? Quel rosso è il sangue di tua madre che ancora ti chiama e – La ferita è feritoia, eh Blu? e allora, tutto quel rosso, perché non potrebbe portare a – La morte, Blu, inizia dalla corruzione dei colori. Non vedi (sulla mano) sullo specchio come il colore ha deturpato il – Distruggilo, Blu. Distruggila. Ginevra ti guarda, è ancora lì, ti guardano le (tue) sue labbra spappolate nel riflesso; i (tuoi) suoi occhi ti cercano, sono odio che ti chiama negli interstizi tra i segni neri. Distruggila, Blu. La ferita – la feritoia è – Blu, non è ferita, quella, è solo – Blu, non il ketchup, non il rossetto, la ferita nella performance dev'essere – Blu, perché il sangue possa essere sangue tu devi colpire, Blu, fallo, colpisci – Blu, cerca Ginevra e – Colpisci.

Delle nocche, fa più male lo stridere dei denti.

Per lo specchio non importa, dice Dora mentre crolli sull'erba. Guarda Yuriko aprire la zip e raggiungere lo scatolone; poi ti passa un fazzoletto. Sei stata brava, Ginevra.

Sei stata così brava finora, proprio non ce la fai a resistere un'altra fermata? una fermata sola per il bene della mamma?

Ce la fai, Ginevra?, le fa eco mio padre. Resisti?, e d'un tratto ho paura di restare ma ho paura anche di scendere.

Quando la metro rallenta non sento neppure il nome della stazione uscita lato destro. Stringo nella mano il mio strappo di pizza e non respiro. Vorrei dire No, vorrei dire Andiamo via adesso, eppure che cosa accadrebbe se lasciassi la mamma lì dentro e il tunnel me la portasse via per sempre? se morisse di mal di pancia, sola, abbandonata da tutti e anche da me?

Non riesco a rispondere Usciamo. Non riesco a rispondere Restiamo. La metro si ferma, apre le porte e le richiude. Riparte.

Il cuore batte forte; l'indice scivola sull'avambraccio e raccoglie goccioline. Esamini il polpastrello, poi torni a Elisa e a Marta, alla protoperformance che – ti stupisci – non riguarda gli animali. Provi a indovinare le parole che Dora sta appuntando sul bloc-notes: Niente maiali, per esempio, o: Quello che vogliono dire è altro.

Sei sudata, ma ti senti bene.

Sei stremata, esausta, non ti sei più rialzata dal prato; ma ti senti bene.

Senti, Blu, il sole sulla fronte, i gomiti pressati nella terra e la terra che lentamente buca la pelle di minuscoli forellini; senti le cicale, e foglie di ulivo che muovono i fianchi al soffio del vento. Senti che tutto questo va bene, senti (ti arrischi a sentire) che *stai* bene, lì nel giardino della villa, con le gambe allungate, la brezza che gela il sudore e i capelli di Dora che il sole di mezzogiorno finge di un biondo rovente.

Ti asciughi le guance con un lembo della T-shirt.

Quindi non sono vere, sussurra Yuriko. Ti punta un dito dritto in faccia e sorride al tuo smarrimento: Le lentiggini, dice, le hai cancellate tutte.

Ti stringi nelle spalle e scuoti la testa.

Comunque ti stanno bene, dice lei, e torna a guardare l'intreccio di carne e tute in prestito che poco prima erano Elisa e Marta.

Tu, invece, continui a guardare lei. È concentrata, attenta, sembra essersi perfino scordata di averti rivolto la parola e vorresti risponderle adesso, fuori tempo massimo, dirle Perché non pensi allo squarcio che hai in faccia?, ma sai che non c'era malizia nei suoi risolini, semmai simpatia, e che a metterti in soggezione è il suo essere così disinvolta, brillante, intelligente, trasudava forza anche durante la sua performance, la più bella tra tutte, mentre urlando, con giri selvaggi di nastro adesivo, si stringeva addosso i vestiti, la T-shirt al busto, le scarpe ai piedi, e poi sedendo si attaccava anche alla sedia, prendeva il Vinavil, lo lasciava colare nella maglietta e sulla tuta e tra i capelli.

La guardavi rapita, Blu, l'hai dimenticato? e l'hai dimenticato – sii sincera – solo perché Dora l'ha aiutata a liberarsi?

Non puoi negare, Blu, che hai provato un moto di stizza mentre Dora si chinava (sulla rana) su Yuriko.

Non puoi negare che il Bravissima regalato da Dora alla rana ti ha fatta tremare di (gelosia) rabbia, ma che prima l'avevi pensato anche tu, Bravissima; col fazzoletto di Dora premuto sulle nocche avevi notato il panico nei suoi occhi, e la forza, ed eri rimasta ipnotizzata mentre con una mano bloccava l'estremità dello scotch contro un fianco e con l'altra lo passava sopra la spalla, come una cartucciera, e poi intorno alla vita e a cingere il collo e a schiacciare le labbra.

Puoi negarlo, Blu? puoi negare che la apprezzi, nonostante tutto, l'arte di questa ragazza?

Ma il problema è che la apprezza pure Dora, Blu, ecco qual è, e di nuovo la (gelosia) rabbia ti invaderebbe se dopo pranzo, mentre il sole si avvia verso l'arco discendente della parabola e il sapore delle verze, al contrario, si attarda tra lingua e palato, Dora si fermasse ai complimenti per Yuriko e non dicesse, come invece dice poi, Mi ha colpito anche Ginevra.

Mi ha colpito, ripete, perché oggi ha performato vicinissima alle sue fragilità; alle sue paure concrete. Dalla candidatura mi sembrava ben distante, invece è stata brava.

Grazie, farfugli, e ti senti avvampare. Il suo sguardo fiero ti incendia. L'occhio mare dritto è lo spruzzo rovente di un geyser, ma l'occhio cielo obliquo non ti vede e puoi voltarti. Porti le mani alle guance – scottano! – e inciampi nello sguardo di Yuriko.

Lei ti mostra il pollice insù. Grande, dice il labiale.

Fai scivolare giù le braccia e per la prima volta, guardandola, arrischi un sorriso. Dai pugni che ora tieni in grembo scivolano fuori, timidi, due pollici dalle unghie rosicchiate.

Ma Dora continua a parlare di te, e pur senza affrontare i suoi occhi la ascolti e annuisci, guardi il bosco e farfugli, e hai paura e voglia che passi la notte quando dice Domani lavoreremo un pochino sul tempo, va bene?, proveremo a fare i gesti più lenti, gesti come se fossi nell'acqua, dicevamo ieri, e la parte del disegno vorrei che durasse di più. Potresti anche pensare a una poesia, o a una filastrocca, da recitare mentre ti ritrai, che ne dici? Da cantare, se vuoi, anche a bocca chiusa; va bene?

Va bene, le dici.

E Dora dice: Bene, ripete Va bene, poi fa il giro della scrivania e si siede sul bordo. Solo un'ultima domanda, dice sollevando un indice mentre le palpebre riducono gli occhi a due fessure, sipari sull'occhio cielo obliquo e sull'occhio mare dritto, Solo: cosa hai visto nello specchio?

E in quel momento, Blu, rivedi Ginevra e vorresti rispondere Rabbia. Rabbia, è ciò che hai trovato, ma potresti mai dirlo? potresti mai parlare degli occhi che hai dovuto cancellare, e dei denti? Dovresti raccontarle di ciò che è vergogna, Blu, vergogna, una rabbia che il senso di colpa non sa che cos'è, come quando tua madre ti cerca ma tu non ci sei, chissà che voleva, sei certa che stia bene?

A dire dal suo aspetto direi proprio di no: ha il volto bianco di quando sussurra Mi sento uno straccio e fa quel paragone che non ho mai capito, che quello che abbiamo, di straccio, è verde, o grigio di polvere, al massimo, ma a lei che sta male, lo straccio, proprio non le somiglia, però mentre la guardo lo so che sta così, come quando mi dice Mi sento uno straccio, e tiene la testa appoggiata a mio padre, le palpebre chiuse, e so di essere io, sono io, ad averla agitata, eppure per farle un sorriso non ho più le forze, perfino il respiro mi arriva strozzato; non riesco a staccare lo sguardo da lei né a muovere i piedi o le mani o a parlarle, così non ho idea se stia bene finché non si alza esclamando:

Blu, non hai proprio idea se stia bene finché, oltre il boschetto di ulivi e il cancello, non appare insieme a tuo padre – a tuo padre! – come a dire un terribile:

Siamo arrivati, hai visto?

Oh certo che l'hai visto, Blu, li hai visti, loro due insieme – insieme! – in piedi di fronte a te, e appunto dicevamo che sei paralizzata, sì, paralizzata, che non riesci a muoverti mentre le porte si aprono sulla stazione di San Giovanni e sulla luce che – È il sole, no?, prima o poi era ovvio, Blu, che avrebbe smesso di giocare alle ombre cinesi e d'altronde te n'eri già accorta, no?, che illuminava di biondo i capelli di Dora che sono – Ramati e svolazzanti. Sono ramati e svolazzanti, mentre scambiato uno sguardo con Yuriko – li ha avvertiti lei! – Dora raggiunge il recinto e i tuoi genitori, tuo padre che regge il cancello e tua madre che regge – la pancia. Lei regge ancora la pancia: che male, Blu, la pancia, e tu che volevi scendere prima e ora stai lì impalata. Muoviti. Alzati, Blu. Hai i gomiti sporchi di terra e le nocche sporche di – Sangue, ti dirà la mamma quando ti vedrà; dirà: Ma quello è sangue, e tu che risponderai? dirai Mi è venuto addosso uno specchio nel quale ho trovato – Ginevra, sei stata cattiva, ti dirà la mamma se continuerai a non alzarti, e avrà ragione: è biancaverde come lo straccio che avete a casa, e tu non ti alzi e rischi così di far chiudere le porte, no?, e che lei debba arrivare fino ad Anagnina, ammesso che la metro si fermi e che si fermi – Il workshop: si è fermato, Blu, per i tuoi genitori. Hai venduto i tuoi ori, sei venuta di nascosto, li hai fatti morire di paura e adesso sono qui – insieme! c'è tuo padre! – a bloccare il workshop, che vergogna, che vergogna, ora tutti ti stanno guardando ed è l'ultima cosa che vedi, Blu, o forse è Dora che ti chiama dal recinto, poco prima che la metro svanisca, che qualcuno ti prenda di peso, che ti porti via, che ti dica:

Vieni fuori.

Dalla metro: Vieni fuori.

Dal recinto: Vieni fuori.

Vieni fuori.
Vieni fuori.

Vieni fuori, Ginevra.

(Ti si accapponeranno i polpastrelli.)

Ed eccola lì, Ginevra: appare in galleria.

Appare, Ginevra, nel finestrino di destra dei sedili posteriori, quello che le luci hanno trasformato in uno specchio, e nonostante sappia bene che il tunnel potrebbe non finire, che la macchina potrebbe restare per sempre in uno di quei varchi che negano il cielo e che si trovano, per esempio, nel tratto che dal workshop riconduce a Borgo Panigale, non è di paura che il suo sguardo si carica guardando la madre e il padre, ma di rabbia. Chiude le palpebre e le riapre, le chiude e le riapre, e negli occhi lascia entrare e imprigiona l'immagine della mamma che scuote la testa, i capelli biforcuti, la bocca che racconta l'angoscia, le telefonate e Nessuno sapeva dov'eri, la ricerca spasmodica di indizi e il ritrovamento dell'e-mail con l'ammissione al workshop. Chiude le palpebre e le riapre, e ogni tanto a infilarsi è anche l'immagine di lui, il papà, lui che guida: il traditore.

Ci siamo preoccupati, dice lui, e Ginevra schiaccia le labbra, le tira indentro; la sua bocca è una linea scura quanto gli occhi, e gli occhi, ora aperti, non sembrano avere pietà per chi ha rovinato tutto quando tutto era così bello.

Era tutto così bello che rincasare era un abominio:

questo forse pensava Ginevra quando la parola abominio non la conosceva ancora, quando la Punto in fondo al viale ammiccò e suo padre non volavolò e sua madre, che aveva sorriso chiamandola Blu, la afferrò per un braccio e: Ginevra!, gridò, Vuoi rovinarci la giornata?

La guardò e restò muta, Ginevra.

La guardò e pensò E Blu?, e cercando Blu rinunciò alla lotta.

Allora non sapeva, Ginevra, che Blu, anzi Washout Blu, è una colorazione per capelli: nella Stanza delle Punizioni i performer sono chini sulla vasca per scioglierla nell'acqua, chi in piedi e chi in ginocchio, chi usando i pennelli e chi le dita, e il blu si espande in fretta ma non si diluisce.

E li guarda, Ginevra nello specchio, e poi loro vanno a lei. Le sfilano i pollici dai buchi nella felpa, delicatamente, e la aiutano a spogliarsi e posano le scarpe e gli slip sulla lavatrice spenta. Iniziano a dipingerla. Gli uomini coi pennelli, le donne coi polpastrelli accapponati, accarezzano la parte destra del suo corpo nudo, solo la destra: Così vuole la performance, dicono, e lei chiude gli occhi. Riapre il destro truccato di Blu.

Eccoti qui, Blu. Sei un occhio e una guancia e una narice e un seno e un braccio e una gamba e un piede Blu. Sei metà fronte e metà bocca e metà collo e metà ventre e metà vagina nella Stanza delle Punizioni, e guardi i performer pulire le mani e i pennelli a turno, uno alla volta sotto il getto d'acqua del lavandino che diluisce eccome, e poi guardi nello specchio e c'è ancora Ginevra, ma anche lei è viva a metà.

La mamma era preoccupata, le dici.

La sua mano chiara, una mano sinistra, affonda le unghie nella carne Blu.

La mamma, ripeti – e indichi la mamma che si nasconde tra i performer, la mamma che raccoglie da terra la confezione di colore per capelli e la piega e la schiaccia, nessuno mette mai a posto e deve fare sempre tutto lei – la mamma non ci avrà dormito la notte, dici, da finirci al manicomio.

Lei raccoglie la pietra pomice dalle mani di Franko B e inizia a sfregare la tua carne Blu, c'è da pulirti, se sei Blu devi punirti, e l'occhio nello specchio (non si abbassa se non abbassi il tuo) ti guarda con rabbia, e la bocca nello specchio dice uno, quattro, dieci, cento, e poi ti graffia il sopracciglio blu, e ti strappa i capelli blu, e tutto quel blu non vuole andar via, Blu, neppure con la pietra pomice, però inizia a sporcarsi di rosso e tu dici Ginevra ora basta, le dici Vai via, le gridi Ginevra, puttana, vai via!, e la mano che ha ghermito la lametta si apre, l'occhio sinistro si spegne, e ti aggrappi ai jeans e agli slip, aggrovigliati sulla lavatrice ferma.

Guardi la mano destra. È scorticata, e il blu è rovinato dal rosso. Quella stronza ha sporcato tutto il colore, dici ai performer, altro che pulirmi, ma loro hanno già lasciato la Stanza delle Punizioni. Nemmeno tua madre è rimasta con te.

Guardi la mano destra, e mentre osservi le (feritoie) ferite, ti viene in mente una frase di Picasso – Quando non ho più Blu metto del rosso – e anche che Ginevra è rinata, e che pura non ci tornerai mai più.

Guardi le ferite e guardi Lea, la sua mano che versa altro Lysoform sull'ovatta. Presidio medico chirurgico, è scritto sulla confezione, e infatti la tua camera ha adesso l'odore del pediatra e così le tue dita, il tubetto di tempera rossa e il braccio di Barbie Magia delle Feste che continui a tamponare.

Sta meglio?, chiede Lea, e quando soffi aria dal naso raccoglie la pantera di peluche. Si è solo spaventata, dice accarezzandola, non aveva mai fatto male a nessuno.

Almeno ora mettila via, dici, e lei obbedisce. Infilato il pupazzo nello zainetto, si sistema l'aureola di polistirolo sulla testa e guarda Ken prendere in mano la situazione: segue i suoi gesti mentre raccoglie il batuffolo di ovatta, scioglie gli ultimi segni di tempera sul braccio di Barbie Magia delle Feste e la stringe in un abbraccio di gomiti piegati e polsi dritti.

Ora sta bene!, si arrischia a esultare Lea cercando il tuo sguardo, ma per te, Blu, in quel momento non c'è alcuna Lea. In quel momento, Blu, non hai sorelle o sorellastre, non hai un abito da diavolo indosso, né hai undici anni e qualche mese: ne hai molti di più. Ne hai – ventuno? ventidue? quanti anni hanno vissuto i Ken? – quanti bastano perché tu possa curare le ferite di qualcuno, e ricevere il suo amore. E lo senti tutto dentro, l'amore di Barbie Magia delle Feste, e senti la sua gratitudine e il brivido di una testa che si posa sulla tua spalla, che si abbandona a te.

Mi sei così cara, dici a Silvia Magia delle Feste, e quando le tocchi le dita vedi le ciglia grasse di mascara bagnarsi e sussulti, fremi, tremi; senti un brivido in gola e giù giù fino al sesso di dodicenne, hai dodici anni e sei già una vergogna, e mentre lei si copre il volto sai che dovrai andare a fondo.

Vorrei che non piangessi, dici, davvero, ma sai che la solitudine ti infetta il sangue, e che hai bisogno di (feritoie) ferite per entrare nel cuore degli altri come una malattia.

Ma prima o poi, Blu, le ferite si asciugano, le croste chiudono ingressi e i citofoni suonano, e quando a suonare è il tuo, segno che la tua prima e ultima festa di carnevale deve avere inizio, nascondi Ken e Barbie nello zaino di tua sorella, infili il cerchietto con le corna rosse e corri ad aprire.

Dopo giochiamo ancora?, ti segue la voce di Lea tra i palloncini che rotolano in salotto.

La fulmini con gli occhi. Come fa a farti domande del genere? Come se non sapesse, Lea, che alle medie con le Barbie non ci si gioca più; come se non le avessi detto, prima di cominciare, che se ancora lo fai è soltanto per lei, per farla divertire, perché ti fa pena.

Per colpa della pantera?, ti chiede.

E tu, visto che non vuol capire, dici Dopo un incidente non si gioca, mi sembra ovvio, e apri il portone d'ingresso per attendere sulle scale Laura e Giusy, gli abiti da principesse costretti dentro cappotti che finiscono sul letto di tua madre.

In poco tempo la sua stanza diventa la stanza delle giacche, con tutti quei piumini e poncho e impermeabili ammonticchiati sul materasso, mentre in salotto potrebbe avere luogo un ricevimento di corte, Blu, tante sono le principesse fiocchi e merletti che pizzicano le gonne per arrivare alla sedia dove hai impilato i giochi da tavolo. Liberano i capelli dalle stelle filanti e mangiano patatine ritirando le labbra dipinte sui denti, per non rovinare il trucco, e mentre tua madre arriva con la macchina fotografica ti rendi conto, con la tua tuta rossa, di essere la meno Magia delle Feste di tutte. Perfino Lea, col suo abitino candido e le ali glitterate, è più Magia delle Feste di te.

Per non finire preda dell'obiettivo, diventi predatore. Passi la tua prima e ultima festa di carnevale a fotografare gli invitati; immortali tracce di rossetto sui denti e giravolte di persone che non ti amano, Blu, crei ricordi cui non appartieni, ma volando da una parte all'altra della stanza, il mare di palloncini che si apre ai piedi dell'unica bambina che corre, immobilizzi gli altri, impari il potere di fermarli con un solo: *Cheese*.

Non è male, Blu, il potere di fermare gli altri, e sei lì lì a rasentare un'intuizione quando Lea si avvicina a tutte le Magie delle Feste e domanda Ma a voi vi piace giocare con le Barbie?

Il tuo sangue si blocca. Le mani serrano la macchina fotografica in una morsa, tra i denti dici: *Cheese!*, esclami *Cheese!*, perché la scena cristallizzi, perché si arresti in tempo, ma stavolta non funziona. Lea(bella?) ha rotto l'incantesimo, e mentre Silvia e Paola si chinano, soggette alla magia dell'angelo più che a quella dell'obiettivo, dice Se vi piacciono vado a prenderle in camera di Blu, ne ho due superbellissime.

Paola le posa le mani sulle spalle, ti guarda, sogghigna: Ci stavi giocando con Blu?

Ma poi c'è stato un problema con la pantera e abbiamo smesso, si affretta a spiegare Lea, abbiamo smesso subito!, e a quel punto ti guardano tutte. A quel punto *ridono*, tutte, e d'un tratto, da un lato e dall'altro della macchina fotografica, ogni cosa è invertita: le prede si muovono, scuotono le teste, portano mani guantate alle bocche, e il predatore le fissa atterrito attraverso l'obiettivo. Vorrebbe scattare, il predatore, col dito o coi piedi, eppure gli riesce a malapena di fiatare.

E sì, povera Blu, che pena che fai.

Che pena, Blu, mentre dici L'ho fatto per lei, Le Barbie erano sue, Non succede proprio mai, e intanto stringi la macchina fotografica al petto e vieni meno, via via, al ruolo scelto per la festa. La coda di pezza bussa contro i polpacci, ti richiama all'ordine, eppure dietro al cerone rosso brillante il tuo volto è caldissimo, povera Blu, e non bastano a salvarti neppure le parole di Giusy a fine festa, quando nella stanza di tua madre, mentre infila il cappotto, ti rivela che anche lei, qualche volta ma non tante, ha giocato ai dinosauri col fratello più piccino.

Qualche volta ma non tante.

Ascolti un'ultima volta la porta di casa che sbatte e stacchi la coda alla tuta. Quando Lea ti raggiunge sei sul lettone vuoto, ti trova supina sul lato di tua madre; analizzi il quadratino di velcro.

Andiamo a vedere se la Barbie è guarita?

Tasti il quadratino di velcro. Pizzica.

Blu, andiamo a vedere se, Io e te non giochiamo più.

Rimane a bocca aperta, si guarda le spalle come per appurare che non sia uno scherzo, che tu non ti stia prendendo gioco di lei insieme a un invitato segreto, ma non trovando nessuno ti chiede Perché.

Ti sollevi su un gomito e riattacchi la coda. Sei di nuovo un diavolo. Non una Magia delle Feste, non una sirena, ma che ti si lasci almeno la possibilità di essere un diavolo, qualche volta ma non tante. Sfili il cerchietto e lo rimetti sulla testa, attenta che prenda bene tutti i capelli dalla fronte e che li porti indietro; dici Non meriti più di giocare con me, questo le dici, e il punto è che ci credi davvero, Blu, che la tua fiducia sia stata tradita, ma questo, Blu, può giustificare le lacrime che strappi da quegli occhi speranzosi?

Può, questo, giustificare il colpo di (pietra pomice) gomma con cui tu, diavolo rosso dalla coda fissata col velcro, cancelli la gioia di una bimba innocente, così innocente da credere che la pantera di peluche cui vuole tanto bene abbia davvero provocato dolore? tanto da meritare il buio dello zaino?

No, Blu, il male che provochi non può essere giustificato e tu questo lo sai, ed è per questo che quando Lea se ne va, quando il portone sbatte, dalla finestra tra il letto e i volti dei cantanti guardi tuo padre allontanarsi con lei e vorresti inseguirli, dirle che vuoi perdonare il (tuo) suo errore, ma poi lei sale in macchina e resti a fissare l'albero dei vicini potato a spirale: avvoltolato intorno al tronco, ti ricorda il Twister, le leccate fragola-arancia-limone dal basso verso l'alto, il ghiaccio che cola sullo stecco troppo corto; l'estate. Dimentica di aver voluto fermare il tempo, abbandoni il cerchietto sul davanzale e preghi che l'inverno sparisca in fretta, o almeno la giornata.

Respiri a fondo e il Twister non c'è più, nella finestra tra il letto e i volti dei performer. Non è nel giardino dei vicini, non è nella tua mano destra, che stringe invece un saccottino al cioccolato mentre con gli occhi schivi le goccioline di pioggia – le hai viste scendere e unirsi una per una; hai seguito tutte le fusioni, una per una – e voli sulla strada, dove Roberto corre con la giacca sulla testa. Sta venendo da te. Sta arrivando. Prende tutte le pozzanghere, Roberto, mentre i semafori lampeggianti (ti invitano a fare attenzione) illuminano le gocce attirando sul vetro il tuo sguardo. Eccoti lì, nel vetro. Tremi, Blu, cercando Ginevra nel vetro, i suoi occhi inquieti, ma incontri solo un volto triste. Tocchi la finestra col saccottino e riempi con due baffi di cioccolata lo spazio tra le palpebre; rivolgi altrove l'attenzione.

La piantina di Dora: chissà se per gli altri è mai sbocciata. Ci vuole un fiore, ci vuole un fiore e per fare tutto ci vuole un fiore, ma prima o poi dovrai farti una ragione che il tuo non nascerà. Prima o poi, Blu, lo sai: le ferite si asciugano, le croste chiudono ingressi e i citofoni suonano, e quando a suonare è il tuo torni a Roberto e ti viene in mente che ce li hai pure tu, dei fiori, come la mimosa che lui ti ha portato qualche settimana fa, per la Festa della donna, e che hai chiuso nell'armadio insieme a tutte le rose dei venditori ambulanti e a quelle di tutti i compleanni passati insieme a lui. Sono tutti lì, i tuoi fiori, tutti nell'armadio, il limbo dove nascondi la morte per non doverla affrontare; il limbo che cela ai tuoi occhi ciò che è secco ormai da troppo tempo, e ti risparmia il dolore di buttare nel cestino ciò che un giorno è stato vita.

Sono così tristi, i fiori nei cestini, non è vero, Blu?

Come nelle scene dei film: così dice la mamma. Ho buttato tutto il mazzo a testa ingiù come nelle scene dei film, dice, e ti prende per mano e ti porta in cucina, dove insieme restate a guardare i gigli gambe all'aria tra bucce di arancia e fazzoletti sporchi.

Che tuo padre, dice lei, mi rovina l'esistenza e si convince di comprarmi con i fiori. Quando sarai grande, Bluette, non permettere a nessuno di comprarti con i fiori, ti istruisce, e nella sua voce non cogli note di pietà per la vita che muore nel secchio, né di dolore per i tre mesi in cui lei e suo marito non si sono rivolti la parola; non è così, Blu?

Quello che ti sembra di cogliere, Blu, nella sua voce e nei suoi gesti, è invece l'estrema soddisfazione di chi ha compiuto un atto rivoluzionario, di chi ti spiega che La vita, Bluette, è questione di cosa butti nella pattumiera.

Ed è ovvio, Blu, che non sei una persona empatica.

La tua bella mamma, la tua mamma buona e comprensiva all'inverosimile, buona al punto da aver soprasseduto a una vera punizione per l'intelligente bravata di scappare di casa inventando bugie per tutti, bugie diverse tra loro, ignorando per giunta lo smartphone e facendo andare lei, tuo padre e Roberto (al manicomio) in ansia; buona da aver lasciato che il tuo ragazzo venisse a trovarti, Blu, mettendo così fine all'ordine di startene isolata in camera tua, senza telefono, a meditare sui tuoi errori – la tua mamma, dicevamo, affacciandosi alla pattumiera insieme a te, aveva certo da dirti qualcosa di importante.

Come qualcosa da dirti ha Roberto, Blu, mentre assorto, seduto sul tuo letto, ti accarezza un braccio. Lo fa con le dita, senza il palmo: le lascia scivolare dal gomito al polso con un tocco leggero, attento a non svegliare il tuo silenzio; le solleva e ricomincia. Ti ricorda qualcosa di meccanico. Quel tornare sempre indietro, quell'imprimere una forza da sinistra verso destra, e al ritorno invece niente, ti ricorda il carrello di una macchina da scrivere, e vorresti che smettesse. Vorresti, Blu, che ti togliesse quella mano di dosso, e con quella anche lo sguardo. Vorresti che – ma che è venuto a fare? davvero, ti chiedi, è uscito di casa con la pioggia per venire a coccolarti un avambraccio? davvero, dopo le cazzate che gli hai raccontato, i messaggi cui non hai risposto, e la tiepida, tiepidissima accoglienza che gli hai riservato quando ha aperto la porta della stanza, limitandoti a liberare il letto dai cuscini e dal piatto con il pranzo: davvero non ha niente da dirti? niente da recriminarti?

Vorresti che reagisse.

Vorresti che si infuriasse.

Vorresti che avesse le palle di – Blu, vorresti forse che ti punisse? Sono mesi che non fate più l'amore, mesi!, ma lui è sempre pronto a discolparti, a ritrarre dita asciutte dal tuo sesso e a sussurrare Non fa niente, Non preoccuparti, Magari è soltanto stanchezza, e tu lì a non dir nulla mentre chiudi il bottone del jeans. Mentre tiri su la zip, Blu, e non ti degni di dare spiegazioni, di dire Se mi passi una penna sul clitoride magari vengo pure.

Oh, Blu, se queste sue carezze appartenessero a lei! Pensa. Dora che parte dal gomito e ti accarezza fino al polso, lentamente. Le sue mani sottili, quei piccoli bellissimi nei. Immagina, Blu. Non c'è bisogno che tu chiuda gli occhi. Carezze lievi, come lieve era il suo odore, il tocco delle mani che ti raccoglievano i capelli, lo sfregamento della zip contro la pelle, avanti e indietro sul capezzolo nudo.

Avanti e indietro come una macchina da scrivere; no? o vale solo per Roberto?

Oh, certo, guardalo pure con affetto, adesso. Prendi pure la sua mano, Blu, e abbraccialo e baciagli la fronte. Chiedigli scusa, Blu. Scusa Roby, per i messaggi a cui non ho risposto, Scusa se ti ho fatto preoccupare, e fingi che non sia importante, in fondo, raccontargli del clitoride e della penna blu. Che non sia importante confessargli che ti masturbi su Dora, no? Oh, Dora, Dora, Dora. Vorresti scriverle di nuovo, Blu, non è così? Deve essere terribile, per te, non aver ricevuto una risposta; terribile che tutti i messaggi che le hai inviato su Facebook, dalla tua partenza fino a Borgo Panigale e poi il giorno successivo, non li abbia ancora letti. Non è così, Blu? non pensi questo, mentre parli a Roberto sperando che taccia; mentre lo stringi pregando che vada?

Tu vorresti che lui se ne andasse, Blu, non è vero?

Vorresti che si alzasse e uscisse, che ti lasciasse scrivere a Dora.

Vorresti che la sua auto sparisse dalla strada.

E vorresti anche che lui – Blu, se Roberto morisse all'improvviso, se morisse *adesso*, saresti libera di pensare a Dora. Niente più ansie, niente più respiri mozzi, che poi è normale che ti chieda perché, Roberto, che ti prenda tra le braccia e che ti dica È tutto a posto, ti ho perdonata, è veramente tutto a posto, se sei lì che mezza soffochi, Blu; ma dovresti confessarti. Se vuoi davvero ripulirti, se vuoi davvero che a lui non accada niente, prendi fiato, mettigli le mani sulle spalle e digli Ascolta, Roberto, ho desiderato che morissi. Ho desiderato che morissi per potermi liberare.

Diglielo, Blu, o questo tuo pensiero, questa cosa che hai *desiderato* e che ora ti convinci non sia tua, Blu, accadrà. La morte coglierà Roberto nel tragitto di ritorno, o nel sonno, o gli spezzerà il collo mentre a casa si masturba, Blu, visto che non scopate più, e ad aver tolto il sorriso a quel bambino bellissimo della foto, quel bambino che Roberto era e che proprio non meritava di soffrire, come poi non lo meritava la piccola Lea con la sua pantera, così dolce e così ingenua: ad aver tolto il sorriso e la vita a quel bambino, dicevamo, sarai stata tu.

Perciò, confessa.

Digli, se non vuoi dirgli Ho sperato tu morissi, di aver pensato che se un giorno non volessi stare più con lui, dovresti assassinarlo. Digli questo. O digli che non ti senti libera, con lui, e che solo la sua morte potrebbe liberarti. Diglielo con voce triste, se temi la reazione. Digli Roberto, ascolta, devo farti una confessione perché sto troppo male, e comincia magari dal principio, dal fatto che con lui non vieni proprio, no?, però torna a sedere, Blu, siedi con lui; perché ora ti sei alzata? cosa cerchi alla finestra: gli occhi di Ginevra? Torna a sedere, prendigli le mani. Se non vuoi dirgli che non ti senti libera, cambia le parole, di' che non lo senti mai lontano: addolcirebbe il colpo, al momento di parlargli della morte. Inizia con Sei buono, e raccontagli magari i tuoi disagi.

Confessati, Blu, e non avverrà niente di brutto.

Ecco, così: prendi le sue mani. Accarezzale, alza gli occhi. Guardalo. Ricordi quel bambino bellissimo, quello avvolto nella bandiera dell'Italia e sorridente?

Quel bambino bellissimo – i genitori gli volevano certo un gran bene, Blu, certo speravano per lui il meglio – merita di essere felice ancora, di essere accudito e amato, perciò non cercare Ginevra nella cornice della finestra, il suo volto accanto a quelli dei performer che ora guardano la scena, ma stringi le sue mani e parla.

Ti guarda speranzoso, Roberto, quando finalmente apri le labbra e dici: Ho rivisto la donna della vasca.

Lui aggrotta la fronte e socchiude gli occhi, come per mettere a fuoco un'immagine; poi distende tutto. Ricorda.

Ti ha turbata un'altra volta?

Forse perché è molto bella, e io non mi piaccio.

Lui allora ti fa un gran sorriso, stringe le mani con cui

stringi le sue: Ma tu sei bellissima!, esclama, nella sua voce il sollievo di chi infine conosce una risposta. Ti abbraccia; da dietro la tua nuca ripete: Bellissima!

Senti l'odore della pioggia nei suoi capelli, odore di esterno, e inspirando nel naso e nei polmoni tutta l'aria del mondo rispondi Sei buono, Roberto, e se qualcuno volesse allontanarti da me, dovrebbe ucciderti.

Dovrebbe ucciderti, dici.

Dovrebbe uccidermi, conferma Roberto stringendoti più forte, e nell'incavo del collo senti la sua testa annuire e fai schifo, lo sai?, per il modo in cui hai plasmato la confessione. Fai schifo per quello, Blu, e perché aggrappata a lui non smetti di pensare a Dora, tanto che quando infine lui esce dalla stanza, e senti tua madre che gli augura buona cena e la porta di casa che sbatte, corri al computer e avvii Facebook.

Apri e chiudi i messaggi di tuo padre, perché sappia che li hai visualizzati e hai scelto di non rispondere, e ne scrivi un ennesimo a Dora: Spero che il viaggio di ritorno sia andato bene e che nei prossimi giorni potremo vederci per un caffè.

Poi chiudi tutto, ti stendi sul letto e ti sforzi di pensare a Roberto, di innamorarti un pochino di lui. Quando però il ricordo del suo abbraccio diventa il ricordo di quello di Dora, la pressione dei suoi seni mentre l'acqua saliva e i jeans si inzuppavano, ti rendi conto da te, Blu, che la confessione non basta di certo. Che c'è bisogno di una (penna) pena, ormai, per rimediare al desiderio deviato, quello che vorrebbe sbottonarti i pantaloni e indugiare sul tuo sogno, anche se sai bene, e per questo ti trattieni, che le brave fidanzate certe cose non le fanno.

Promettimi che non lo farete mai più, ripete il cellulare con la voce della mamma, e mentre l'odore del brodo di pollo arriva fino in camera di Lea, un attimo prima che tuo padre apra la porta facendo il segno delle forbici con indice e medio, ripensi a ciò che hai appena raccontato e passi la lingua sugli incisivi nuovi, gli incisivi da grande. Proprio non lo capisci cosa c'era di sbagliato.

Infilarsi nel letto matrimoniale, sotto le lenzuola, coprirsi fino al mento insieme a Lea: niente di sbagliato.

Abbandonare sui cuscini Barbie e peluche, giocare a Persone, immaginare i fidanzati, quelli che al mare mangiano formine ripiene di sabbia e bevono acqua salmastra dai secchielli: niente di sbagliato.

Proporre ai mangiaspiaggia di fare l'amore, chiudere gli occhi, baciare ognuna il proprio polso sospirando Sì, tesoro, sì, come sembra si dica in queste occasioni: sbagliato?

Non riesco proprio a capirlo – adesso dirai, ti giustificherai – il tono della mamma; non riesco a capire Siete piccole e Non dire queste cose a Lea e Promettimi che non si ripeterà, ed è per questo che la notte stessa, quando mio padre si ritira nella camera matrimoniale insieme a Costanza, mi chiedo se stiano facendo l'amore e ho paura: vado a rannicchiarmi contro la porta che li nasconde, sul pavimento freddo, e tocco ancora gli incisivi e rimango a far dondolare il canino. Vi prego, non lo fate. Vi prego, ve ne prego, e poi del sesso non parlo proprio più, finché due anni dopo, mentre i maschi ridacchiano e riempiono di commenti i banchi delle femmine, il professore di Scienze ci mostra un video sull'educazione sessuale. Sappiate che non troverete cicogne, scherza, e di fatto di lunghi becchi e fagotti annodati non vedo neanche l'ombra, ma nemmeno dei pupazzi didattici che si muovono sullo schermo; davanti ai miei occhi ci sono due porte chiuse: quella di Costanza, in legno, e quella di mia madre, invisibile, per tener fuori i bambini che dicono Io e Lea abbiamo fatto l'amore. Non lo faccio mai più, le dico piano, ma tu non lasciarmi sola. Che qualcuno mi accolga, io chiedo solo questo, ma quando sposto lo sguardo incontro ghigni e smorfie e risa e imbarazzo, e solo l'insegnante mi domanda: Stai bene?

Sto bene.

E allora, Ginevrablù, finisci il disegno. Tra un po' bisogna consegnare. Capito ragazzi?, e la Castaldi si allontana dal tuo cavalletto, alza la voce, batte la cattedra col palmo aperto: Tra dieci minuti voglio tutti i fogli qui.

La risposta è il grattare più intenso dei carboncini. Alzi la testa per guardare quelle basse dei compagni, i ciuffi sugli occhi, gli occhiali che scivolano lungo le curve dei nasi. Sono dappertutto, i nasi. Nasi adunchi e dritti e alla francese; nasi dalle narici aperte, spalancate dall'ansia di finire in tempo, o nasi chiusi dal raffreddore, che intrecciano il raschiare delle matite con quello del fiato; nasi coi brufoli rossi, nasi di punti neri o sudati, anche, ma vivi, Blu, nasi vivi, non come i loro doppi sulla carta, sui disegni di tutti i tuoi compagni e sul tuo, sul tuo, che al naso si è fermato e non va avanti.

Al naso si è fermato e – no, Blu, non al naso. Al capello. Il tuo disegno si è fermato al capello che fuggendo alla chioma e scivolando sulla fronte ha lambito il naso, lo ha valicato poco prima della punta e si è arrestato proprio lì sulle labbra, sulla linea, e tu allora hai ricordato che – Blu, cos'hai ricordato?

Forse i cento, duecento, mille capelli intorno al polso?

Forse il pelo sul pelo dell'acqua e il pelo sotto il pelo dell'acqua?

Sarebbe da ridere, Blu.

Sarebbe da scompisciarsi, Blu, non credi?, se adesso iniziassi a disegnare Dora o a spogliarti per scoprire dove fugge – ma noi lo sappiamo! – il pelo sotto il pelo dell'acqua.

Potrebbe essere un modo per diventare più popolare – vuoi? – o addirittura una performance. Non è, la performance art, il motivo per cui hai saltato la scuola e venduto i gioielli?

Avanti, Blu, disegna un altro capello. Disegna, Blu, e affronta le tue paure: mostra il polso da ammanettare. Hai solo otto minuti per ultimare il ritratto, e con quel trio di naso e occhi (è Ginevra!) non riceverai un bel voto. Non potrà certo darti un otto, la professoressa che tanto ti stima e che da dieci minuti non fa che fissarti, Blu, lei che si è certo accorta che non stai disegnando, che hai paura di disegnare, che un disegno forse non lo finirai mai più, Blu; ci hai mai pensato?

Oh, ma non tremare: hai la performance art.

Dora – ok, non ti ha ancora risposto, però, dai – è il tuo nuovo cammino, non era questo che dicevi?

Contro Roberto, contro tua madre, contro tuo padre, contro Costanza, contro Lea, ma con la performance art.

Contro i gioielli, contro il Natale, contro la scuola, contro il disegno, contro il mondo, Blu, contro tutto e tutti, e con la performance art.

Quindi fa niente, no?, se non disegnerai mai più. Sarà un peccato per i voti – che dirai poi alla tua mamma? – e per questa professoressa che hai già illuso, Blu, perché l'hai illusa, no?, quel primo giorno, i complimenti, ti trovava così brava. Diceva: Molto bene, Ginevrablù, diceva sempre Molto bene, e invece adesso si avvicina e dice: Be', non lo finisci?

Cosa ti è preso?, borbotta, ma poi alzi lo sguardo dal capello (sul capello dell'acqua) e certo intuisce i tuoi pensieri, Blu, perché acqua è proprio il termine che usa, dice Senti, ascolta, bagnati il viso con l'acqua fresca.

Ti alzi come un automa, e con la stessa freddezza ignori lo sguardo della bidella per dirigerti verso il bagno, apri la porta, è pieno di fumo.

Con un colpo di tosse conquisti l'antipatia delle tre ragazze che siedono sui tre lavandini, sono sempre loro, sono sempre lì. Ti avvicini indicando lo specchio che hanno alle spalle. Potrei, dici, ma quelle continuano a ridere tra loro: parlano del compito di Matematica, della ragazza di un compagno, di quanto è puttana.

Posso sciacquarmi un, riprovi, ma di nuovo il sussurro viene interrotto. Sei a un passo da loro e non ti guardano, sei a un passo da loro e – cazzo, ti fosse scoppiata la penna tra le mani. Cazzo, Blu, avessi la mano destra e il braccio destro e la palpebra destra e la narice destra pregni di blu, zuppi del Washout Blu in cui i performer hanno immerso e fatto ballare i pennelli, lì nel tuo bagno, allora sì, allora certo, allora per forza che nessuno metterebbe mai fine al tuo accesso (ai workshop) al lavandino.

Non dovresti neppure parlare, Blu; basterebbe guardarti. E invece, ecco, l'immagine che offri di te è quella di una ragazzina triste e scheletrica che nessuno vede, che è possibile tener lontano (da un workshop) dai lavandini e che, allontanata, non fa che guardare allo specchio la sconfitta che – Blu, lo specchio: che cos'è quella rabbia?

Oh bene, Blu: dai il benvenuto a Ginevra.

Fai un passo avanti, solleva la mano blu. Ti ha vista, e com'è nervosa. Com'è incazzata, Ginevra, quando il suo braccio chiaro si alza, quando la mano sinistra si piazza di fronte al volto della tipa coi rasta, schiocca le dita, le fa cenno di smammare.

Ma 'sta scassapalle?, chiede lei alle compagne, però slitta verso il lavandino centrale.

La mano di Ginevra apre i rubinetti e bagna il volto mezzo-Blu; lo guardi gocciolare nello specchio, azioni dieci volte il dispenser di sapone e lo lavi e sfreghi finché non torna chiaro, rosa, lindo. Al tuo fianco senti la presenza delle altre ragazze. Ti coglie il terrore che ti facciano qualche brutto scherzo, ti tengano la testa sotto il getto d'acqua, ti costringano a fumare tutte le sigarette dei loro pacchetti, tutte insieme. Ti chiedi se moriresti. Ti chiedi se qualcuno piangerebbe. Ti dici che di certo piangerebbe Roberto, forse, e che tu, che gli hai augurato anche la morte, non lo meriteresti. Chiudi i rubinetti. La campanella suona. Le ragazze ti guardano e Ginevra le fissa attraverso lo specchio: nessuno abbassa gli occhi.

Mentre torni in classe incontri la Castaldi. Ti ferma.

Venerdì tua madre ha chiamato a scuola, dice.

Lo so.

Ho saputo del workshop.

Annuisci.

Ho un'ora libera, se vuoi.

Annuisci di nuovo ma rientri in aula, le mani bagnate

e un po' di tinta blu sotto le unghie della destra. La succhi ascoltando la lezione di Storia, le dita in bocca una per volta: tremano.

Non vuoi parlare con la Castaldi.

Non vuoi parlare con tua madre che versa in due piatti la vaschetta di cuscus.

Non vuoi parlare con tuo padre, che manda messaggi vocali su WhatsApp.

Vuoi parlare con Dora, soltanto con Dora, e se per un attimo pensi di rispondere al traditore, di metter fine al tuo silenzio, è perché a poco a poco ti convinci che lei non ti cercherà finché tu non lo cercherai. Ma ti sforzi di ignorare il fiore che non nasce nel vasetto, e stringi i pugni quando lei visualizza i messaggi che le hai scritto.

Tu che lei ti ha dato tutto, lei ti vede e non risponde.

Che poi dove sta scritto, Blu, che tutti debbano vedere sempre e solo te?

Sei una bambina grande, ormai, ma hai voluto le bolle di sapone e il papà te le ha comprate comunque, quando il giornalaio le ha regalate a Lea, e appena le hai finite ha ricaricato il tubo rosso col detersivo per i piatti, Costanza era in bagno, e siete andati sul balcone a soffiare odore di limone nel mattino.

L'aria è tiepida di primavera e indossate larghe gonne a fiorelloni, stesso modello e misure diverse, e quando Lea inizia con le giravolte la sua si solleva e si gonfia.

Guarda!, grida a tuo padre, Guarda! Guarda!, e piroetta su se stessa disegnando vortici di bolle intorno a sé.

Bravissima!, esclama lui battendo le mani. Poi si cava il cellulare dalla tasca, quello con cui due giorni fa ha ripreso la tua gara di nuoto, e le dice: Continua!, mentre le fa il filmino, Continua a girare, e non si accorge, tuo padre, che hai iniziato a piroettare anche tu: riprende solo lei, riprende solo Lea.

Papà, guarda qui!, gli dici, mostrando come i tuoi otto anni sanno fare evoluzioni più complesse, variazioni sul tema giravolta che consistono nell'abbassarti e saltare, ritirare il braccio e tenderlo di nuovo, ma lui è concentrato su tua sorella – che in realtà non è manco tua sorella, e non è manco figlia sua – e devi metterti tra loro perché si accorga di te.

Per poi dirti cosa?

Dai Blu, facciamo qualche video anche a Lea.

Lasciano spazio anche agli altri, le bambine grandi di otto anni.

Lasciano spazio anche agli altri, le bambine enormi di diciotto anni.

Lascia in pace Dora, Blu. Da uno, quattro, dieci pomeriggi non fai che accendere il computer, entrare su Facebook, aprire la sua pagina e – Blu, no, ci mancava solo questo. Non aspettavi altro, tu. La pittrice che tagga Dora, che scrive Primo giorno di expo con la mia amica artista, che si fotografa con lei e alle spalle ha le serre dei Giardini Margherita, Blu, riconosceresti ovunque quel posto da fighetti dove hai mangiato finger food.

Ed ecco che sei in piedi, che hai già spento il computer; muori proprio dalla voglia di farti ridere dietro, è così? di essere vista come il cane che sbava, Dora, Dora, ti scongiuro, riprendimi con te: è così che le dirai?

Scusa, le dirai, la prossima volta chiederò ai miei di venire a prendermi più tardi, ai compleanni delle medie arrivavano prima della torta, non ti dico che vergogna: eh? glielo racconterai?

Ma sì, Blu, ma sì che sei uno schianto, non fare quelle smorfie nello specchio. Certo, staresti meglio coi vestiti di tua madre, ma sai che non hai tempo: la foto è di mezz'ora fa, Dora potrebbe andare via, e allora corri corri e scendi in strada e chiami un taxi.

Quando l'auto si ferma alle serre apri il pugno sul sedile anteriore, lasci cadere sei euro in monete e dici Scusi, ho solo questi; poi apri lo sportello e caracolli verso i Giardini, arrivi col fiatone, ti pieghi un momento per grattare l'interno delle ginocchia, i jeans skinny mordono la pelle. Alzi un braccio e ti annusi. Profumi. Prosegui camminando nella luce del tramonto, silenzi lo smartphone.

Mentre raggiungi il gruppo di persone e quadri, pettini i capelli con le dita e sistemi i cordoncini della felpa.

È qui per la mostra?, ti chiede una ragazza dal sorriso gentile.

Sono un'amica di, cominci, e in quel momento la vedi.

Dora.

Sono un'amica della sirena Dora, ma non dica a nessuno che è una creatura acquatica, va bene?

Che è un segreto.

È – o non è – un segreto, che Dora è così bella.

Con la camicia leggera aperta sui nei piccolissimi, e la giacchina in pelle, e i pantaloni con anacronistiche zampe di elefante, gli orli posteriori rovinati dai tacchi. Con quegli occhiali dalle lenti blu, a specchio sopra e sotto no, sotto trasparenti, il colore che sfuma e scema sulle guance ma non in tempo per mostrare squarci d'occhi, lembi di palpebre, accenni di ciglia: niente cielo obliquo e mare dritto, nei riquadri della montatura, ma solo immagini della serata e un paio di nei, piccoli anch'essi, sul suo zigomo sinistro.

Vorresti vedere solo Dora in tutto il mondo, ma le sue lenti ti mostrano tutto il mondo tranne Dora. Vedi i dipinti, le piante, i piattini coi minitimballi e le polpette fritte di melanzane, uno lo ha in mano lei, infilza il cibo con la forchetta a tre denti; mentre le parli, mangia.

Ho capito, conclude esaminando la burrata, ho capito, ti spiace, ma ora cosa vuoi che faccia? Il workshop è finito.

Annuisci. La segui mentre si avvicina alle bevande e chiede un calice solo per sé. Apri la bocca. La chiudi. Guardi negli occhiali e cerchi di farti forza, povera Blu, di ricordare i Brava e Molto bene e Comunque i tuoi disegni sono davvero belli; di dirti che ok, le lenti a specchio sono ok, no?, se ti permettono di vedere ciò che vede Dora: è sentirla più vicina.

Tiri su le maniche; inspiri.

Vorrei che mi prendessi come allieva.

Lei getta un occhio al gruppo di artisti e riprende a mangiare.

Vorrei imparare da te, ti prego, adoro le tue performance.

Si volta a guardarti.

Vorrei –

Ginevra, ti interrompe, facciamo che cresci e sistemi le cose a casetta, va bene?, e poi magari ne riparliamo.

E finalmente, Blu, lo capisci. Oh Blu, povera Blu, quelle lenti non erano lì per mostrarti il suo mondo, ma per rimandare lo sguardo al mittente. Vacilli, ma Dora non sembra notarlo. Posa il calice sul tavolo, spacca in due una polpetta fritta: con un dente (che il topino dei dentini può comprare per un euro) della forchetta, come un chirurgo, aggancia e asporta strisce di melanzana.

Tu dipingi, dice, no? Guardati un po' di quadri belli; io ora ti devo lasciare.

Tiri le maniche fin sopra i gomiti. Tiri l'aria e non arriva.

Dora, inizi, i miei genitori, Senti adesso ti devo lasciare, Ma posso giurarti che non sarà più, Cresci, Ginevra, davvero.

La segui comunque col groppo alla gola, la segui nel mucchio di gente, tra i quadri e i profumi di donna.

La performance art è tutta la mia vita.

E allora lei ride: Perfino la vita! Ma fammi il piacere. Fino a due giorni fa non sapevi nemmeno cosa fosse. Sopravvivrai, non ti preoccupare.

Non ti preoccupare, ti ha detto, non ti preoccupare, dai, perciò adesso respira, Blu, spegni la sigaretta, questa sigaretta, queste sigarette, sei ancora alle serre e ne hai finite due, tre, quattro, Blu, sei ancora ai Giardini e sai che vuoi restarci, sai che hai perso tutto ma, Blu, a cosa serve se, Blu, a cosa serve restare?, con Dora hai finito, è finita, game over, e allora a che serve restare?

Ti lasci cadere all'ingresso, sul prato. Sei out. Schiacci i palmi sugli occhi e sei out, senti le voci lontane e sei out, anche con Dora alla fine sei out, out: out.

Povera Blu.

Povera Blu che ancora una volta, perfino con (chi ha costretto i ragazzi del workshop a guardarti e lo avrebbe fatto anche con Silvia e Giovanni, puoi starne certa, con

Silvia e Giovanni e la classe intera, tutti insieme nel banco accanto al tuo, a contare quante volte in un'ora riesci a cancellare il tuo volto per sostituirlo con quello di) Dora, tutt'a un tratto sei out, out: out.

Il fatto è che l'hai delusa.

Il fatto è che – Blu, sai che l'hai delusa, vero?

Lei contava su di te (e Yuriko), e tu hai lasciato il workshop prima che finisse. Le energie che ha investito su di te: sprecate. Guardala. Eccola che esce. Se ne va. La lasci andare via. Non hai manco il coraggio di correrle dietro, è così? di chiamarla, arrestarla, voltarla, spiegarle che – Ah. Non ti manca il coraggio. Ma che bella sorpresa, Blu. Ma che gran novità, tu così determinata, dev'essere l'effetto di Ginevra. Dev'essere lei che – ma accelera. Non la raggiungerai mai, con quel passo da vecchia. Hai cent'anni? duecent'anni, Blu? quanti anni ti dai?

O ti manca il coraggio?

E va bene, va bene, passeggiamo romanticamente alle spalle di Dora, pieghiamoci sui talloni, pizzichiamo i jeans skinny dietro le ginocchia raccontandoci che grattano, Blu, con l'intento di fermarci. Temporeggiamo pure, ma sì, tanto prima o poi dovrà arrestarsi, dici tu, prima o poi dovrà pur arrivare, la sua macchina, no?

E invece guarda lì. La insegui da due, quattro, otto minuti e lei va, tra i tuoi occhi sfarfallanti che aprichiudi e aprichiudi Dora va, cammina, prosegue, entra nel supermercato. Che freddo, Blu, attendere che compri gli yogurt; che freddo seguire i suoi gesti dal reparto frigo, Blu, vieni fuori, ti si accapponeranno i polpastrelli. Vieni fuori, avvicinati.

Blu: avvicinati. Se le vuoi parlare, parla; o torna a casa.

Blu, non ha senso che tu – ah, le merendine, i cereali

Fitness, che bontà. Che bei gesti, no?, con che bei gesti li prende, li volta, guarda le calorie, poi si china sul cestino. Com'è bella, Dora, Blu, mentre calpesta i bordi dei pantaloni a zampa, si muove sinuosa tra le corsie, alza il braccio per prendere un pacco di Krumiri e allora guarda, Blu, quella sua camicia che si scosta, scopre i nei, non sarai forse troppo vicina? non sarai – Blu, se vedi i nei piccoli piccoli, costellazioni scure su un cielo di latte, non sarai forse troppo vicina?

Ah, ma che odore. Ma che fragole, Blu; hai visto? Sono arrivate le fragole. Tuo padre, ricordi?, quando eri piccola diceva che eri alta come una piantina di fragole, ricordi Blu? Peccato poi ti abbia tradito; potresti dirgli almeno delle fragole, però, che son tornate.

E invece niente. E invece, ecco, Dora tra gli scaffali, lei che ormai non ti vuole più accogliere tra – non riesci nemmeno a pensarlo, Blu, e se ci pensi che estremo dolore, ma prova a parlarle. Se soffri così, Blu, fai una corsetta, ce l'hai lì davanti, falle vedere che non puoi più vivere senza (lei) performance art. Ce l'hai lì: è in fila in cassa. Non hai più scuse, Blu, con quei tuoi occhioni aprichiudi aprichiudi, coi tuoi respiri in numero pari, coi tuoi (altrettanto pari) piegamenti di ginocchia, a grattare i jeans sudati: vai. Non perderla di vista, non perdere i suoi gesti, quelli con cui paga, prende il resto, porta le buste fuori, nel tramonto che si è fatto notte, e accartoccia lo scontrino per lasciarlo nella sabbietta piena di cicche, lo raccogli, è lunghissimissimo.

Lunghissimissimo, ma la piscina gonfiabile non c'è.

E allora è stronza, la mamma, che ha cancellato (il workshop) Babbo Natale e nemmeno ti ha regalato la piscina gonfiabile.

È stronza, pensi, e rileggi gli articoli uno per uno e lo scontrino è appannato dalle lacrime, non riesci più a distinguere i nomi dei giocattoli; potrebbe esserci scritto per esempio:

Misto bosco funghi
Mozzarella X4 PP
Pollo Petto Maxi
Pancarrè M/Bianco X2
Caffè Lavazza 2X250 e altre parole che non leggi e ficchi in tasca, Blu, come se piegare lo scontrino di Dora e infilarlo nei jeans, il naso arricciato mentre la mano si fa strada tra la stoffa elasticizzata, sia la cosa più normale al mondo. Infili e vai, Blu, segui Dora nel parcheggio del supermercato, la vedi specchiarsi nei finestrini, ti fermi di colpo quando si ferma lei, per passarsi le buste dalla mano destra alla sinistra, e desidereresti raggiungerla, dirle (Vuoi sfogarti con me?) Ti aiuto io, ma riprendi a camminare solo quando lo fa lei, a distanza, finché non attraversa la strada, cerca le chiavi, le infila in un cancello e poi il portone sbatte: *Sbam*.

Sbam: sbatte il portone, e tua madre si affaccia in soggiorno, ha le sopracciglia inarcate, ti chiede: Sicura che hai chiuso la porta?

Butti le chiavi sul mobiletto all'entrata e ti infili in corridoio.

Dove sei stata?

Entri in camera, chiudi la porta. Apri Facebook. Vai sul profilo di Dora e ci sono altre foto alle serre: lei che beve il prosecco, lei che chiacchiera, lei che ammira i dipinti, lei che sorride e tu non ci sei e sorride e tu non ci sei e sorride e tu apri la chat, Blu, scrivi Mi dispiace se stasera ho disturbato. Apri le foto coi quadri, lei ti ha detto Tu dipingi, no? (lo ricordava) e ti ha detto di guardarli (e non l'hai fatto) così adesso li guardiamo. Niente male, no? Glielo scriviamo. Le scriviamo Belli, Dora, i quadri erano belli proprio come hai detto tu, li ho guardati, e andiamo avanti con le foto e ancora belli! belli!, i quadri coi cavalli e belle! le criniere che diventano pop-corn, stelle filanti, confetti, figurine; cosa mai vorranno dire?

Le criniere mi hanno proprio impressionato, scrivi, e vuoi vedere altre sue foto e – Blu! vuoi che Dora non risponda? perché adesso stai guardando quella roba? quella vasca, così simile alla vasca della Stanza delle – Blu! vieni fuori da quell'album (ti si accapponeranno i polpastrelli) e torniamo un po' alle serre, Blu, ti va?, torniamo a – e lei dov'è?

Perché adesso la sua pagina è sparita?

Oh, Blu, proprio quello che temevi. Ma respira: se hai vissuto diciott'anni senza Dora, cosa importa se ora Dora ti ha bloccata?

Se (la tua Dora, l'ascensore, la metro di Roma) la mamma ti ha bloccata nella culla, Blu, è solo perché (non ti ama) doveva andare in bagno, ma tu hai due anni e già ti senti out. E piangi, Blu, mentre attendi il suo ritorno, e la chiami forte, ma puoi disperarti e sbatterti e urlare e singhiozzare quanto vuoi: lei non verrà (mai più) finché non avrà finito. Non puoi farci niente. Solo (Dora) la mamma può decidere quando riapparire. Quando tornare ad agitare i fiocchetti appesi alla culla, a far suonare i sonaglini.

Ricordi, Blu, come la mamma fa suonare i sonaglini?

(Suona le campane, suona le campane) din don dan, din don dan.

La mamma è buona ma tu adesso sembri odiarla, Blu; sembri avercela con lei e dare a lei tutta la colpa per il tuo essere out, come quando – Roberto ti sorride e tu sei out. Si riveste e tu sei out. E sei out mentre tornate al motorino, mentre chiudi borsa e rose nel bauletto, mentre sale con te a casa, e tua madre infila i fiori nel – Blu, sai che ci vuole un fiore?

Per fare tu-u-tto ci vuole un fio-o-re, ci aveva detto la canzone, ci aveva *avvertito*, ma tu un fiore non ce l'hai e mentre prendi il vasetto di Dora sai che non potrai – Blu, almeno fosse nato un germoglio, un germoglino, un aborto di gambo, un'erbaccia, anche un'erbaccia, Blu, di quelle storte, rachitiche, secche, deformi, e tenere tra le mani questo vaso avrebbe avuto: sarebbe stato: avresti potuto quantomeno credere che – oh, ma tu non lo meriti, Blu, e senza quel fiore non puoi fare nulla ma senza quel fiore tu devi restare, perché sei arida e non potrà mai nascere niente, intorno a te.

C'è poco da piangere, (la mamma) il fiore non arriverà.

C'è poco da restare con gli occhi nel vasetto, Blu, col naso nella terra, a pensare a che fiori meravigliosi avrà invece Yuriko. Che roba, Yuriko, eh?, di quelle piante che poi tocca rinvasarle tanto sono rigogliose. E che fiori, che fiori!, le corolle dai colori sgargianti e i pistilli al vento, provocanti e sicuri, pieni di vita da trasmettere a futuri fiori con futuri pistilli dallo stesso entusiasmo: così Yuriko.

E tu, invece, a te appartiene solo questa terra che continui a curare, questa terra che hai annaffiato ogni santo giorno da quando l'hai accolta e ancora oggi, stamattina, e adesso con il pianto, Blu, oh quanto pianto versi, con le braccia intorno al vaso e la faccia nella terra. La respiri, la terra, e la innaffi di lacrime, Blu. La respiri e la innaffi di lacrime e senti le zolle solleticarti le narici come piccoli germogli appena nati, hai gli occhi chiusi e i germogli si infilano nel naso (di Leabella), nella (ferita) feritoia tra le labbra e nei dotti lacrimali, nelle orecchie, e continuando a respirare l'odore della creazione lasci che la piantina intrecci i suoi tentacoli dietro la tua nuca, intorno alla testa, non potrai alzarla mai più.

Non potrai alzarla, Blu?

Non essere ridicola, avanti: tira su quella testa. Leva la faccia di lì. Guarda lo specchio, che schifo, sei tutta sporca di terra. Guarda là Ginevra com'è incazzata: lei non è una bambina (obbediente) buona, e va rinchiusa. Chiudila negli occhi, Blu. Uno, quattro, dieci venti.

Quaranta, cento, centottanta, duecento, Blu, e non riesci a leggere lo scontrino di Dora. Tra lo sfarfallio delle ciglia, Blu, ricominci ogni volta da capo, come quando al workshop si cantava Fra' Martino Campanaro, dormi tu, dormi tu, suona Fra' Martino Campanaro dormi tu, dormi tu, suona le campane, suona Misto bosco funghi, Mozzarella X4 PP, Pollo Petto Maxi, Misto bosco funghi, Mozzarella X4 PP, Misto bosco funghi, Misto bosco funghi, din don dan, din don dan, e alzi gli occhi dallo scontrino, Blu, e guardi il vasetto, lo specchio, il computer con la pagina di Dora che non è più la pagina di Dora, chissà che sta facendo, chissà se è immersa nella vasca o studia la prossima performance o apre il portone che ha chiuso davanti a te o mangia il Misto bosco funghi, Mozzarella X4 PP, Pollo Petto Maxi, Misto bosco funghi, Misto bosco funghi, Mozzarella X4 PP, Pollo Petto Maxi, Pancarrè M/Bianco X2, Caffè Lavazza 2X250: starà bevendo il caffè? Oh, Blu, non puoi saperlo. Non puoi sapere più niente di lei, ti ha bloccata, perciò adesso fattene una ragione e suona le campane, suona le campane, din don dan, din don Fra' Martino, campanaro, dormi tu, dormi tu, suona Misto bosco funghi, Mozzarella X4 PP, Pollo Petto Maxi, Misto bosco funghi, Misto bosco, Misto, Misto, Misto, Misto, Misto bosco funghi, Mozzarella X4 PP, Pollo Petto Maxi, Pancarrè M/Bianco X2, Caffè Lavazza 2X250 – din don dan, din don dan – Stracchino Granarolo, Uova X4 Biologiche, Riso Ribe Bio, Colgate Dent. Prot. Ca., Gocce Occhi Benexè 10,

Gocce Occhi Benexè 10,

Gocce Occhi Benexè 10 da lanciare nel cielo obliquo e versare nel mare dritto, Blu, dopo aver tolto le lenti a contatto, povera Dora, che non ci vede bene, che ha bisogno di essere aiutata, che ha bisogno di qualcuno che la guidi, Blu, che ha bisogno di qualcuno, e tu pensi che sarebbe bello, sì, e che sarebbe dolce, se il qualcuno fossi tu – din don dan! din don dan! – perché le diresti Vieni, Dora, vieni, ti accompagno sul letto, ti aiuto a stenderti, io posso guidarti, e lei direbbe Grazie e direbbe Mi dispiace, Ginevra, se ti ho bloccata su Facebook, ma quando ho bannato il contatto non ho visto che eri tu, i miei occhi Cielo Obliquo e Mare Dritto non distinguono più nulla, nulla, ma ora so che tu sei qui, Ginevra, ed è a te che chiedo aiuto.

E ti si stringe il cuore, Blu, mentre si abbandona sul tuo letto. Le togli le scarpe, le parigine di cui lei non vede i lacci: le sfili piano. Ti stendi con lei che ti ripete Grazie, grazie, e ti accarezza i capelli e tu li accarezzi a lei, Grazie, e le vostre mani scivolano sui corpi, sulle spalle, sulla vostra pelle nuda e Grazie, Ginevra, solo tu mi sei vicina, così vicina che i vostri corpi sono come un corpo solo, le vostre cosce umide diventano bagnate, il mare si alza, lei chiude gli occhi ciechi.

Quando arriva l'orgasmo, avvolge con la coda la tua coda di sirena.

E dove sono le tue gambe?

Blu, hai bisogno delle gambe per correre (via) nella Stanza delle Punizioni! Di tempo non ce n'è – din don dan! din don dan! – perciò arranca! striscia! e sguscia in fretta nella vasca piena. Oh, che maremoto. Brava, Blu: applausi dei performer. Applausi di Yuriko a palmi pieni. Brava. Le mani battono a lungo, poi rallentano il ritmo, perdono forza; si fermano per passarsi e passarti un foglietto.

Soluzione A, c'è scritto, Confessare tutto alla mamma.

Soluzione B. Vuotare nella vasca il vasetto di Dora.

Soluzione C. Nascondere la mano sporca.

Con il dito che ti ha dato l'orgasmo segni una X blu sulla C, e di nuovo sei travolta dagli applausi. Sulla scia dell'entusiasmo anche la vasca si imbizzarrisce, si impenna sulle zampe posteriori, e devi reggerti forte per non essere catapultata all'indietro. Cacci un gridolino. Ti accorgi di avere delle gambe sbattendo le ginocchia sui bordi.

Quando la vasca si calma, Yuriko scioglie nell'acqua il blocco di argilla che conservi sotto la scrivania. Tutto si fa torbido. Torbide le tue caviglie, la tua vagina, i tuoi seni come boccioli; torbide le mani che escono dall'acqua per raccogliere la lunga garza srotolata che la tua amica ti porge su un vassoio. Hai argilla sulla pelle, resterà aggrappata ai peli e si seccherà sotto le unghie rovinate, ma per adesso non te ne curi: immergi la garza nella creta sciolta, ne stringi un lembo tra il pollice e il palmo della mano sinistra, quella che si è infilata dentro la tua – Blu, quella che aveva il suo daffare mentre l'altra accarezzava Dora, e con l'altra mano inizi a fasciare le quattro dita aperte, vicine tra loro: senti il contatto con l'argilla e stringi la garza alla pelle, copri le nocche e i polpastrelli e avvolgi ancora e vai, Blu, vai, vai e non ti fermare, vai che è una performance, te lo dice, guarda lì, John Baldessari, lui che nel video ripeteva *I am making art* e *I am making art*, e non puoi dirlo pure tu? Un giro di garza e *I am making art*, due giri di garza e *I am making art*, e poi Marina, Blu, la tua Marina Abramović, non ripeteva sempre lo stesso gesto quando diceva – ricordi? – *Art must be beautiful*?, e allora avanti, Blu, uno, quattro e cento e mille, che sei più beautiful se copri la tua mano sporca, sei più beautiful, Blu, se sai mostrarti, appunto, bella.

Oh, Blu, che bella che è (Dora) questa mano senza dita, col pollice tutt'uno con il palmo. Che bello che è – non credi? – questo guanto di argilla che nasce dalla carne sporca, che nasconde la carne sporca, che la stringe forte forte perché dal dolore possa nascere qualcosa di bello: è proprio tutto lì, Blu, non capisci?

Oh, Blu, sembri quasi spaventata mentre Yuriko, in ginocchio davanti alla vasca, prende il tuo guanto di creta, attende che si secchi e ci dipinge dentro un seme: se ci dormi, sai, potrà nascere un fiore. Perciò non fare quelle smorfie, non c'è nessun dolore. Tieni la mano sotto il cuscino, di' alla mamma che non stai troppo bene, chiudi negli occhi le stelle al fosforo. Respira.

Respira, dice Dora, e ti prende il polso e appende tuta e T-shirt al tuo braccio immobile, e dice Comunque i tuoi disegni sono davvero belli, dice, prima che (tua madre, con tuo padre complice vigliacco) tu possa rovinare tutto.

Respira, dice Roberto, e ti prende il polso e ti guida sulle proprie gambe mentre l'autobus vi riaccompagna a casa. Guarda, dice, che non è mica la fine del mondo: troverai altro, se la performance ti piace, magari un corso estivo, dice, e ti sorride e tu vorresti scendere dalle sue gambe, dalla pedana coi posti a quattro, dall'autobus fermo al semaforo. Le sue carezze ti infastidiscono. Il suo Ti amo ti infastidisce. Ti infastidisce il modo in cui ti tiene, ha fatto scivolare le braccia contro i tuoi fianchi e ti ha intrecciato le dita sul ventre, sembra una cintura di sicurezza e ha più o meno la stessa utilità, ti dici, no?, perché non è mica possibile, pensi, che la sua soluzione sia sempre e solo quella: baci, carezze, la testa poggiata sulla tua schiena, Ti amo, Blu: ti amo.

La superficialità – no?

In fondo lui non può capire, questo pensi mentre ti infastidiscono le sue carezze e il suo Ti amo e il modo in cui ti tiene (e le sue scarpe che non lasciano abbastanza spazio ai tuoi piedi e la donna che corre a occupare il sedile che hai scaldato e l'uomo che infila gli spicci a uno a uno nella macchinetta per fare i biglietti, chissà quanto impiegherà, e il bambino che piange e la madre che muove il passeggino e si lamenta del freddo, dell'aria condizionata in primavera, che motivo c'è di azionarla già, chiede al tizio accanto, come se poi quello avesse la risposta ed ecco ancora la stupidità, ecco la stupidità, su questo autobus sono tutti scemi, ma chi ti capirà?), e quando Roberto dice: Che poi, ma Dora Leoni chi è?, ti alzi davvero, scavalchi la donna che ha preso il tuo posto e prenoti la fermata.

Lui ti segue: Che fai?

Dici: Scendo.

Dice: Ma Blu, siamo appena saliti.

Incroci nei finestrini lo sguardo di Ginevra (quanta rabbia, quanta furia, e quanta stanchezza di essere out) e sfili il pacchetto di Marlboro dalla tasca del parka. Quando le porte dell'autobus si aprono, ti incammini lungo via Saffi. Roberto ti prende una mano, quella senza sigaretta.

Dove andiamo?

Io a casa.

A casa?

Altrimenti dove?

E perché non con l'autobus?

Tiri una lunghissima boccata di fumo.

Blu, vuoi lasciarmi?

No, voglio che tu muoia, dovresti dirgli, sarebbe tutto molto più facile se adesso, Roberto, senza un qualche preavviso tu – Blu, Blu: sarebbe tutto più semplice, no? Se Roberto morisse, non dovresti rispondere Sì. Non dovresti mentire e rispondere No, tu questo hai pensato, e se ormai l'hai pensato, Blu, sputa in fretta quel fumo e confessa.

Vorrei che morissi: dillo forte, ad alta voce.

Vorrei che – Blu, o non vuoi svegliarti domani?

Guardalo negli occhi (il bambino, ricordi la foto da bambino, la bandiera dell'Italia?) il ragazzo che per l'ennesima volta ti chiede Vuoi lasciarmi? e rispondigli Sì, ma se puoi evitarmi la colpa di questo abbandono, Roberto, fai in modo di morire adesso.

Oppure abbi pietà, Blu, del mento tremante, del pene sparito, di lui che siede sui talloni e ti prega, Blu, ti prega!, di non abbandonarlo e abbandonalo, Blu, abbandonalo adesso, digli Io adesso ti lascio, Blu, diglielo adesso, e mentre lui piange, e mentre lui sa finalmente che – dai tuoi vasetti non nasce la vita, questo ora sa, e che l'unica cosa che tu, Blu, sai fare, è spegnere tutti i sorrisi di chi ti accarezza e ti ama, lei già lo sapeva, tua madre da tempo sapeva che – Blu!, il tuo modo di spegnere i sorrisi, tua madre lo conosceva già, è davvero agghiacciante, lo sai?, e Roberto non meritava che lo abbandonassi ma l'hai abbandonato, gli hai detto Voglio lasciarti, Blu, finalmente l'hai detto, e ora sedete su una panchina, ora aspettate un altro autobus: lui piange e tu fumi la terza sigaretta, lui piange e tu pensi Misto bosco funghi, lui piange e tu pensi Libera, ti accorgi che hai pensato Libera e accendi la quarta sigaretta, e la quinta che poi è l'ultima, non ne hai più ma te ne accorgi solo adesso, Blu, e di nuovo, come sull'autobus, l'annacquarsi dei suoi occhi e del naso e della bocca ti disgusta anziché farti male, guardi altrove anziché stare male, mentre l'unica cosa che vorresti, Blu, è piangere un poco con lui, singhiozzare con le lacrime, essere una ragazza come tutte le altre, Blu, che si commuove di fronte al dolore, che sa che in un momento del genere è giusto, è necessario, è un dovere: piangere, e che quindi lo fa, e invece pensi a quanto sia brutto quel volto deformato dalla sofferenza, perché semplicemente la capacità di provare compassione ti è preclusa.

Come quando, Blu, c'è il telegiornale.

Come quando tua madre sussurra Mio dio e succhia l'aria tra i denti: sembra soffrire per ogni morte e ogni strage, tua madre, e invece Mio dio tu lo dici semmai alla caprese: alle gocce di olio nel latte.

Cattiva.

Sei – ma non lo era Ginevra? – una bimba cattiva.

Non ti sembrava forse bella, Blu, la mimosa che Roberto ti aveva regalato? non erano forse profumate le margherite che ti aveva spedito al compleanno? Guardale. Apri l'armadio, guardale, posa sul letto i tuoi fiori secchi: una festa morta per una storia cadavere. Sarebbe un peccato, Blu, gettare via tutto. Sarebbe orribile (fare come la mamma, buttare i fiori a testa ingiù nel cestino come nelle scene dei film) dare una così indegna sepoltura a tutto quell'amore che sì, è ormai finito, ma non merita certo di mischiarsi al cibo guasto, no?, che La vita, Bluette, è questione di cosa butti nella pattumiera, così disse la mamma.

Così ti dici, Blu, mentre raccogli i gambi dritti, mentre accarezzi le foglie raggrinzite e croccanti, mentre seduta sul materasso, in un angolo, infili il naso tra petali più duri e inodori di quelli che compongono i fiori finti, Blu, e rivedi te e tua madre affacciate alla pattumiera e Guarda!, dice lei, Guarda i fiori!, ma la sua voce non è più trionfante: è triste, addolorata, cupa; nemmeno sembra più la sua voce, Blu, non è la voce di tua madre, quella che senti, né appartengono a tua madre il naso che tira su il muco e il mento che trema.

Roberto, cominci, ma lui ti interrompe, dice Come hai potuto?

Ti stringi nelle spalle e guardi le margherite scivolare sempre più in fondo e più in fondo e più in fondo, tra – Misto bosco funghi, Mozzarella X4 PP, Pollo Petto Maxi – scatolette di tonno e assorbenti arrotolati nella carta igienica, come la mamma ti ha insegnato a conservarli prima di gettarli via, Blu, che la vita è questione di (come) cosa butti, e mentre osservi l'affogare dei fiori scopri che anche Roberto è scivolato nel secchio e sprofonda e sprofonda e sprofonda, Blu, giù giù nel dolore di chi è stato un bambino che voleva soltanto giocare, avvolto nella bandiera come (un assorbente) uno scarto nonostante avesse detto di amarti.

E allora, Blu, sai che Roberto si suiciderà se non darai degna sepoltura ai suoi –

Sai, Blu, mentre dici alla mamma che hai già mangiato e non è vero, che Roberto scavalcherà la ringhiera del balcone e poi –

Blu!, Blu: e non ti sveglierai domattina, se non darai degna sepoltura ai suoi – ah!, dunque sei ancora sveglia. Dunque alzati, Blu, e scendi in strada. La mamma dorme già. Scarpe ai piedi, prendi i fiori, non sbattere le porte. Rientreremo presto. Vai, Blu, e oh che bella che sei. Scendi le scale con un mazzo di mimose e margherite e rose e gigli secchi: la performance di una principessa che ha perduto la sfida col tempo.

Il tempo: scendendo le scale in silenzio, percorrendo la via che porta al parco, ascoltando il rumore dei miei passi, il solo, attutito dal bordo della tuta che si frappone tra la scarpa e l'asfalto, e avanzando, avanzando, varcando il cancelletto che rimane sempre aperto e facendo attenzione a non rovinare i fiori, a non farli cadere, e ancora superando le panchine, e le altalene, e lo scivolo, e il tavolino dove il fruttivendolo si ferma la sera col titolare del bar, sotto il lampione tenue, e dunque rallentando, fermandomi, poi, sul lato opposto al cancelletto e chinandomi, poggiando le ginocchia sulla terra, sedendo sulla terra, adagiando bene i fiori accanto a me, sulla terra, delicatamente, come fossero davvero un corpo morto da vegliare, e iniziando a esaminare il terreno, attenzione a pietre e vetri, e a tastarlo, attenzione agli escrementi, e poi scavando, affondando le unghie nella terra, grattando, divellendo zolle, spostando zolle, abbandonando zolle sull'erba e grattando cento volte, scavando una buca come non ne facevo da tempo, chiedendo al pieno di farsi cavo, chiedendo al suolo di farsi tomba e così prendendo i fiori, raccogliendoli piano, uno a uno, uno alla volta, una margherita e una mimosa e una rosa una alla volta piangendo, finalmente piangendo per lui, dio!, finalmente piangendo per noi, e grazie a Dora, alla performance, a questa notte in questo parco finalmente finalmente piangendo, e adagiando i miei fiori nella terra, tra la terra, sotto la terra con cui inizio a coprirli con cura, come un'anima a cui non ne ho data e da cui ora mi separo piangendo, piangendo, regalando a ciò che mi ha amato e non ho saputo amare una degna sepoltura, ho l'impressione che in fondo non esista nemmeno, il tempo.

Il tempo: quello che ti prendi per asciugare le lacrime con le dita sporche di terra; quello che continua per te e che finisce sottoterra, là dove inizia la morte.

– la morte?, chiede mia madre, Vuoi forse darmi la morte?, ma il bello è che l'ha domandato lei, e non io, Se a lavoro mi promuovono che regalo vuoi, e che sarei io, e non lei, a morire se davvero mi comprasse un motorino per i miei quattordici anni e ci facessi un incidente.

Ma devi capire, Blu, che un genitore non può fare a

meno di preoccuparsi per la propria figlia, sta dicendo tuo padre, e tu lo sai, lo sai, che io sono sempre stato comprensivo, sempre dalla tua parte, tua madre non sa nemmeno che compri queste, dice sollevando tra le birre e i tovaglioli il pacchetto di Marlboro, però, e fa un sorso, tira una boccata di fumo, però Blu stavolta ci hai fatto morire: raccontarci tutte quelle cazzate, non rispondere al telefono, sparire per quattro giorni.

Tre.

Quello che è, dice lui ciccando nel posacenere, fatto sta, dice, che eravamo davvero spaventati. Terrorizzati. Nessuno sapeva dove fossi, Blu: la scuola, Roberto. Perciò ora mi sembra ingiusto avercela tanto con me, ignorare i miei messaggi; dire addirittura che ti senti tradita, Blu, ma mi sono mai schierato con tua madre?

Questo non credo mi riguardi, commenta la Ginevra deforme dal collo dell'Heineken, la stessa che l'ha accusato di tradimento, e tu le copri il volto con il palmo e versi nel bicchiere due dita di birra. Papà, dici, quel corso era tutto, per me.

Avresti potuto parlarmene.

Guardi la sua sigaretta soffocare contro il bordo interno del posacenere.

Avresti potuto almeno, riprende tuo padre, ma si interrompe per guardare la cameriera, per far spazio al piatto che approda sul tavolino insieme alla ricevuta. Con la forchetta solleva una scaglia di ricotta e la lascia ricadere sulle orecchiette: Vuoi assaggiare?

Scuoti la testa.

Non vuoi proprio niente niente?

No, sospiri, e gli ricordi per la terza volta che hai già mangiato.

Non gli dici – bugiarda – la verità.

Non gli dici che digiuni perché ti stai addestrando.

Non gli dici che non hai neppure pranzato, altro che cena!, e che dai giorni del workshop salti almeno un pasto al giorno e bevi poco, parli poco, trascorri intere giornate a meditare sui colori o sul respiro o sul soffitto bianco (della Stanza delle Punizioni) del bagno per addestrare la pazienza e la concentrazione.

Non gli dici che ogni volta che la mamma non c'è tu non mangi, che Ginevra appare nello specchio (della Stanza delle Punizioni) del bagno e scarica nel cesso Sofficini spezzettati e piatti pronti che lei lascia a scongelare, e che ieri, però, quando la mamma ti ha scritto del pranzo con le Risorse Umane, pare vogliano promuoverla di nuovo, hai scongelato tutto il minestrone, perché dio se lo sapesse; direbbe:

Brava, Blu, insegna a Ginevra a mangiare il minestrone,

come quando hai vomitato. Come hai vomitato ieri, del resto, con tutte le verdure spezzettate e mischiate e la loro consistenza.

Eravamo nella Stanza delle Punizioni e sedevamo sul bidet, un piatto in grembo e la pentola piena tra i piedi. Abbiamo affondato il cucchiaio per bene, le performance vanno fatte per bene, e poi ecco che si è alzato, come quando eri piccola, come un aereo, come arriva un carico carico di verdurine buone, Ginevra, apri la bocca aaaaaa!, apri aaaaaa!, l'hangar, Ginevra, apri l'aaaaaaaangar, dicevano i performer – ricordi? – e allora ecco che tu obbedisci, le performance vanno fatte per bene, e apri l'aaaaangar per far entrare il carico carico di – Misto bosco funghi, Mozzarella X4 PP, Pollo Petto Maxi – minestrone, per farlo atterrare sulla lingua, Blu, ma appena atterra, dio, la tragedia.

Ma questo è un disastro aereo! un disastro aaaaereo nell'aaaaangar!, scherzano i performer mentre mastichi cipolle e sedani e storci la bocca, Blu, e però la performance deve andare avanti e allora mastichiamo e iniziamo a contare: uno, due, quattro, dieci e ingoi. Uno, quattro, otto, dieci e ingoi. Non è così male, ti dici, il minestrone, e pian piano riesci a placare i conati. Mentre ti concentri sui numeri e sui voti che ti danno i performer la nausea pian piano se ne va, Blu, e così per un attimo, un attimo intero, osi sperare che ce la farai, riuscirai a mangiare il sesto piatto di minestrone, l'ultimo, ma poi abbassi gli occhi sulla pentola e il tuo sguardo incappa in un pezzo di fagiolo spappolato su un cubetto di carota.

Col piatto in mano ti inginocchi di fronte al water e vomiti tutto. Ti senti strozzare. Il minestrone ti spalanca la bocca e spruzza il gabinetto con colori mischiati, con colori corrotti, e ti fa schifo, il minestrone, e ti fa schifo rigettarlo lì, nella Stanza delle Punizioni, e il sapore è terribile e vorresti soltanto:

Mentadent Spazz. White*
Tempo Fazz. P.Sens 9Pz
Pantene300 SHA
Pantene250 BAL, che la lingua la ammorbidisce che è una bellezza, Blu, ed eccola lì, la tua lingua, la passi sulle labbra prima di seguire Dora, mentre sventoli lo scontrino per liberarlo dalla sabbietta in cui lei l'ha lasciato, quella delle sigarette, e continui a stirarlo con le dita e lo pieghi e infili nella tasca dei jeans.

Ah, bella è bella, Dora, e quanto ti è mancata.

Bella è bellissima, Blu, e anche se è la quarta volta che la segui nel parcheggio del supermercato, lei che si specchia nei finestrini dei SUV col tramonto sullo sfondo, che si passa le buste da una mano all'altra, pure se è la quarta volta, Blu, che esci di casa alla stessa ora e la attendi tra riviste, CD e bestseller per seguirla tra corsie odorose di pesce o di frutta, non sei mai abbastanza preparata all'incontro, mai abbastanza salda da avvicinarti a lei e dirle Dora, possiamo parlare?

Così anche oggi resti a guardarla mentre si allontana, la confezione di Vitasnella che buca da dentro la busta di plastica e che qualche minuto più tardi compri anche tu, eccoci qua, quindici minuti in fila alla cassa per quattro yogurt bianchi e una busta di cucchiaini usa e getta.

Vuoti due vasetti prima di pagare e uno sull'autobus, le ginocchia contro il sedile di fronte mentre apri l'aaaaangar.

E butti giù anche il pezzo di fagiolo spappolato. Mastica, Blu. Mastica. Dimentica la consistenza farinosa, la sua liscezza rotta, la pastosità che sporca tutto il cibo intorno e i tuoi denti e il tuo palato e la lingua e mastica. Concentrati. Uno, quattro, dieci, venti, ottanta, novantadue, non vomitare. Non vomitare, Blu, non – spacca un altro fagiolo.

Perché non mangi più?

Se non volevi la Margherita, dice la mamma, bastava dirlo prima, e con la coda dell'occhio la osservi aprire il cartone, sollevare il cartone, piegare il coperchio del cartone sotto la base; prendere il coltello.

Con lo scontrino in tasca e l'ultimo yogurt nello zainetto, segui i tagli con cui seziona pizza e porcini senza alcun criterio: soffri per le porzioni minuscole di fungo che sprofondano nella mozzarella; storci la bocca mentre la bolla nera di impasto si piega al passare della lama. Getti un occhio alle posate e torni al cartone ancora chiuso: te lo apre la mamma.

Blu, mangia.

Non ho fame.

Che vuol dire non ho fame, hai già mangiato?

Posa il coltello sulla pizza e ti guarda la bocca. Ti chiedi se hai tracce di yogurt sulle labbra.

Che hai mangiato?

Niente.

Riprende a tagliare la pizza, poi di nuovo alza lo sguardo.

Non mi piace come ti comporti, non mi piace affatto. Sei scappata di casa, dice, e nonostante io e tuo padre non ti abbiamo punita tu, Mi avete punita, la interrompi e Blu, riprende lei, se ti avessimo punita, Lo avete fatto, dici, e richiudi il cartone della pizza, lo posi sui fornelli, inspiri forte. Scorgi Ginevra prigioniera della finestra – e se la liberassi?

No, dice la mamma, nessuno dei due ti ha punita. Ti ho chiesto di restare in camera un week-end e ho lasciato comunque che venisse Roberto. Che poco fa ha telefonato, tra l'altro: dice che non gli rispondi.

Guardi Ginevra annuire.

Perché non gli rispondi?

Ginevra stringe i pugni.

Perché ci fai questo, Blu? Anche tuo padre lo dice, che ignori i suoi messaggi.

Tu lo fai da una vita, vorresti dire, ma le intenzioni restano incastrate nella smorfia di Ginevra, nei suoi occhi rabbiosi che guardano la mamma, la spallina dell'abito che le è calata e – che mi farebbe ricucire, la stronza, me la farebbe ricucire se per sbaglio la rompessi e avessi pochi anni, quattro anni, cinque anni, e fossi già mortificata, se stessi mormorando Scusa, mamma, davvero non volevo – credi che farebbe questo, è così? è questo che pensi della tua buona mamma?

Allora pentiti, Blu, e apri la pizza, apri la pizza, prendi la pizza dai fornelli e Torna qui con quella pizza, sta dicendo la mamma, cosa mi sono alleata a fare con tuo padre se poi sei qui e ignori la pizza?, ero davvero stanca morta, uscita dall'ufficio, ero davvero devastata ma ti ho preso la tua pizza, perciò mangia quella pizza e dove vai con quella pizza, non vorrai mica buttarla?

Blu.

Blu, guarda che –

Blu, guarda – Ginevra.

Blu, guarda Ginevra che butta la pizza.

Guarda la pizza che scivola nel secchio ampio, il cartone tra le mani di Ginevra e Ginevra china e senza testa, che la testa è evasa dalla finestra e la cornice, ora, taglia il riflesso all'altezza del collo.

Dov'è la testa di Ginevra, Blu?

E la tua? La tua dov'è?

Dove hai la testa, Blu?, grida la mamma. Hai buttato la tua cena! Dove hai la testa?, chiede, e tu proprio non lo sai: sai appena dove è quella di Ginevra, Blu, che adesso si è rialzata e ha questa bella testa dai capelli tutti blu, questi begli occhi vivi, vispi, e questa bella bocca che si apre in un sorriso e dice Be', non una grande perdita. Quando cucinerai come Costanza, magari!, e allora la mamma si alza e si mette a urlare Vai in camera tua!, ma tu stai già obbedendo.

Tiri fuori l'ultimo yogurt dallo zainetto e ti chiudi in bagno, lo apri sul bordo della vasca, un boccone lo fai tu e un boccone Dora, che chiude gli occhi appannati e ciechi e si lascia aiutare.

Mi prenderò cura di te, sussurri, e la imbocchi e la nutri e la spogli, ti immergi con lei nella vasca, le lavi i capelli. Passi Pantene300 SHA e Pantene250 BAL sulla sua chioma fulva e poi lasci che ti prenda tra le braccia. Roberto non c'è più, l'acqua è calda e perfetta, le vostre dita intrecciano anelli di schiuma e disegnano collane.

Delle collane della mamma, Blu, ricordi soprattutto quella col ciondolo grande a forma di fiore, quella che chiamavi Il talismano. La portavi al collo quando rompesti la spallina, no?, che poi lei te la fece cucire, e prese dall'armadio la scatola rotonda di latta, la scatola blu, la scatola dei Danish Butter Cookies, solo che dentro c'erano ago e filo e non biscotti al burro, non misto bosco funghi e nemmeno minestrone, Blu, che brutto sapore che aveva il minestrone, e che brutto sapore quel fagiolo spappolato.

Ginevra non l'ha mai voluto mangiare, ricordi? Ma tu eri la bambina (buona) obbediente, ha detto Dora, e le bambine obbedienti non rifiutano il minestrone e non rifiutano il fagiolo spappolato, e allora ecco che lo mangi, Blu, e dici Questa è una performance, dici a Dora, e le massaggi i capelli col balsamo e ti pare strano, il Pantene250 BAL, troppo schiumoso, troppe stelle filanti, troppo violento sui capelli ramati che diventano più spenti, più spenti, di un castano chiaro, e in quel momento comprendi che non è più Dora che stringi tra le braccia: è Lea. Che si volta, e sussulti.

Dov'è il naso (di Leabella)?

L'hai preso tu, Blu, il naso di Leabella?

E adesso come farà, Leabella, ad annusare il profumo dei cibi strepitosi che la mamma le prepara?

Mentre si alza, smuove le acque, siede sull'altro lato della vasca, apri le mani per cercare il naso che le hai rubato, evidentemente, ma che non trovi. Tasti le pareti. Sposti la schiuma. Senti qualcosa di peloso e bagnato che però sguscia via, non un naso di certo, ma piuttosto: Pantera!, grida lei, e ti supplica: Salva Pantera! Si era solo spaventata, non aveva mai fatto male a nessuno!, grida, ma Pantera è già lontana, è già dalla sua parte della vasca, e tua sorella prova ad acchiapparla e non riesce, le sue mani stringono a vuoto, l'animale scivola nel buco di scarico come un mazzo di fiori nell'immondizia. Ficchi la testa sott'acqua. Niente naso; niente Pantera. Solo i bordi della vasca e voci stranamente limpide, sottacqua. Lea sta piangendo, dice: Papà, dice a tuo padre, Blu è cattiva.

(Ma non era, Blu, la bimba buona?)

Riemergi. I performer (e la mamma) applaudono il tuo ingresso nella Stanza delle Punizioni: brava! bravissimissima!, e le mani battono a lungo, poi rallentano il ritmo, perdono forza; si fermano per passarsi e passarti un foglietto.

Soluzione A. Confessare alla mamma che sei innamorata di Dora.

Soluzione B. Scusarti con Lea per tutto il male che le hai fatto.

Soluzione C. Sorpresa a tema "prosciuttona", leggi, e tu, Blu, tu hai sempre avuto paura dell'ignoto, degli appuntamenti al buio, del gioco della bottiglia, di mosca cieca, dei regali a sorpresa che metti che poi non mi piace come cavolo faccio a mentire, mentre hai sempre cercato il controllo, tu pensa che noia, e però questa volta, Blu, questa volta non hai molta scelta: non puoi confessare e di certo non hai intenzione di chiedere scusa a Leabella, Blu, di scusarti con – La prosciuttona: non era così che la chiamavi?

Tu questo le dicevi, Blu, perciò adesso non ti dispiacerà performare col prosciutto, ecco qui, che belle fette, te le passa la tua mamma su un vassoio, ecco, le sue fette con le stelle di grasso, coi nervi, quelle che mette nei panini e ti fanno vomitare, Blu, come il fagiolo, il fagiolo spezzato, ma Di vomitare si sconsiglia, dicono i performer, e si consiglia invece di lavare il prosciutto, immergerlo nella schiuma, togliere il grasso e imboccare Lea, e lavare il prosciutto, immergerlo nella schiuma, togliere il grasso e imboccare Lea, e lavare il prosciutto, immergerlo nel prosciutto, togliere la schiuma e imboccare Lea, e lavare il grasso, immergerlo nella schiuma e lavare il grasso e lavare il grasso e lavare il grasso e lavare Lea, che mondata, pulita e profumata, accoglie il tuo inchino carezzandoti la testa e tagliandoti i capelli cortissimi, mentre l'acqua si increspa e la schiuma si raccoglie intorno alle morte ciocche blu.

E che ciocche, Blu, presenti ai tuoi compagni, impreziosite dalla lucertola di glitter fucsia che ti hanno spacciato per tatuaggio per capelli: È una novità supercool!, ti hanno detto in vacanza, ma poi sei tornata a Bologna, e a scuola, e i tuoi compagni hanno riso e hanno detto Ma che è, carnevale?, così ieri hai lavato i capelli tre volte e stamane quando esci dal bagno indossi la fascia della mamma. Che ti vede e ti chiede: Perché?, e ti dice la solita cosa che i compagni sono tutti invidiosi, a undici anni succede, e che il tatuaggio lo vorrebbero anche loro, che a Bologna non c'è.

E dice: Ci abbiamo anche speso – (stronza).

E dice: E poi sei così bella.

E dice: Che hai fatto ai capelli?, ma tu stringi le spalle e sgusci in camera, la lasci impalata sulla soglia del bagno. Per un po' non senti neppure il rumore dei tacchi. Poi invece sì, poi eccoli, poi battono il parquet della tua stanza, e mentre si avvicinano – ma restano a distanza, a metà strada tra la porta e la tua sedia – resisti alla tentazione di girarti e continui a guardare il blocco di creta che dovrebbe aver dentro il cavallo di creta.

Ti sei rovinata, dice, e: Blu, dobbiamo parlare.

Sposti lo sguardo dall'argilla alla candela e dalla candela ai chicchi di riso, mille chicchi di riso da contare ogni giorno. Fai l'errore di concederle la coda dell'occhio. Lei la afferra.

Che hai combinato su quel tavolo?

È un compito per scuola, dici. Composizioni.

Sul serio?

Pensi ai cento giorni di Marilyn Arsem, agli esercizi sulla concentrazione – contare, muoversi piano, pazientare – e a quelli di Dora. Le tue mani tremano. Le bagni, le mandi a massaggiare l'argilla.

Tu non stai bene, dice.

Cerchi la miretta.

Stai dimagrendo troppo.

Abbassi la testa per guardare la creta laddove dovrebbe nascere (un fiore) il muso della bestia. Ne inspiri l'odore.

Senti, Blu, se è per quel dannato corso – e scatti in piedi. Sbatti via la sedia (crolla all'indietro trascinata dallo zaino che hai appeso allo schienale) e ti volti a fronteggiarla. Un conato di invettive risale dallo stomaco alla bocca, hai solo l'imbarazzo della scelta, ma le labbra rimangono serrate. Tutto rimane infecondo, come il vasetto di terra accanto alla stampante.

Lei resta muta e attende. Sembra certa che aprirai la bocca; sembri certa che lo farà lei: Ero così felice, Blu, e guarda adesso cosa hai fatto, e invece resta zitta quanto te, ti concede forse il vantaggio della prima mossa che però non fai, ammesso che respirare così forte, così *rumorosamente*, Blu, non sia una prima mossa.

Lei resta muta e attende e si limita a guardarti il corpo: i capelli cortissimi tagliati male (da Leabella senza naso), le lentiggini squagliate dai vapori del bagno (con Leabella Senzanaso), le mani sporche di argilla, quel tuo corpicino troppo magro, sempre più magro, un corpicino che davvero, Blu, è così magro che avrebbe dovuto mangiarlo, il riso, e avrebbe dovuto mangiare la pizza che hai buttato nella spazzatura, pensa!, e poi, ancora:

Pomod. Ciliegino gr. 50
Sovracosce Pollo x3
Fagiolini T/Boby V

(Il 27 aprile, mentre Dora si allontana, raccogli lo scontrino accanto alla sigaretta col rossetto: un po' di sabbia cade ai tuoi piedi e ti – inchini – chini.)

Cereali Grancereale
Borlotti gr. 400 Valf.

(I fagioli i fagioli il fagiolo spaccato nel minestrone, ricordi il 2 maggio, e chiudi lo scontrino strizzando le labbra.)

Piselli Vital Nature
Fior di Frutta gr. 330
Farfalle gr. 500 N192
Fior di Filetti Cirio

(Quanta natura e quanti Fior, pensi il 9 maggio, Fior come a te non ne nascono mai, e guardi l'angolo unto dello scontrino e guardi Dora – che bella è bellissima – che si allontana con la pizza bianca.)

Tonno Nostromo O/Oli
Tortigl. 125 gr. 500 VO

(Dora ha la macchina, il 16 maggio. Non te l'aspettavi. Ginevra compare un momento nel lunotto posteriore.)

Mozzarella X4 PP
Cereali Grancereale
Orata Valle 400, come quella che tua madre ti presenta nel piatto, o forse i grammi non sono quelli, e forse non è manco orata, però oggi è un piatto con il pesce e le patate al rosmarino, quello che ti mette davanti, e Ha un odore proprio buono, dice poi, e poi dice: No?

Sì, Blu, ha un odore proprio buono. Il pesce (l'orata?) ha un odore proprio buono e pure le patate sono profumate, il fumo ti arriva al naso e agli occhi e offusca il riflesso di Ginevra che ti osserva da dentro la bottiglia, lei è dentro la bottiglia, Blu, è come un genio che è dentro la bottiglia anziché in una lampada e vorrebbe dire I bordi sono poco cotti, Blu, poco croccanti, e vorrebbe dire, da dentro la bottiglia, Non sono come quelli di – ma distogli lo sguardo e lo infili nel lavello: accanto alla spugna incontri il pelapatate. Dunque le ha proprio fatte lei.

Dunque, Blu, la donna che hai davanti, la tua buona e stupenda mamma che ti ha (costretto!) insegnato a cucire per riparare la spallina, che ha (imposto!) acquistato i regali per i compleanni dei tuoi amici spendendo i soldi dei suoi mille straordinari, che ti ha (comprata!) dato amore portandoti doni ogni volta che rientrava a casa, e lo faceva per te, perché non ti mancasse niente, perché vivessi come una regina, così diceva, Ti faccio vivere come una regina, Bluette, quella stessa stupenda meravigliosa mamma ha preparato uno stupendo meraviglioso pasto per dimostrarti che per te, per l'amore che le scoppia dentro, può cucinare un piatto come quelli di Costanza.

Una stupenda meravigliosa orata con stupende meravigliose patate tagliate a mano.

La mamma le guarda, prima le tue e poi le sue; dice Buon appetito!, e ne infila una in bocca. Alza il mento; si illumina. Affonda l'indice nella guancia e lo ruota come a dire: Buono!, come ad avvitare la parola Buono! alla faccia, come se tu fossi una bambina e lei non attendesse altro che (l'aaaaangar) lo stesso avvitamento alla tua faccia.

E allora scegli una patata, la più croccante, quella col bordo più scuro, l'angolo dorato appena, e la infili nell'aaangar e mastichi e pensi che – Blu, oh Blu, non sono affatto come quelle di Costanza, è così? Questo pensi, Blu, mentre metti in bocca la patata che la mamma ha preparato con tanto amore, stanca, dopo il lavoro, solo per farti contenta e non farti dire che – Costanza cucina meglio: questo vorresti dire, no?

E non dovresti, Blu, dire alla mamma la verità?

Non dovresti – Guarda Ginevra nella (lampada) bottiglia. Guarda che occhi, Blu, Ginevra: vorrebbe dire: Se avessi cucinato più spesso, mamma, le tue patate non farebbero così schifo. Vorrebbe dire: Ti improvvisi cuoca e che ti aspetti, poi?, e vorrebbe dire anche: Perché non vai al manicomio, ma', che così posso evitare di dirti certe cose?, ed è cattiva, Ginevra, è cattiva!, e tu, Blu, che sei la bimba (obbediente) buona, dovresti cacciarla, ecco così, sposta la bottiglia; ecco così, togli i bicchieri, sposta il tuo, quello di tua madre, ignora tua madre che ti dice: Bluette?, che ti guarda e ti dice: Bluette, che c'è?, e che ti dice: Bluette, non è buona la patata?, e che ti dice: Bluette, Bluette, Bluette, che ti guarda e ti dice Bluette, e tu Bluette, Blu, dovresti dirle la verità, guardala e dille la verità, dille No, dille Non è buona, dille Non puoi aspettarti che sia buona se tu non cucini mai, dille L'ha detto Ginevra, dille Ho nascosto Ginevra; dille, Blu, di andare via, al manicomio, dove tu non possa entrare, dove tu non possa (farle male) arrivare, dove quello che hai da dire – le patate fanno schifo, la tua orata è pure peggio – non possa giungere alle sue orecchie, che sia ben isolata, che sia isolata, che sia isolata e che sia morta, Bluette, che sia morta, sia definitivamente morta; non è questo che vuoi?

Non è questo – papà se n'è andato perché le patate, oh!, perché Costanza le patate le faceva, oh! – non è questo che vuoi. Non è questo che vuoi, non è il male che vuoi, Blu, poverissima Blu, e allora ecco che ti alzi, ti guarda, dici Scusa, davvero, le patate mi piacevano molto, però adesso mi spiace, mi spiace, e abbandoni la cucina, Blu, e il pianerottolo, e la casa, e il viale, e vorresti abbandonare la città, e la nazione, e il pianeta, ma superati i diciannove lampioni – torni indietro: venti – ti arresti alla fermata dell'autobus e sei vigliacca e sei vigliacca.

Accendi una Marlboro e leggi su WhatsApp i messaggi di Roberto, dopo un mese ancora lui. Trenta giorni e ancora scrive, Blu: ma ce l'ha una dignità?

E tu, Blu: tu ce l'hai?

Ce l'hai una dignità, mentre speri nell'affetto (di Silvia? di Dora?) di chi non ti ha mai voluto e non ti inviterà al compleanno e non ti chiamerà dopo gli esami o dopo il workshop, mai più, mai più, nemmeno per chiederti –

Una Penna a Sfera 4 CO. Hai comprato una Penna a Sfera 4 CO come indicato nello scontrino di Dora, poi sei scappata nel bar di fronte al supermercato e hai chiesto del bagno – quando uscirai dovrai comprare una bottiglietta d'acqua, o gomme da masticare: ti imbarazza da morire, ti ha sempre imbarazzato, sfruttare il bagno di un bar senza prendere nulla – e adesso sei qui, lo specchio della toilette ti mostra il gabinetto e Ginevra e lo scontrino nelle sue mani. Chiudi gli occhi: Dora. Riapri gli occhi: Ginevra.

Chiudi gli occhi e Dora (bella è bellissima) è di nuovo alle casse. Indossa un abito intero, canotta e pantaloni, stretto in vita da un elastico morbido; la giacca di pelle che (ti stuzzicava i capezzoli) indossava al workshop copre il nodo che lo appende al collo, sotto la nuca, e le strisce di stoffa che scendono giù accarezzando i nei piccolissimi e la schiena che intuisci scoperta, Blu, dio che bella, la schiena di Dora, bella è bellissima, eh?, la intuisci (bella bellissima) scoperta e poi la scopri tu, la schiena di Dora, dopo averla aiutata a portare le buste fino al bagno: Vieni, ti aiuto, le hai detto togliendole le buste dalle mani, e l'hai condotta al bagno e hai chiuso la porta e hai scoperto la sua schiena.

Il profumo Lancôme Hypnôse EDP te lo compro io, le sussurri adesso, e lei capisce che tu hai visto tutto, che eri presente tutte le volte che ha preso il profumo dallo scaffale, tutte quelle che l'ha lasciato, e si vergogna, Dora, di non avere i soldi, di non potersi permettere il profumo che le piace, ma tu subito la stringi a te e infili una mano nel rame liquido dei suoi capelli: Ora ci sono qua io, sospiri, e poi la baci e la tua mano scende piano, slaccia il nodo dell'abito e scivola giù, a custodire il suo piccolo seno.

Ci sono qua io, ripeti con le labbra che ora sfiorano il capezzolo, e Dora si commuove, tu ti commuovi, le tue cosce si commuovono. Senti il sesso pulsare – e Roberto?, chiede il panico, ma ricordi (che gioia!) che Roberto non c'è più – e lei lo libera dai jeans e dagli slip. Sfila il cappuccio dalla punta della penna (cosa fai?), libera anche quella (non vorrai) e inizia a colorarti come a volte hai fatto tu, la Penna a Sfera 4 CO compie movimenti circolari sul tuo clitoride e lo trasforma in una piccola gemma blu, turgida e pulsante, e ancora gira e gira e con la schiena contro la porta del bagno e le mani sulla testa di Dora, seminuda e china davanti a te, rovesci la testa in un orgasmo mozzafiato.

Ti lasci scivolare giù, sui talloni. Dora sorride, ti carezza le gambe tremanti.

– Ciao occhio cielo storto; ciao occhio mare dritto –

Si chiudono: li chiude.

Tu apri i tuoi e tutto ciò che è nel bagno del bar, tutti i colori tutti gli oggetti tutta l'assenza di Dora, ci piomba dentro. Senti l'odore di disinfettante, le voci oltre la porta.

(Dora.)

Senti la durezza del legno contro la schiena.

(Dora, sei qui fuori?)

Il tuo sesso che pulsa.

(Come posso aiutarti, Dora, se tu scappi da me? come posso?)

E pulsa.

(Io posso lavare le tue colpe!)

Bene, Blu, ma ora chi laverà le tue? chi aprirà il rubinetto – mille volte! – e spruzzerà il sapone che profuma di fragola – mille volte! – e gratterà via ogni molecola d'acqua con tutti gli asciugamani di carta – tutti! – passandoli bene tra le dita, e con forza, fino a strappare la carta e la pelle, perfino la pelle, perché della colpa non resti più nulla?

Qualcuno, Blu, dovrà pur fare questa performance.

Qualcuno, Blu, dovrà salvare (Dora) la mamma dal manicomio.

Perciò inizia, non badare a Ginevra nello specchio, non badare alle voci fuori, non badare alla penna che cade, sobbalza un poco e si mette a rotolare, e a rotolare, e a rotolare, e rotola sotto la sedia di (Silvia) Ernesto: lo guardi disegnare, fai per toccargli un braccio, ma a raccoglierla è la Castaldi, che scende dalla cattedra e viene verso di te.

Per fare il compito ci vuole la penna, dice.

Per fare tutto ci vuole un fiore, controbatti tu.

O quantomeno, continua lei, ci vorrebbe che ti impegnassi, che finissi questo chiaroscuro, che venissi in gita come tutti gli altri, Ginevrablù; perché non vieni in gita come tutti gli altri?

Perché la mamma morirebbe di paura, signora professoressa, se io andassi a Mirabilandia come tutti gli altri bambini: sono piccola, sono di dicembre, non ho ancora undici anni, signora professoressa, e per quanto lei possa insistere, o per quanto i miei compagni possano prendermi in giro, io non devo rischiare che lei muoia di paura, capisce?, o che finisca al manicomio.

Perché in quei giorni non ci sono.

La Castaldi stringe gli occhi. È in piedi di fronte al tuo cavalletto, e mentre scruta la tua penna, mentre se la rigira tra le dita come se avesse un vero interesse nel valutarne la fattura, nel controllare la marca che lei stessa ha suggerito, devi tenere lo sguardo alto per non perdere d'occhio le sue labbra. Che non si aprano. Che non dicano altro, che non si aprano, che non si aprano, speri: e la tua preghiera viene esaudita. La penna torna sul tuo cavalletto e lei torna dietro la cattedra a compilare colonne sul registro.

Al suono della campanella consegni l'ennesimo ritratto a metà. Lo fai in fretta, perché lo sguardo della Castaldi non torni a inchiodarti, e credi di averla scampata quando, con la cartellina in mano e il cappuccio della felpa a coprire i capelli cortissimi, ti senti chiamare: Ginevrablù?

Paola e Michela ti sgusciano accanto per infilare la porta. Antonio ti spinge di lato.

E alla mostra di Roma ci vieni, almeno?

Ti avvicini alla cattedra. Ora tu sei in piedi e lei seduta, puoi vedere l'esplosione disordinata dei suoi ricci biondi, puoi sentire l'odore del (Pantene250 BAL?) balsamo, eppure conservi il disagio del suo sguardo dall'alto.

Dici: Credo di sì.

Dice: Bene.

Ripeti: Bene, allora a doma – però lei ti interrompe. Dice: Ginevrablù, e prima di proseguire sposta lo sguardo: Ernesto, occhi allo smartphone, impiega diversi secondi a imboccare la porta, sfiora lo stipite, sparisce senza mai alzare la testa. Adesso l'aula è vuota. Torni a guardare la Castaldi e trovi i suoi occhi di nuovo su di te.

Ascolta, dice, Ginevrablù, e sfila il tuo disegno dalla pila accanto al registro. Sono giorni che mi consegni questa roba.

Posi gli occhi sull'unico occhio del ritratto.

Esatto. È il quarto orbo dell'anno. Senza contare le modelle calve, quelle senza bocca, quelle che la bocca è l'unica cosa che abbozzi. E dunque, e la Castaldi incrocia le braccia sul disegno, sbuffa un sospiro, inclina la testa, E dunque, che vogliamo fare? ci specializziamo in illustrazioni per romanzi horror? gente squartata, amputazioni e antropofagia?

Apri la bocca. Il manico della cartellina suda terribilmente. Chiudi la bocca.

Ginevrablù, riprende lei, mi scoccia molto dare brutti voti alla più brava della classe.

(E pesa, la cartellina; pesa tutto il peso del mondo.)

Mi scoccia molto. Io, la più brava della classe, la inviterei anche nel mio studio: è un bel posto, ci hanno fatto mostre, ci hanno fatto anche – e ti guarda più a fondo, più a fondo – ci hanno fatto anche performance.

Lasci la presa sulla cartellina. Ti scivola sui piedi; si ferma con un tonfo contro quelli della cattedra. Professoressa mi lasci in pace, vorresti dire, però non ci riesci, ti limiti ad afferrare il manico con tutte le dita e concedi a lei ancora una mossa: Ma tu devi farti forza, Ginevrablù, c'è qualcosa che ti turba?

E tu non vuoi rispondere, no, no, le dici No, perché vuoi solo andare a casa – performance art? – e senti solo le mani sudate, sudate e sporche, e hai bisogno di lavarle, di scartavetrarle con la pietra pomice, oh sì, e poi di insaponarle e un po' lenirle con:

Latte Corpo Rosa 50
B/D Mandorle 75 ml
Maxiquad. Amici 4

Puntine disegn. 70Pz, ma che bella idea! ma che grande idea, Dora mia, le puntine colorate!, ed ecco che in ginocchio sul letto, Blu, graffi la plastica che riveste il rettangolo di compensato, la strappi via, la appallottoli ed eccola lì, la tavola per gli scontrini, ed eccolo lì, il calendario da realizzare – oh che gioia! – con gli scontrini e le puntine colorate, ogni puntina un giorno, ogni riga di puntine una settimana, ogni rettangolo un mese. E che gioia, Blu, che gioia: eccoli lì (infilzi il primo scontrino per assicurarlo al legno, lo sistemi, che stia ben verticale) i diapason della tua immaginazione.

Il liquido per le lenti di quella volta – la vostra prima volta! – che la accompagnasti a letto.

Lo shampoo con cui le lavasti i capelli.

La piantina che morì, e tu le dicesti: Vuoi sfogarti con me?, e lei (lei e non Lea, lei e non Silvia, lei e nessun altro, solo: Dora), lei disse Sì, Blu, sì, e che nessuno, prima di te, l'aveva accarezzata, coccolata e consolata così tanto in vita sua.

I dolci che poi vomitò, e le reggesti la testa, povera Dora mia, e lei ti disse che solo tu, Blu, sapevi amarla così tanto.

La penna a sfera, non troppi giorni fa, con cui non riusciste neppure a tornare a casa tanta era la voglia di stare insieme, toccarvi, e colorare la tua eccitazione.

Sono tutti lì, Blu, tutti lì, i ricordi della vostra vita insieme. Una vita bella. Una vita nascosta ma bella, ma dolce, ma – Blu, una vita quasi pura, ti dici, no? una vita da bambina buona, magari, da bambina obbediente, da bambina blu, Blu, non è così?, eppure com'è, Blu, che le tue gambe, alla fine, lacrimano sempre insieme alle guance di Dora? credi davvero, Blu, che sia l'affetto, magari l'amore, e non il desiderio di tenerla legata a – Blu, su, non tremare. Non tremare, Blu, o finirai per agganciare male i tuoi scontrini. Guarda che belli; che battaglia navale che hai fatto.

A1, Misto bosco funghi, colpito e affondato.

Colpito e affondato, Roberto, siamo spiacenti, ma dove una nave affonda poi ne può passare un'altra, e adesso nell'armadio dei fiori, sai, c'è una tavola di compensato con tutto un altro amore.

Però, siamo spiacenti per Roberto.

Siamo molto spiacenti (nonostante non avesse una dignità) per Roberto.

Sapevamo che ci voleva bene, no?, ma tu, Blu, per lui non avresti mai comprato:

Merlot Villa Chiòpris
Figaro Sch/Barba Sens.

Figaro Sch/Barba Sens.!

Blu: Figaro Sch/Barba Sens., Blu!

E tu a malapena l'hai vista entrare nel reparto saponi, sfiorare il profumo che le piace tanto, scegliere i dischetti con cui struccarsi, tuffarli nel carrello. Sei stata così poco attenta, Blu, che adesso (l'occhio cielo obliquo si tufferà nell'occhio mare dritto e l'occhio mare dritto lambirà con le sue onde celesti il corpo nudo di qualcun altro) lei ha nella busta una Figaro Sch/Barba Sens. con cui massaggerà il volto di un uomo che – ricordi, Blu? era un gioco che facevi col papà prima che lui (lo facesse fare a Lea) sposasse Costanza, lo chiamavi per scherzo Babbino Natale.

Addossata al cestino, il gomito a sfiorare la sabbietta coi mozziconi, lasci passare due ragazze con le code di cavallo in mano, niente elastici, solo le dita a sollevare le chiome dai colli sudati: getti un occhio alle schiene e pieghi in quattro lo scontrino, lo infili in tasca, ti chiedi come farai a presentarlo agli altri, di scontrini, tanti ricordi belli e poi, ecco: una schiuma da barba, una bottiglia di Merlot.

Alzi gli occhi al cielo bianco di fine maggio.

Come farai a presentarlo agli altri, Blu?

Avrai il coraggio di inserirlo alla destra di quel bellissimo scontrino lungo, con tutto quel ben di dio di dolci e frutta e spezie? potrai farlo, Blu, sapendo che di quello scontrino, questo, sarà la chiave di lettura?

Perché sì, Blu, sì: tutto quello splendore di meloni e fragole e Viennetta, ieri, non era che un indizio del tradimento di oggi. Gli Spaghetti 104 gr. 500 e il Misto bosco funghi: un primo piatto per lui. Le Cosce Pollo X6: un buon secondo per lui. E la Lattuga Brasiliana, e il Pomod. Ciliegino gr. 50: due contorni per lui, per il suo sorriso, per due angoli di labbra da tirarsi a destra e a sinistra, *cheese!* (come al vecchio compleanno), *cheese!* (la bocca uno spacco tra le guance ben rasate), *cheese!*, e vuoi sapere lui chi è.

Chi è!

Il tuo braccio abbatte due mozziconi e la sabbietta si incolla alla pelle; la mano vola a schiacciare gli occhi, come a bloccare le uscite dei dotti lacrimali.

Oh, Blu, avresti dovuto ascoltare la Castaldi, seguire i suoi consigli, partecipare alla gita scolastica. A quest'ora saresti al Louvre, Blu, o affacciata tra i gargoyle di Notre-Dame, a bloccare in una foto la città, e così domani, e dopodomani, e invece trascorri il tuo tempo a chiederti chi è, lui chi è, che nessuno, neanche lui, potrà prendersi cura di Dora come (hai fatto) potresti fare tu, non è questo che pensi? Perché è questo, Blu, che ti chiedi per tre giorni, mentre Dora non torna a far la spesa e certo è colpa del bastardo; certo Dora è partita con lui.

Eppure Figaro Sch/Barba Sens.

Eppure è lei, lo scontrino parla chiaro, a prendersi cura di lui. A comprargli la schiuma da barba (e a spalmargli la schiuma da barba, a rasargli la barba, forse a massaggiarlo col dopobarba) è lei, a occuparsi dell'altro è lei, non lui, e tu puoi dimostrarle che invece – invece! – c'è chi può dedicare la vita all'amore per lei.

Tu, Blu.

Tu, che il quarto giorno raggiungi le casse con Lancôme Hypnôse EDP, il suo profumo, quello che non può permettersi, quello che tutti i tuoi risparmi, Blu, però glie l'avevi promesso: Te lo compro io, Dora mia, ora ci sono qua io.

Altrimenti io che ci sto a fare?, dice la mamma, lei che stanca morta accompagna i suoi tacchi allo shop dell'azienda, sceglie il più bello dei prodotti e te lo lascia sul letto tutto bello e impacchettato, Da figurone, dice scaldando il sugo pronto, Da figurone, Bluette, e certo non ha tutti i torti, no?, che il figurone (di merda) è assicurato quando la festeggiata apre il pacchetto, sua madre dice Ooooh, Lamborghini!, e invita anche la figlia a fare Ooooh, Ooooh, e ancora un altro Ooooooh, tutti insieme!, prima di aprire il pacco grande, quello della colletta, quello del bigliettone di auguri con tutte le firme, quello con l'abito di marca, quello bello, quello scelto, quello che tu non ci sei, solo tu, solo tu, solo tu non ci sei, Blu, nella fila degli invitati che aspettano i due baci e i Grazie, è perfetto.

I tuoi regali, Blu, quelli se li tolgono di mezzo prima. Li aprono subito – via le coccarde, poi mani veloci sui nastrini – per dedicarsi ai regali veri, quelli grandi, quelli con la colletta, quelli col bigliettone di auguri, quelli con dentro – Pantera, Blu, è mai più uscita dallo zaino, Pantera?

Hai mai detto a Lea, Blu, che la pena era stata scontata? Hai mai reso a Leabella il suo naso?

Hai mai arricciato il tuo, di naso, mentre a trenta metri dal portone di Dora ti accucciavi tra il bidone straripante dell'indifferenziata e quello del vetro, in attesa che lei uscisse e tu potessi donarle (Pantera) il profumo? hai mai pensato di tapparlo, il naso, e di infilarlo nella bustina per regali che hai acquistato in cartoleria, o invece per l'intero pomeriggio, da quando hai visto la sua auto parcheggiata, ti sei limitata a cercare la sua ombra dietro le tende, Blu? a guardare il portone chiuso, a stringere la carta colorata, a sperare che uscisse e infine eccola, eccola, chiudevi gli occhi e pregavi Vieni fuori e lei è venuta fuori, Blu, eccola, e la vedi dirigersi verso di te e (bella è bellissima nel suo abitino rosso) ogni suo passo ti commuove e quasi decidi di alzarti, quasi, e di buttarti tra le sue braccia e di affondare il naso che non hai mai arricciato tra i suoi seni, Blu, di dirle Grazie, è perfetto; ma se poi Dora non fosse qui per te?

Se i sacchi che ha in mano – neri, grandi, spigolosi – non fossero doni per te, Blu, e se a te, lei, stesse preferendo *l'immondizia*?

Se non fossero per te, i suoi passi veloci, ma per *l'immondizia* dietro cui ti sei nascosta?

E poi perché ti sei nascosta (eri forse tu il regalo?) e come pensi che lei possa avanzare verso te, volere te, quando neppure può vederti? Quando neppure sa che tu sei lì.

Ma tu ci speri, Blu, non è così?

E allora non ti resta che andar via, Blu, via, e se lei cambierà percorso sarà venuta lì per te, e se al contrario manterrà la traiettoria, se il suo passo e i suoi sacchi andranno avanti verso questi cassonetti, allora sarà qui per l'immondizia. Alzati, Blu, mentre attraversa la strada: sguscia via dietro le macchine, Blu, sguscia via china, le gambe piegate, le ginocchia in avanti, lo sguardo innanzi a te e ogni tanto verso di lei (che non sembra mutare il percorso) che avanza piano con le braccia tese; acquattati dietro la ruota e scivola sul retro dell'auto, appoggiati alla targa, appoggiati al paraurti, appoggiati all'asfalto e guarda Dora, è lì, e forse finge di non averti visto per farti uno scherzo, o forse vuole prima liberarsi dei bustoni (non ci sono regali per te? non c'è la piscina gonfiabile chiesta a Natale?)

però, Blu, non ha cambiato strada, lascia i sacchi sull'asfalto, contro il cassonetto per l'indifferenziata, e si volta per tornare dritta a casa.

La guardi attraversare e d'un tratto tutto il mondo è un acquerello, Blu. Le tue mani tremano, le tue labbra si schiudono, il Lancôme Hypnôse EDP è pesantissimo nel tuo zaino, potrebbe bucarne la stoffa e schiantarsi sull'asfalto, perforarlo, profumare di Lancôme Hypnôse EDP l'intero inferno, Blu, roba da accapponare (i polpastrelli) la pelle, ma adesso tutto ciò che importa è l'acquerello con Dora-liquida che se ne va, l'acqua che porta via il colore rosso del suo vestito, il colore rosso dei suoi capelli, che lo conduce lento fino al portone, lo squaglia sul disegno della casa ed è come un quadro impressionista, Blu, non è così?, è come avere le ninfee, la tua Dora e le ninfee, la sirena e le ninfee: prodotti acquatici.

Prodotti acquatici che – Blu, se chiudi gli occhi adesso finisce che ti trovi a lacrimare. Quando hai un pianto così ricco tra le palpebre, quando queste lo raccolgono in tremuli bacini, è necessario che tu tenga gli occhi aperti, o potresti ritrovarti con le guance piene d'acqua, gli splendidi bacini potrebbero irrigarle, no?, creare estuari fino alla bocca e al collo, o forse delta, non ricordi quale è l'uno e quale l'altro, Blu, ma non importa, tu tieni gli occhi aperti, tieni gli occhi aperti e dio, Blu, dio, non vorrai farlo davvero?

(Ma ce l'hai una dignità?)

Blu, povera Blu, tremi così tanto che a malapena riesci a impugnarlo, il taglierino. Lo apri. Blocchi la lama. Guardi verso il portone di Dora, prendi fiato e (la ferita è feritoia) apri il primo squarcio. Il sacco di immondizia prova a resistere al taglio (e sembra riuscirci: eretto, grasso, scuro, col suo laccio trasparente a chiudere tutto) ma poi inizia a vomitare. Due scatolette vuote di yogurt vengono via per prime, seguite dalla pasta ai (Misto bosco) funghi. Non fai in tempo a spostarti. Come in un incendio, come uomini accalcati contro la porta di un palazzo che va a fuoco, gli spaghetti schizzano fuori e si travolgono l'un l'altro, i primi sugli yogurt, i secondi sopra i primi, tutto sulle tue Converse, pomodoro e porcini e champignon schiacciati tra i lacci bianchi e blu.

Distogli lo sguardo e (che brutto, il minestrone, e che brutto sapore quel fagiolo spappolato) apri nell'immondizia un secondo squarcio, e un terzo, e un quarto, e allora bene, Blu, taglia pure e taglia ancora, e ancora, e ancora, la ferita è feritoia e questa è un'altra tua performance, Blu, e dovresti chiamare lei, e dovrebbe vederti, Dora, mentre ferisci e feritisci questi sacchi, forse sarebbe orgogliosa, forse li ha messi qui per te, forse voleva che tu li portassi via, Blu, a casa, nella vasca, nella Stanza delle Punizioni, ma adesso siamo qui e tu allora taglia, Blu, squarcia, e vai al secondo sacco ed ecco qui, tutto per terra, smetti di tapparti il naso e raccogli a piene mani, trascina tutto qui, sull'asfalto, e non vomitare, non vomitare, non vomitare, Blu, non vomitare (il fagiolo spappolato) mentre il taglierino fruga adesso tra Pomod. Ciliegino gr. 50 spappolati, la scatola di latta di Borlotti gr. 400 Valf. fortunatamente vuota, Fagiolini T/Boby V, Piselli Vital Nature e ancora un Pomod. Ciliegino gr. 50 integro, che strano, e la confezione di (ci vuole un) Fior di Frutta gr. 330. Rimesta pure tutto, sposta gli spaghetti ed ecco, dio!, le patate fiorite. Una, due, tre, quattro, cinque Patate (e una patatina) Selenella tutte in (ci vuole un) fiore, Blu, e tanta roba, tantissima roba, troppa roba ancora piena, nuova, scaduta, come le due confezioni di mozzarella Vallelata che prendi in mano, agiti piano, senti il siero che si sposta da destra a sinistra, che sciacquetta e dio, Blu, dio, nessuno si prende mai cura di Dora.

Nessuno che – Blu, tu potresti aiutarla, controllare che la roba che ha in frigo non scada, affettare le patate, tagliuzzare la mozzarella, no?, e magari farci la pasta al forno. Potresti essere per lei come Costanza, no?, e portarle le buste e donarle il profumo, Blu, quel profumo che (non le hai saputo dare: eri qui per quello, no?) hai ancora nello zaino, e pesa, e pesa, e pesa così tanto che comincia a dolerti la schiena. Sei seduta sui talloni ma scivoli piano per terra, una confezione di mozzarella ancora in grembo. Stendi le gambe. Frughi a mani nude tra i rifiuti; ferisci l'anulare sinistro con una lametta usata. Ecco.

Lui.

E di nuovo è tutto un acquerello, Blu, anche la pasta, e i cassonetti, e il graffio sulla mano. Anche i ragazzi che passano alle tue spalle e si stringono tra loro, le bocche alle orecchie, e poi scuotono la testa e ti chiedono qualcosa che non senti.

Ce l'hai una dignità? – mentre muori di dolore per Silvia e già non le interessi più.

Hai un conato.

Lei è tornata da Giovanni che è cattivo, Blu, e l'ha invitato al compleanno, ed è tornata da Lucia che era cattiva e l'ha invitata al compleanno, Blu, e quelli erano cattivi, cattivi come lei, come Ginevra, come lei che ora ci guarda dallo specchio, Blu, ma allora se lei fosse stata in classe forse – Blu, tu credi che Ginevra l'avrebbero invitata ai compleanni?

Ginevra che non obbediva, Ginevra che non piaceva al papà e alla mamma, Ginevra che non mangiava il minestrone, Blu, mangialo almeno tu, dicevano loro, se lei fa la cattiva fai tu la bimba buona, Blu, mangia quel minestrone, su, mangialo tutto, fai un'altra cucchiaiata, forza, *aaaaaam*, l'aereo nell'aaaaangar, Blu, ecco qui, lascia perdere il fagiolo, non guardare quel fagiolo, Blu, non guardare il tuo fagiolo e ingoia tutto, ingoia, ingoia, manda giù quella poltiglia, un sol boccone, forza, su, ingoia quel fagiolo nella Stanza delle Punizioni, non è come pensi, non sta già risalendo, Blu, respira, Blu, respira, non devi vomitare, Blu, respira, e con tutte le forze prova a – Blu!

Blu, che schifo, Blu.

Tutti i colori insieme e quel sapore strano, disgustoso: pompelmo marcio e scaduto e schifoso come la frutta delle buste di Dora.

Quando si sta così male bisognerebbe accettare l'aiuto degli altri, ti ha detto la Castaldi. La più brava della classe, ha detto, la inviterei anche nel mio studio, ci hanno fatto anche performance, ma ormai cosa t'importa se Dora non ti vuole?

Cosa t'importa della performance art, di Marina Abramović, del workshop, del digiuno forzato che ti imponi da allora, e gli esercizi per la concentrazione, poi, chi se ne frega, quintali di riso da contare, la candela con la fiamma, lo specchio coi denti di Ginevra, Blu, cosa t'importa di Ginevra?

Cosa t'importa di Ginevra che ti segue mentre vai a casa, Ginevra nei finestrini delle auto, Ginevra nelle porte dei negozi, e nelle vetrine, tra gli annunci delle agenzie immobiliari, tra la locandina di un cinema e l'adesivo Lottomatica, tra le vetrofanie di una concessionaria, deforme e allungata, o ingrassata, a volte evanescente però sempre lì, sempre presente, sempre in cammino, sempre al tuo fianco, si infila dritta negli infissi e dentro i muri e poi ritorna, Ginevra, perde i contorni con la luce e li riacquista, è più forte, ha i denti nel labbro inferiore e i pugni chiusi, ne hai paura, non è pura, Blu, è piena di pensieri orribili e non è per niente pura, Ginevra, e basta infatti solo un attimo, uno sguardo che finisce sui lacci sporchi di sugo ai funghi e risale aggrappandosi alla ferita (feritoia) sull'anulare sinistro, perché lei cominci a correre: la vedi sgusciar via dal lunotto di una Smart e ti lanci all'inseguimento, attraversi la strada senza guardare, senti il suono di un clacson, lo strillo delle gomme, un insulto, un altro insulto, ma Ginevra schizza via lungo le vetrate del McDonald's e nemmeno ti giri, continui a correre, guardi i suoi denti nel labbro e lei guarda te, guarda i tuoi, anche due ragazzi dentro il fast food guardano i tuoi, smettono di masticare, cazzo volete, pensi tu.

Attraversi il centro di Bologna e raggiungi via delle Lame. Ginevra si ferma nella vetrina di una banca. La tieni d'occhio mentre soffi sulla ferita (feritoia), poi la segui sull'autobus. Per l'intero viaggio non vi guardate. C'è un bambino che urla, nel corridoio del 13, e la madre che ride al telefono. C'è una donna che infila il biglietto al contrario nell'obliteratrice, e un anziano che glielo rovescia, Grazie mille, Si figuri. C'è un ragazzo con un'enorme busta tra i piedi, una busta azzurrina, e il contenuto spinge contro la plastica come gli yogurt nel sacco di – Blu, non perdere di vista Ginevra, però. Scendi con lei, seguila lungo via della Pietra, guardala soffiare sulla ferita (feritoia) che ha uguale alla tua. Corri, Blu, corri per le scale, incontrala ancora nella stanza della mamma, ha preso il suo portatile e la mamma non c'è.

(Che buona, la mamma, se le rompi il computer poi ti insegna a ricucire il computer.)

I capelli di Ginevra sono quasi tutti neri. Nello specchio dell'armadio la vedi accoccolarsi contro la testiera del letto e digitare la password di Windows. Sono corti, i capelli di Ginevra, e neri, che quando li ha tagliati la ricrescita era già bella importante.

Dovresti far la tinta, dici, e poi davanti hai Facebook. Si apre con l'immagine profilo della mamma, il ritratto maledetto che le hai fatto (e neppure finito) e che lei non ha più tolto da lì. Lo levi di mezzo digitando nella ricerca il nome di Dora Leoni, la mamma non ha il ban, e mentre premi invio, come una sfumatura leggerissima, vedi il profilo di Ginevra sullo schermo del computer.

Trovalo, Blu, dice Ginevra, e tu obbedisci e cerchi l'uomo, lui che ha avuto da lei il Merlot Villa Chiòpris e la Figaro Sch/Barba Sens., lui che la lametta ti ha tagliato via la pelle, lui che però non si è preso cura di lei, povera la tua Dora, e le ha fatto scadere le mozzarelle e fiorire le patate, ma quello che trovi, Blu, quello che incontri scandagliando ogni angolo della sua pagina Facebook, leggendo i commenti a ogni foto, contando i Mi piace e le condivisioni e cercando perfino nei profili dei suoi amici, addirittura nei profili dei suoi amici, Blu, è una sorpresa così orribile da trovarti impreparata.

Yuriko.

Foto a due, battute, cuori, e l'idea di una performance da fare insieme lei e lei.

La rana.

Lei e lei, non lei e lui. E lei Dora sapeva, si era accorta degli scontrini, e ha comprato la schiuma per depistarti, Blu, farti credere che ci fosse un lui quando erano due lei.

La rana e la sirena.

Animali acquatici, Blu, adatti a performare insieme, abbandonarsi al loro amore liquido lasciando a te solo la terra, terra arida, terra sterile, terra che – Blu, terra che le seppellisca. Terra che le ingoi, Blu, come ha ingoiato i fiori di Roberto, quelli che hai portato al parco. Terra che riempia loro le gole, e le bocche, lo spazio tra lingua e palato. Che muoiano. Che marciscano. Che vadano in putrefazione, schifose, stronze, loro due a divertirsi mentre soffri, a mandarsi i cuori mentre tremi, a organizzare una performance insieme mentre siedi sull'asfalto a frugare tra la spazzatura, a far risciacquare il caglio delle mozzarelle, a vomitare fagioli e minestrone, Blu, questo dicono gli occhi di Ginevra che lo specchio riflette. Questo raccontano, ma tu non vuoi guardare.

Tu scappi ai suoi occhi, Blu, e corri in camera tua. Afferri il vasetto (ci vuole un fiore, ci vuole un fiore) e infili nella terra la mano destra, le dita tra le zolle come grassi lombrichi. Tocchi il fondo del vasetto. Frughi, cerchi il seme. Per fare il seme ci vuole il frutto, per fare il frutto ci vuole un fiore, ci vuole un fiore, ci vuole un fiore, eppure il fiore, Blu, non c'è. Il seme, Blu, non c'è. Siedi sul letto, sulla punta, e frughi ancora. Ginevra è nella finestra. Senti le unghie piene. Siedi sul letto e infili nella terra anche l'altra mano, cominci a rimestare. Ginevra compie gli stessi movimenti. Ti fa il verso. Ginevra ti fa il verso e alza gli occhi e poi comincia a rimestare, e allora prendi un pugno di terra e glielo tiri in faccia. Il vetro fa un suono come di pioggia forte. Di grandine. Prendi altra terra e di nuovo la scagli contro Ginevra e lei fa lo stesso, e continuate a lanciare terra contro il vetro finché il vasetto non resta vuoto, del seme nessuna traccia.

(Dev'essere sparito quando è sparito il workshop.)

Con un gemito scivoli giù dal letto e sparpagli la terra sul parquet, le mani aperte, finché non trovi una gemma scura. È piccolo e rinsecchito, il seme (dell'amore) di Dora, e lo prendi tra le unghie e pian piano lo apri, lo sfaldi, sfogli le sue scaglie alla ricerca del fiore, ma quando l'ultima crepa è aperta non trovi nulla, nessun minuscolo geranio, nessuna minuscola margherita, nessuna minuscola primula, nessuna minuscola orchidea, nessun minuscolo narciso, niente, niente, hai in mano due crosticine sterili, la destra e la sinistra e nessun centro, nessun inizio, nessuna salvezza per te, Blu.

Blu, tu sei Blu, e devi essere punita.

Nella Stanza delle Punizioni, nella vasca con le zampe, giocano la rana e la sirena, mentre in piedi accanto a loro frantumi la tua pelle con la pietra pomice (guardami, Dora!) e vedi il sangue coprire la coda di pesce, arrampicarsi sulle squame e accarezzare i loro corpi avviluppati. Questo è l'unico modo che hai per farlo, Blu, l'unico modo che hai per lambire la pelle di Dora che ormai ti è preclusa: ferirti per chiedere attenzione e non più ferire lei, non più ferire Lea, non più ferire Silvia, Blu, non più ferire gli altri e consolarli per avere un po' di amore, non basta mai, non funziona mai, semmai ti manda al manicomio, Blu, ed è giusto sia così.

È giusto, Blu, che il male che fai ti mandi al manicomio.

È giusto, Blu, che se prima hai sperato – che la rana e la sirena morissero, marcissero, si putrefacessero – di non sentire più dolore, ora tu ti renda conto che per te non c'è salvezza, non c'è seme, non c'è fiore, non c'è terra che ti accolga e non c'è acqua che ti bagni, Blu, questo dicono i performer, questo dice anche la mamma che non ti punisce mai, nella Stanza delle Punizioni, e allora Blu: tu vorresti che la mamma ti punisse?

Tu vorresti che lei – Blu, Blu, la pietra pomice dice centoventi, centoquaranta, quattrocentottantadue: non ti distrarre.

Tu vorresti che la mamma ti (guardasse) punisse?

Tu vorresti che questa performance – l'hai già provata dopo il workshop, ricordi?, col mezzo corpo dipinto di Blu da punire e graffiare – tu vorresti che questa performance venisse guardata da Dora, Forse è la mia migliore, dici, e attendi che i performer ti colorino la palpebra destra, la guancia destra, il seno destro, la gamba destra, e poi la metà destra della fronte e la metà destra del naso e la metà destra del bacino e la metà destra del pube, e allora Ginevra (è Ginevra) inizia ad aprire dei tagli nel blu, ad aprire degli squarci per il rosso nel blu, ma Dora niente, Dora non ti guarda e guarda – dio, Blu, Dora guarda Yuriko e no, no, animali acquatici andate via, pensi tra te e: Andate via!, gridi agli animali acquatici e dopo: No, restate qui, sono stata una sirena anch'io, lo ero al workshop, lo ero al, dio, Dora, tu proprio non te lo ricordi, il workshop?, ma Dora non ricorda, Blu, certamente non ricorda, perché stringe a sé Yuriko e scivola con lei nel buco della vasca, nello scolo, e dopo non c'è più, hai urlato Andate via e adesso Dora non c'è più, e non importa se ti inginocchi nella vasca, nel bagno della scuola, in quello del bar di fronte al supermercato, nella tua stanza per tutta la notte, Blu, Dora non appare più e Dora non la senti più, o almeno fino a quando, in autogrill, dal fondo della tazza che continua a scaricare, ti giunge il suo richiamo e allora giuri: Io posso esserlo ancora, una sirena.

Io posso prendermi cura di te, Dora, e tornare una sirena, dici, e intorno a te i performer applaudono perché hanno già capito che sei pronta per una nuova strabiliante performance, Blu, e ti aprono lo zaino e dallo zaino tirano fuori un biglietto e Lancôme Hypnôse EDP, non l'hai più tolto da lì.

Soluzione A, c'è scritto, Confessare a Dora che hai sperato che morisse e marcisse e imputridisse.

Soluzione B. Sorbire la pozione, diventare un animale acquatico e raggiungere Dora grazie allo sciacquone.

Pensi di farcela?, chiedono i performer.

Io sono la più brava della classe (l'ha detto la Castaldi), rispondi tu, e allora tutti in coro iniziano Bevi. Bevi. Bevi.

Bevi, Blu, il profumo che hai comprato per Dora. Lava il pensiero che morisse e marcisse e imputridisse. Lascia che il profumo scivoli giù e ti purifichi, che porti il buon odore tra tutto il tuo marciume. L'olezzo di immondizia, il minestrone, quel fagiolo spappolato: ogni cosa, Blu, può essere mondata. Il tuo corpo può essere salvato e diventare un corpo (acquatico) di sirena. Bevi, Blu. Bevi uno. Bevi due. Bevi tre, bevi quattro, bevi cinque. Bevi sei. Che faccia che hai. Hai la faccia più buffa del mondo, Blu, eppure come ti guardano, adesso. Tutti i performer ammirati, qualcuno già applaude da un po', altri hanno appena iniziato. La mamma, Blu. Guardami mamma, e giù sette, otto, nove. La mamma applaude. Guardatemi tutti. Tutti applaudono. Tutti i performer, Blu, tutti, mentre la tazza scarica ancora e tu avanti e dieci, undici, dodici piccoli sorsi. Arriviamo a cento, Blu. Arriviamo a tutto il profumo. Arriviamo a – i tuoi compagni di scuola, Blu, eccoli lì. Loro che erano con te fino a un momento fa, Blu, sul pullman, di ritorno da Roma, e nessuno ti guardava, ecco che adesso ti guardano tutti. Applaudono tutti. Blu! Blu! Blu!, intonano in coro e Blu! Blu! Blu!, intona anche la Castaldi, che brava la Castaldi, ha detto che sei la migliore della classe. Blu! Blu! Blu!, e tu bevi ancora e ti brucia la gola, ti brucia l'esofago, inizi a sentire un dolore alla pancia e ti rannicchi accanto alla tazza che scarica e scarica e che scaricando, adesso, ti manda qualche schizzo sui vestiti ma che importa, hai in grembo il tuo profumo e ne spargi sui jeans, dove l'acqua ti ha macchiata e allora giù! giù! giù!, col profumo e Ginevrablù! Ginevrablù! Ginevrablù!, grida ancora la Castaldi e adesso picchia sulla porta, Ginevrablù!, ma che ci fa dietro la porta?

Aprimi Ginevrablù!, insiste la professoressa, e tu sollevi un braccio, giri la sicura del pomello e vedi aprirsi l'uscio.

Potrebbe chiamarmi solo Blu?, chiedi, e lei la prende male: si spaventa. Mentre porti il profumo alla bocca si china su di te, te lo strappa dalle mani. Alcune gocce ti cadono sulle guance e le lambisci con la lingua.

Che stavi facendo?

Me lo ridia.

L'hai bevuto?

Ti aggrappi alla sua caviglia. I performer non ci sono più, i tuoi compagni non ci sono più. Nessuno ti guarda più e la tua pozione per diventare liquida è lontana, troppo in alto, tra le sue mani, la Castaldi la stringe al petto come fosse sua.

Quello è per Dora, dici, e mentre provi a metterti in ginocchio scoppi in lacrime.

Allora lei si accoccola accanto a te, sul pavimento, posa il profumo alle proprie spalle e ti accoglie tra le braccia, come nessuno ha mai fatto finora.

E allora innamorati di lei, Blu, no?

Mentre ti tiene la fronte e ti aiuta a vomitare: innamorati di lei.

Mentre telefona al Centro Antiveleni e ti accompagna sul piazzale dell'autogrill con il volto più sereno.

Mentre sul pullman dice agli altri Ginevrablù sta poco bene, per questo tardava, e ti siede accanto nell'ultima tratta tra Roma e Bologna.

Mentre ti invita nel suo appartamento, vicino la scuola, che se vuoi puoi rinfrescarti nel suo bagno dove c'è una vasca buona, senza zampe: innamorati di lei.

Apri l'armadietto sopra il lavandino, Blu, apri le ante a specchio, fruga tra le mensole, cerca pillole per dormire (potrai coccolarla e aiutarla a rilassarsi), test di gravidanza (se non può avere figli puoi supplire a questo vuoto) o creme anticellulite (Lei è bella anche così, professoressa, lei è bella anche così); cerca i diapason, Blu, e falli vibrare e innamorati di lei, non è questo che vuoi tu? D'altronde è così buona: ti ha fatto salire a casa sua, ti ha messo in braccio due asciugamani, ti ha prestato una felpa pulita (di sua figlia? ha una figlia?) e allora, Blu, non sarà seducente quanto Dora, non sarà (bella bellissima) fascinosa quanto lei, ma è competente di performance art, è spiritosa, dipinge bene (sono suoi, i dipinti all'ingresso, non possono essere che suoi) e allora, dai, apri l'armadietto, accomodati nella vasca, dimentica Dora Leoni e masturbati su di lei.

Avanti, Blu, non è questo che vuoi?

Non è questo che sei, Blu?

Non temi che anche lei si dimentichi di te? non temi che – Blu, guarda Ginevra nelle ante a specchio, il suo sguardo famelico. Guarda le mani di Ginevra come – Blu, oh: ecco. Ecco lì. Lenti a contatto struccante dischetti di ovatta solvente per unghie maschera per il viso crema antietà trousse da viaggio con una zip azzurrina e un cuoricino alla fine, di certo lì dentro ha le pillole o il test di gravidanza o qualcosa. Aprila. Forza, Blu, apri la trousse. I diapason, Blu, è solo questo che vuoi. Prendi la trousse, molto bene, e siediti sul bordo della vasca e apri la trousse e fruga tra gli smalti, ci sono solo smalti, rimetti a posto la trousse. Brava, Blu, chiudi l'armadietto. Apri la lavatrice. Forza. Chinati e apri la lavatrice e scopriamo se ha una figlia, se tutti quegli smalti li ha comprati per la figlia; poi torneremo all'armadietto. Avanti, piccola Blu. Piccola Bluette, come direbbe la mamma. Povera piccola Bluette, direbbe, se ti vedesse così sfatta, la gola che prova a deglutire e sente ancora bruciare il profumo, prima giù giù giù durante la performance e poi su su su mentre la Castaldi ti reggeva la fronte.

Che buona la Castaldi, Blu. Sarebbe una buona madre, no?, ma prima dobbiamo scoprire se ha una figlia, dunque: dai. Fermiamo la centrifuga e apriamo la lavatrice e cerchiamo tra i panni la figlia della tua professoressa, Blu, che se poi non ce l'ha le diremo Posso essere sua figlia? posso avere gli smalti di sua figlia che non c'è?

Perciò fai un ultimo sforzo.

Poi torneremo buone, ma adesso apri l'oblò mentre da fuori senti Ehi, va tutto bene, lì, Ginevrablù?

Tutto bene, dici, ma poi vedi Ginevra, il suo sguardo ancora sulla lavatrice, sull'oblò, sulla lotta dei panni che si avventano gli uni contro gli altri, disperatamente, e i colori sono un unico colore e sono tutti corrotti, senza personalità, senza bellezza, senza purezza, un unico ammasso grigio che vortica e vortica e vuole succhiarti là dentro come un rifiuto nell'immondizia di Dora, come un mazzo di fiori in un secchio, come il profumo che la Castaldi ha buttato all'autogrill o come Roberto, come tutto ciò che hai avuto e adesso è perso, Blu, o che non hai avuto mai, e quel vortice chiama Ginevra e chiama te, dice Continua, Blu, continua a sporcarti, scopri se la tua insegnante ha una figlia, aggrappati a lei, finisci nel buco con lei, e allora strappi gli occhi di Ginevra dall'oblò. Raccogli la felpa pulita. La infili. Corri ad aprire la porta: la Castaldi non c'è.

Professoressa!, gridi stringendo lo stipite.

Senti un rumore di ciabatte. O di ciabatta, ti correggi, che per correre da te ha infilato solo la sinistra.

Ti copri gli occhi.

Lei deve cacciarmi di qui, io sono sporca, io ho frugato nel suo armadietto, nella trousse, volevo aprire la lavatrice, volevo scoprire se avesse una figlia, lei deve cacciarmi di qui, deve punirmi, dio, la prego, mi cacci di qui.

Lei non sa –

– che ieri, al supermercato, un bambino si è attaccato alla mia gamba, credeva fossi la mamma, e quando ha alzato la testa, quando ha visto me, è balzato indietro e ha dato uno schiaffo al mio zaino, uno schiaffo, e allora la madre l'ha visto e si è infuriata, ha ordinato: Chiedi scusa!, ma il bambino ha fatto no con la testa e la madre ha insistito e il bambino ha iniziato a singhiozzare, a guardarmi e a singhiozzare, e di certo aveva sentito quanto io fossi sporca, e cattiva, e dannata.

– che ho buttato la pizza della mamma, quella che lei era andata a comprare nonostante il lavoro, gli straordinari, la stanchezza. L'ho buttata dritta dritta nel secchio, llllà!, che io non la volevo ma non c'entra, avrei potuto lasciarla sul tavolo, almeno, e l'avrebbe mangiata per cena, l'avrebbe riscaldata, invece ho preso i suoi soldi e il suo tempo e li ho gettati nel secchio.

– che ho ucciso (il naso) il sorriso di Leabella soffocando Pantera nello zaino, un peluche dolce per bambini piccoli, come era piccolo Roberto nella foto con la bandiera dell'Italia, lui che meritava di essere felice, lui che anche a lui gli ho ammazzato il sorriso.

– che i miei genitori si erano appena lasciati, quando ho iniziato con le gare di nuoto, e in piscina mi portava mio padre ed ero l'unica bambina che si vestiva e svestiva da sé, mentre le altre madri strofinavano le gambe delle piccole campionesse e ogni tanto venivano a sistemarmi i capelli nella cuffia, o ad asciugarmeli col phon che portavano da casa, e nei loro occhi c'era compassione per la bimba tutta sola che ero io, e umiliata pregavo ogni volta che anche loro divorziassero al più presto.

– che non riesco a pensare a niente che sia buono e

puro e basta, come con Lea, come con Silvia, perché voglio amore in cambio, e non riesco a sopportare il suo sguardo così dolce, o il sorriso con cui lei, professoressa, mi accompagna in salotto, mi versa dell'acqua, dice Su, Ginevrablù, va tutto bene.

Non va bene proprio niente, vorresti dirle, e pure Mi levi quegli occhi di dosso!, Blu, perché nessuno ti ha mai guardata con tanta comprensione, in questo modo non ti ha mai guardata neanche – Blu, Blu: neanche Dora. Dora è una professionista, ti ha detto la Castaldi, fa i suoi corsi per denaro, ha detto, e tu lì a giustificarla, Dora ti ha chiuso una porta in faccia ma continui a scusarla e a soffrire per lei, Blu, non è così? Soffri per lei, Blu. Soffri per Silvia, hai dodici anni. Soffri per i bambini delle stalattiti di ghiaccio, hai otto anni, per loro hai chiamato Lea Prosciuttona, avevi paura che gli altri ti escludessero e ti hanno esclusa e ancora ti escludono e tu hai sofferto e ancora soffri, ma perché non ti arrabbi mai? Gli dai ragione. Hanno ragione loro a considerarti zero? Ti consideri zero, Blu? Perché se ti consideri zero, forse lo sei. Inutile chiudere gli occhi, cercare i compagni che ridevano fuori dall'autogrill: guarda il presente, Blu, guarda Ginevra nel bicchiere d'acqua, le sue labbra, non ha nessuna voglia di accettare tutto questo, prende un sospiro e dice: Vorrei essere buona. Meritarmi un po' di bene.

Siedi sul divano col bicchiere stretto tra le mani, tutte e due, le dita intrecciate, non hai ancora fatto un sorso. Il tuo sguardo si muove nello spazio modesto ma grazioso del salotto, striscia sulle costine della libreria, blocchi di romanzi e saggi ordinati per editore, e si lascia cadere sul tavolino con la lastra quadrata a scacchiera, dove la Castaldi ha posato la bottiglia d'acqua e il suo bicchiere.

Ha molti libri, dici.

Più quelli che ti sei fregata, dice lei, ma sorride. Ti siede accanto e si versa da bere. Fa un sorso. Quando me li riporterai, sarai autorizzata a prenderne altri. Studia, cerca, Ginevrablù. Questo devi fare, se ti piace la performance art. Lascia perdere chi non ha un reale interesse nei tuoi confronti.

Posi sul tavolino il bicchiere pieno.

Io, ti dicevo, ho un piccolo spazio artistico. Potresti iniziare facendo qualcosa lì, no?

Torni a sprofondare nel divano. Te ne stai tutta su un lato, stretta al bracciolo, rannicchiata.

Non credi, Ginevrablù?

Professoressa, io la ringrazio, ma non ho nulla da performare, dici, e rivedi il minestrone e il fagiolo spappolato, gli squarci di lametta nel blu, la sepoltura delle mimose e delle rose, la pietra pomice, tu che lavi Lea e chiedi perdono. D'un tratto senti addosso tutta la tristezza del mondo. Tutta la tristezza è lì, contro di te e dentro di te, lì in mezzo al cranio, e nella fronte che diventa pesante e crolla giù, acciuffata appena in tempo dalle mani. Premi i palmi sugli occhi, senti le ciglia. Senti un braccio scivolare intorno alle tue spalle e guidarti verso un altro corpo e No!, gridi, No!, alzandoti in piedi e facendo un passo indietro, un altro passo, indietreggiando fino alla libreria. No, mi lasci stare. Mi mandi via, professoressa, la prego, lei non sa che potrei fare se si avvicinasse a me, io finirei col voler – Blu! Blu: *sssh*. Non vorrai dirglielo davvero. Non vorrai dirle che pregheresti di vederla sola, addolorata, indifesa. Non vorrai dirle che vorresti essere, per lei, l'unico appiglio e che poi – Blu, non vorrai dirle Le mie cosce si bagnerebbero di lei.

Perché è questo che faresti; no?

Perciò prendi lo zaino, scappa via, torniamo a casa. Andiamo a vedere come sta la mamma. Andiamo a vedere come sta (la Stanza delle Punizioni) la vasca di casa, se ha ancora le zampe. Andiamo a – Blu!

Oh, Blu, Blu, ma perché vuoi soffrire? perché, Blu, le stai dicendo della piantina, della tua sporcizia, della tua aridità? non sai che così sporcherai pure lei? non sai che così – Sporcherò pure lei, dici, ancora in piedi, ancora gli occhi coperti dalle mani. Fai scivolare i palmi sulle guance e apri spacchi tra le dita. Ora si è alzata anche la professoressa. Vorrebbe avvicinarsi, tutto il suo corpo lo rivela, eppure non lo fa. Le mani scivolano ancora, le dita rigano zigomi su cui le lacrime non hanno il coraggio di cadere; si fermano e chiudono sul cuore.

La prego, dici.

Cosa vuoi che faccia?

Abbassi lo sguardo e un respiro ti trema in bocca. Senti il palato e la lingua secchi. Vorresti dell'acqua. Non prenderai dell'acqua. Non ti chinerai sul tavolino, non toccherai il bicchiere. Non ti muoverai, Blu, che se ti muovessi potrebbe muoversi anche lei. Potrebbe avvicinarsi. Potresti toccare il bicchiere e poi toccare lei, e corrompere tutto. Re Mida, ogni cosa diventava (D'ora?) d'oro. Chissà se c'è, la storia di re Mida, tra i libri alle tue spalle.

Perché dovresti sporcarmi?, sta chiedendo la Castaldi. Perché non dovresti essere buona, Blu?

E allora diglielo, su, diglielo. Se proprio vuole saperlo, Blu, che lo sappia. Che rimanga coinvolta. Racconta a questa donna, questa professoressa, tutte le cose orribili che vedi. Il collo di Roberto spezzato, la mamma al manicomio e incidenti per saltare appuntamenti e gite. Dille che abbiamo invidiato la purezza, Blu, quella di chi poteva averla. Che l'abbiamo temuta. Che abbiamo immaginato bambini ammalati, tragedie, malformazioni, tumori che devastano la pelle. Che abbiamo visto donne incinte e aborti, e feti nati morti. Che abbiamo creduto di impazzire, mentre pensavamo a quanto sarebbe stato facile e immediato, se solo l'avessimo voluto, prendere in cucina il coltello per il pesce e tagliare la gola di Lea durante il sonno. Affondarlo sotto la nuca di Roberto, in mezzo al fascio di nervi, durante uno dei suoi orgasmi solitari. Non lo abbiamo più guardato, il coltello. Abbiamo girato la testa ogni volta che la mamma lo usava, il coltello. Abbiamo avuto paura di fare male perché non potevamo fare bene, Blu, non è così?

Neanche quando *volevamo* fare bene.

Ma noi volevamo fare bene?

Mentre consolavamo Lea, e Silvia, e Dora: noi volevamo fare bene? o volevamo solo – Il bene, Blu. Volevamo averlo, non darlo. Noi volevamo – Il bene io lo faccio solo per averne in cambio, dici. Mi dispiace, professoressa, ma non sono la persona che crede. La studentessa da aiutare. Nessuno può aiutarmi, dici, e la voce ti trema in bocca e le mani tremano anche di più: le nascondi nelle tasche. Se vuole aiutare qualcuno, aiuti chi deve starmi accanto. Io, ripeti, io faccio il bene solo per averne.

Ok, Ginevrablù.

Alzi gli occhi. È ancora a distanza di sicurezza, i polpacci contro la stoffa del divano. Per qualche motivo (ti sta prendendo in giro?) ti sorride.

Provi a deglutire e senti ancora il fuoco. Lancôme Hypnôse EDP. I tuoi occhi si tuffano nel bicchiere d'acqua (e Ginevra?) e ritornano bagnati.

Ok, ripete, ma poi quel bene esiste.

(Ti sta prendendo in giro!)
Aumenta il bene che c'è nel mondo, no?
(Si sta prendendo gioco di te, Blu!)
Aumenta sì o no?
Apri le labbra e le chiudi.

Se ti avessi prestato i miei libri per essere la tua professoressa preferita, o se ti pagassi il prossimo workshop, sarei buona o no?

Apri le labbra.

Le azioni, continua lei, sono buone nelle cause o nelle conseguenze? Ginevrablù, e la Castaldi raccoglie il bicchiere, il tuo, scruta l'acqua al suo interno. Ginevrablù, mi dicevi della tua amica delle medie, e alza gli occhi. Credi le sia stato utile parlare con te? potersi sedere accanto a te, quel giorno?

Non riesci a parlare. Ti stringi nelle spalle.

Tu fai il processo alle intenzioni e non guardi il risultato. Pensa, Ginevrablù, e adesso fa un primo passo verso di te, come sovrappensiero, come fosse davvero interessata ai libri che sta guardando, come non stesse venendo da te e Pensa a tutta la beneficenza del mondo, dice, Pensa a quante azioni egoistiche nelle cause rendono le persone più ricche o più felici. Pensa a questo e pensa anche all'amore puro, disinteressato, senza appagamento di un bisogno e che abbia in cambio solo indifferenza; esiste questo amore?

Ma io, balbetta una voce che non pare la tua, ma io l'ho anche cercato, il dolore degli altri. Avevo compiuto otto anni e, e la voce si spezza.

La Castaldi muove qualche altro passo, si ferma sul lato opposto della libreria, a un metro da te. Fa scorrere lo sguardo su titoli che certo conosce a memoria.

La mia sorellastra era, ma non riesci a continuare. La fine del discorso si dissolve nel grido di battaglia Pro-sciu-ttona! Pro-sciu-ttona!

Guardi i piedi della professoressa. Se si avvicina ancora, pensi, scappo. Se si avvicina ancora prendo lo zaino e corro fino a casa. Se si avvicina ancora, ma lei si gira e ti porge (Ginevra) il bicchiere. Chiudi gli occhi, li riapri: Ginevra (nel bicchiere). Chiudi gli occhi (Ginevra, ti chiamano tutti Ginevra al tuo ottavo compleanno. Ginevra andiamo sulla neve. Ginevra facciamo il pupazzo. Ginevra, ci sono le stalattiti, giochiamo alla guerra, Ginevra, e Ginevra, ora tocca alla Pro-sciu-ttona, ma tu pensi alla torta di compleanno delle Winx, al momento in cui tutti rideranno di te) e li riapri. Chiudi gli occhi e – *toc toc* – li riapri. Chi c'è? C'è Ginevra nel bicchiere. Ginevra nel bicchiere non è arrabbiata: è triste. Come anni fa. Come dieci anni fa, al suo compleanno. Ti sentivi così triste. Mi sentivo così triste.

E tu, dice la Castaldi, puniresti per dieci anni una bambina di otto che ha trovato un solo modo per salvarsi?

Guardi l'acqua oltre Ginevra, intorno a Ginevra.

(Sei un animale acquatico?)

(Ti si accapponeranno i polpastrelli.)

Ginevrablù, e la professoressa tende il braccio, ti invita a prendere il bicchiere, Ginevrablù, rispondi: se vedessi una bambina di otto anni prendere in giro la sorella, le assegneresti una vita di pena? o a diciott'anni potresti perdonarla?

Distogli gli occhi (da Ginevra) dal bicchiere. Deglutisci. Lancôme Hypnôse EDP. La gola brucia forte.

Forse dovresti consolare quella bambina, prima di tutti gli altri. L'hai mai fatto? le hai mai detto Se vuoi puoi sfogarti con me?

Ed è allora, Blu, che i tuoi occhi non riescono più a trattenere il pianto. Lo senti esondare tra le ciglia e cerchi la compassione tra quelle della Castaldi, l'umiliazione, il graffio alla tua dignità, ma non ne trovi. Allora prendi (il bicchiere) Ginevra. La porti alla bocca, bevi, l'acqua fresca consola il bruciore. Lasci che la Castaldi si avvicini e ti faccia una carezza sui capelli. Che ti stringa una spalla. Che ti sorrida.

La storia del profumo resterà un segreto, dice, ma se non riprendi a disegnare ti giuro che ti boccio.

E allora, Blu, disegna.

Disegna la palpebra inferiore, le rughine che contornano l'occhio, le ciglia modellate dal rimmel; dona profondità al tratto con rapide carezze di matita, poi spicca il salto che conduce alla foce del naso e scivola giù trasportata nel letto di un fiume drittissimo, non un balzo, non una curva, non una deviazione dal percorso che conduce alla punta lucida e sottile: da un lato e dall'altro lambisci con la grafite i versanti perfetti e delinei narici piccole che respirano piano, le senti, alzi la testa e la mamma sorride.

Scusa, si affretta a dire poi. Tira le labbra indentro e le tiene in bocca un paio di secondi: le serve per tornare seria.

Posso vedere, Bluette?

Alla fine.

Si sistema sulla sedia, stira la schiena, apre e chiude le mani che tiene in grembo.

La cucina ha ancora l'odore della pasta al forno; le bucce di cocomero vi guardano dai piatti sistemati sui fornelli, le tue rosicchiate a tal punto che dal tricolore hai asportato tutto il rosso.

Te ne taglio un'altra, ha riso la mamma, ma tu sei andata a lavarti le mani tra i piatti sporchi, hai aperto la cartellina e le hai proposto di posare per un ritratto: Così levi quell'orrore dalla stanza, hai detto, e dalla pagina Facebook.

A me pareva bello.

Non sembri neanche tu.

Lei si è stretta nelle spalle; tu hai tirato fuori matite e fogli. In questo sembrerai tu, hai continuato, e lei ha risposto Anche nell'altro, Bluette, ma Bluette, Blu, hai ragione tu, dice adesso, qui sono uguale, dice, quando le annunci che hai finito e le mostri il suo volto, la pelle bianca bianca e i capelli di grafite.

Muove le mani contro il ventre, le solleva incerta, accoglie il disegno.

Sono uguale, ripete, uguale, e infatti lo è davvero, Blu, brava, la Castaldi ti darebbe almeno un nove, con quel disegno lì, perché la mamma è identica davvero finché non aggrotta la fronte e spinge le sopracciglia verso la foce del naso e poi azzarda un Bluette, ma ho una camicia di forza?

I suoi occhi percorrono i contorni della stoffa, ogni manica è una strada senza uscita.

Prendi un gran respiro.

Quello è il mio incubo, sono le parole che butti via insieme al fiato. Hai la gola secca, la lingua ruvida e asciutta. Guardi (Ginevra) il bicchiere e guardi tua madre. Le sue mani che stringono il disegno. Che lo posano sul tavolo. Quello, sussurri con la voce che trema, avevo pochi anni quando lo dicevi.

Il suo sguardo interrogativo la rende così distante dal ritratto.

Che saresti finita al manicomio, spieghi. Se non avessi dormito. Se avessi fatto la cattiva. Se fossi stata – Ginevra! – disobbediente. Mamma io non voglio più sentirmi in colpa. Non voglio più essere – Blu? – punita con i tuoi sguardi tristi e quelli di tutti gli altri, come se il bene del mondo – potesse corrompersi a causa mia! – dipendesse soltanto da me; io non voglio essere – Blu, dunque non vuoi più essere – Blu, non vuoi essere buona e nemmeno punita?

Vuoi vendere gli ori senza restare impigliata nelle conseguenze delle tue azioni?

Vuoi lasciare Roberto e cancellare ogni colpa seppellendo le sue rose?

Vuoi poter dire a tua madre che senti la mancanza di tuo padre, e andare da lui, e abbandonarla quando sai che ha solo te, e sorridere a lui mentre lei si scalda il latte, seduta al tavolo da sola, in silenzio, composta, povera mamma, e poi negarle, dopo tutto, anche la possibilità di velare quei suoi occhi (così uguali, nel ritratto) di tristezza?

Vuoi che ogni pena scompaia, Blu, e con essa anche la Stanza delle Punizioni?

È questo che vuoi, Blu?

Cos'è che vuoi, Blu?

Cosa posso fare?, continua a echeggiare la voce della mamma mentre tuo padre ti ruba una sigaretta, mentre saluti Costanza in cima alle scale, mentre dallo smartphone scopri che il tuo nuovo ritratto è già su Facebook, adesso tua madre ha una foto profilo con la camicia di forza, non l'ha ritagliata. Grazie.

Grazie, dici a Costanza che estrae i Magnum dal sacchetto di carta e li posa sul tavolo, tra il vino di tuo padre e la padella con gli ultimi due pezzi di pollo alla cacciatora. Le passi il piatto sporco e prendi un gelato. Fai appena in tempo ad aprire l'incarto con scritto Almond Mandorle Almendras Amande, prima che Lea, esaminando gli altri gelati, esclami Che cazzo, ma solo uno alle mandorle?

Erano finiti, dice Costanza e: Ma non ti piaceva quello bianco?

Oggi volevo quello alle mandorle, dice Lea, e Costanza ti guarda, è solo un attimo, vuole solo capire se l'hai preso tu, Blu, perché quando Lea ha parlato stava ficcando i piatti nel lavello, non vedeva chi sceglieva cosa, ma quello sguardo per te è abbastanza per passare il gelato a tua sorella, A me va bene anche il bianco, dici, e Ginevra ti guarda dalla brocca e dice Sei una poveraccia. Dice (Ti consideri zero, Blu? Perché se ti consideri zero, forse lo sei) che sarebbe stato bello se Lea (non fosse mai esistita) si fosse accontentata del Magnum al cioccolato bianco, ha preso sempre quello, perché ora deve avere il tuo?

È chiaro, certo, sicuro, che Costanza il Magnum Almond Mandorle Almendras Amande l'aveva comprato per te: è il gelato che tu hai sempre scelto.

È chiaro, certo, sicuro che – Blu, Blu, però l'hai pensato, no? che se Lea non fosse esistita, se non ti avesse rubato tutto, per esempio il Magnum alle mandorle o per esempio il papà, la vita sarebbe stata più bella. Oh, Blu. Povera piccola avida Blu. Lea può addormentarsi sentendo russare tuo padre, averlo a tavola al ritorno da scuola, guardare le sue mani che posano i fichi freschi sulla tovaglia con gli uccelli, seguirle mentre affettano e distribuiscono il pane, o mentre sfogliano il «Corriere dello Sport» quando ha finito di mangiare, tiene sempre le gambe incrociate, la scarpa destra sul ginocchio sinistro, poco indietro, e d'estate i piedi scalzi. Lei (che non è manco sua figlia davvero: solo tu lo sei), lei può avere tutto questo e anche il tuo Magnum, ma che ingiustizia, pensa che merda, dicono gli occhi di Ginevra, oppure merda lo sei tu, Blu, che per un po' di gelosia, per un po' di avidità, vorresti che Leabella non fosse nata mai?

Forse, Blu, dovresti parlarne con loro. Alzarti in piedi col tuo Magnum bianco ancora nell'incarto, usarlo come un microfono, smettere di aggrapparti a chi cerca per te un'assoluzione

(fai il processo alle intenzioni e non guardi il risultato, ti ha detto la Castaldi)

e confessare Sai, Costanza? Io vorrei, mi piacerebbe, che Leabella non l'avessi partorita. Che non fosse mai esistita e che papà, alla mia festa con la neve, non avesse preso in braccio questa enorme prosciuttona che non è manco sua figlia, Blu, questo tu vorresti dire – questo tu *dovresti* dire – perché tu

(tu, ti ha detto la Castaldi, puniresti per dieci anni una bambina di otto che ha trovato un solo modo per salvarsi)

tu, Blu, sei cattiva, e devi essere punita. Perché mai, Blu, dovresti graziare una bambina cattiva? consolarla, dirle Vuoi sfogarti con me?

Prendi il microfono, confessa tutto.

Confessa – Blu, tu stai scappando. Tu non stai andando al bagno, Blu, stai scappando e lo vedono tutti: hai un gelato in mano. Piccola ridicola Blu, perché ti sei portata il Magnum bianco?

Ma ti vedi, Blu?

Oh, sì che ti vedi, e vedi Ginevra. Hai temuto che Lea se ne andasse e Costanza frignasse di nuovo?

Che noia Ginevra, e che sporca che è. Ti guarda dallo specchio, tra la mensolina e le luci dell'armadietto, da sopra la cupola del deodorante stick, e tu, Blu, tu non sei così, tu non hai quello sguardo, tu dovresti cancellarlo.

Ecco, brava, così. Bene, Blu. Una bella riga di cioccolato bianco e – no: slitta; mordilo, usa la crema – una bella riga di crema bianca su quegli occhi, con la precisione con cui solo tu sai pitturare, sfumare i Magnum White sulle iridi e le palpebre e le sopracciglia delle opere d'arte, Blu, Sei la più brava della classe, ti ha detto la Castaldi, e Riprendi a disegnare, così ecco che nel bagno di Costanza un tuo ritratto è lì che (non) ti guarda, che ha gli occhi cancellati.

Ma questa, Blu, non è la Stanza delle Punizioni, e Ginevra – che forse qui è più viva e ardimentosa – si china e allora guardala, Blu, ti guarda da sotto la linea, sotto il cioccolato bianco, e ha occhi più pacati e desidera parlare con Lea(bella).

Te lo dice: Visto che fai così, andiamo a parlare con Lea(bella).

Restituiamo il naso a Lea(bella).

(bella?)

Bella, la tua nuova sorellina, non è vero? – hai sette anni, o sei, nemmeno lo ricordi più, il papà ti dice che hai una nuova sorellina ma com'è possibile?, ti chiedi, le sorelline nuove non te le ritrovi all'improvviso, dovresti almeno vederle nascere, questo sai a sette anni, che mica tu ci credi più, Blu, a quella storia della cicogna, e invece ora hai questa sorella che l'ha portata la cicogna, come nel cartone di Dumbo, un lungo becco deve aver posato questo fagotto che deve essersi aperto rivelando occhioni troppo troppo grandi per un fagotto, Deve essere stanca, signora Cicogna, perché questa bambina, che strano, questa bambina ha già tre anni, o quattro, o quattordici, eccola lì, quattordici anni nascosti bene da un lenzuolo, Blu, eccola nel letto accanto al tuo, quello che sotto alle doghe ci ha attaccato le gomme da masticare, Lea, quelle al sapore di cocomero oppure le Big Babol, le riconosci perché sono più grandi, più massose, una volta hai strisciato sotto il suo letto per raccogliere un segnalibro e hai contato i chewing gum, diciotto piccoli e ventidue grandi, e i grandi erano Big Babol, credi, oppure gomme piccole messe in bocca tutte insieme, un pomeriggio hai visto Lea metterne in bocca sei alla volta, ma tu di più, tu sei arrivata a dieci, dieci Vigorsol in una volta sola e la mascella non sapeva più che fare per acciaccarle tutte, ricordi Blu?, però non le hai attaccate mai sotto le doghe.

Sotto le doghe di Lea(bella), invece, c'è il cimitero delle gomme.

Sopra le doghe di Lea(bella), invece, c'è Lea(bella).

Restituiamo il naso a Leabella.

Il naso di Leabella, Blu, di fatto non lo vedi. C'è poca luce e indovini giusto il corpo di Leabella addormentata, così inerte che potresti (ucciderla, prendere in cucina il coltello per il pesce) alzarti e lei non si sveglierebbe. O potresti accendere la luce dello smartphone. Lo fai. Guardi i suoi occhi chiusi, la fronte larga, l'attaccatura dei capelli che sfumano le tempie, le orecchie dai lobi appena accennati. Il lenzuolo si fa tutto pieghe all'altezza del collo, forse lo stringe dall'interno con la mano, e si solleva in fondo al materasso, le scopre appena un piede, le unghie pitturate di giallo fluo. Lea. Posi lo smartphone sul comodino. Lo recuperi. Lo accendi. Cerchi il naso di Lea, almeno un accenno, ma incontri il lenzuolo a fiorelloni. Respiri piano. Non ricordi che forma abbia. Non il naso adunco di sua madre. Non il naso dritto della tua. No, non ricordi. Non ricordi proprio. Non ricordi quando hai visto per l'ultima volta il naso di Lea e vorresti dirlo al papà, Non l'ho preso io perché proprio non l'ho visto, vorresti dire, ma allora perché Lea ce l'ha con te?

Perché, Blu, ogni volta che ti vede se ne va a telefonare in camera sua? cosa (nasconde) racconta, Lea, chiusa nella sua stanza? forse del giorno in cui tu le urlasti – Blu, tu lo racconteresti, no?, chiusa nella tua stanza, se qualcuno, da bambina, ti avesse umiliata invitandoti a una festa e radunando gli amichetti per chiamarti, tutti in coro – basta.

Basta, tossisci, tossisci, la svegli: Sei sveglia?

Un mugugno.

Ehi – come da piccole, come quando aspettavi che tuo padre e sua madre se ne andassero a dormire, poi chiedevi: Sei sveglia?, e restavate a parlare per ore – Ehi, Lea, stai dormendo?

Il corpo si muove, il piede nudo si ritira nel lenzuolo. Un altro mugugno: zzovuoi?

Prendi un respiro profondo. D'un tratto il tuo, di lenzuolo, è diventato caldissimo. Lo spingi giù con le braccia, poi con le piante dei piedi, come a schiacciare acini d'uva durante una vendemmia. Ti metti su un fianco, verso il suo letto.

Lea, dici, ho bisogno di sapere perché ce l'hai con me.

Lea apre gli occhi.

Se è per qualcosa che ho, e deglutisci, hai allontanato il lenzuolo e già ti manca, vorresti qualcosa da interporre tra te e gli occhi di Lea. Se ho sbagliato qualche cosa, dici, io vorrei saperlo.

Lea tira fuori entrambi i piedi, le punte indicano la porta.

Se è per qualcosa che, No, ti interrompe, non hai fatto niente e non ce l'ho con te, adesso posso dormire?

I suoi occhi si richiudono. Sei out. Panico. No, non vuoi essere out. Non puoi essere out.

Lea?, chiami. Lea, un attimo.

Uno sbuffo.

Lea, ti prego, poi ti lascio dormire. Giuro. Un attimo solo, apri gli occhi, ti prego, io non – grazie. Ecco, Lea, sai, io penso spessissimo al giorno in cui ho fatto otto anni. Ricordo che tu eri contenta, al mattino avevamo comprato la torta delle Winx, ma poi arrivò la neve e giocammo con quei, dio, Lea, io ero soltanto una bambina, ma se tu ci soffri ancora lo capisco.

Ma di che diavolo stai parlando?

Stringi forte, fortissimo, il coprimaterasso.

Io non volevo dirti, Cosa?, Lea io mi sento ancora in colpa se ti ho detto, COSA?

Pro-sciu-ttona, Pro-sciu-ttona, Pro-sciu-ttona.

Cosa mi hai detto?

Prosciuttona.

E Lea scoppia a ridere. Una risata finta, non divertita: una risata che ti prende in giro.

Madonna, Blu, ma chi ti si incula!, e tu non riesci a replicare; tu ti aspettavi rabbia ma non questo, dolore ma non questo, tutto ma non questo, poi Lea ti dà le spalle e dice Adesso lasciami dormire, fuori c'è tutto un mondo per le tue seghe mentali.

E allora oh-o, Blu, oh-o. Facevi tanto la schiva, l'introversa, la resto in disparte così non mi osservate e ci siamo resi conto del nostro egocentrismo, è così? ci siamo resi conto che gli altri non è che pensino a noi quanto noi pensiamo a noi, che la tua ansia da manicomio è una foto profilo su Facebook da cui colano cuori e commenti – Che brava, tua figlia, che brava, Bluette, e come ti dona questa camicia di forza – e che a Lea delle tue colpe non importa proprio nulla, Lea vuole dormire, dice Lasciami dormire, dice C'è tutto un mondo per le tue seghe mentali; perché, Blu, non racconti a tutto il mondo le tue – Blu, le tue seghe mentali, però, chi se le incula?

Non serve raccontare delle seghe mentali.

Non serve rendere partecipe il mondo delle tue – Blu, Blu: non serve rendere partecipe il mondo di – Ginevra: non servi tu? non servi?, le chiedi, una mano sullo specchio (della Stanza delle Punizioni) del bagno e l'altra che muove su e giù lo spazzolino, su e giù, su e giù, su e giù, non servi tu? oppure sono io che – Blu, ma che domande fai? che domande fai, Blu, alle persone, quando dici loro Vuoi sfogarti con me?

Dora era così bella.

Dora ti ha mostrato – Ginevra, Dora era così bella e tu l'hai perseguitata con (le tue seghe mentali) i tuoi pedinamenti, gli scontrini, le tue (seghe mentali da mostrare a tutto il mondo) masturbazioni, Ginevra, e tutto questo a che è servito? a bere il Lancôme Hypnôse EDP? a frugare nel bagno della tua professoressa? a ricevere un patetico invito? Vieni, Blu, se hai una performance, la mostriamo a tutto il mondo, tanto è chiaro che non hai alcuna – Ginevra. Ginevra, dio, ma fai sul serio?, chiedi allo specchio, e ti volti verso la vasca con le zampe, ti viene da ridere, sputi il dentifricio arrossato dal sangue, ti sciacqui alla svelta, corri nella tua stanza.

Ginevra, ci sei?

La serranda è quasi tutta abbassata, la luce accesa: trovi Ginevra riflessa nella finestra-specchio. Ha i baffi bianchi di Colgate Dent. Prot. Ca., i capelli corti, le mani che si aprono e poi aprono l'armadio, dove c'era un fiore c'è una tavola con gli scontrini, oppure no, due tavole con gli scontrini, sono due, una nella finestra e una no, le prendete, le coricate sui letti; sedete.

Seghe mentali.

Cosa sono, Blu, Ginevra, tutti quegli scontrini se non – Ginevra, che cos'hai da tremare? hai paura? di cosa hai paura?, ha chiesto Dora tanto tempo fa e chiedi adesso tu, la voce che vibra un poco, poi trema più forte, poi quasi si spezza mentre dici: Vuoi sfogarti con me?

Il volto le si increspa. Nei suoi occhi non c'è odio. Non c'è rabbia.

Dimmi, Ginevra: che cosa ti sta addosso?

La sua mano si posa sulla tavola di compensato.

Questo?

Questo, dice Ginevra, questo mi sta addosso, e si alza in piedi, viene verso di te, è a un passo dalla finestra. Guardi il vetro e lei è lì; ti avvicini, guardi attraverso i buchi delle imposte e lei non c'è più, le sei entrata dentro e ora puoi spiare quello che c'è oltre. Le finestre e i balconi fioriti, uno sprazzo di cielo, la strada coi diciannove lampioni (torni indietro: venti) che porta alla fermata dell'autobus che passa ogni trentacinque minuti e ti accompagna in centro, e a scuola, e nella casa dove la Castaldi ti ha toccato i capelli e ti ha detto Ho uno spazio anche per te. Chiudi gli occhi e lo vedi, quello spazio, e sai che un giorno sarai lì, avrai una tavola con gli scontrini e li staccherai e leggerai uno a uno, e nel pubblico tua madre gemerà quando le tue puntine rotoleranno al suolo e tuo padre stringerà la mano di Costanza quando le calpesterai, ma tu avrai in quel dolore una catarsi. Rivivrai l'ossessione, la troverai in ognuno di quei giorni, e quando riempirà la stanza e urlerà e scalcerà, la donerai al pubblico in sacrificio, e dove lei sarà lì tu sarai. Staccherai l'ultima puntina, leggerai l'ultimo scontrino, e solo allora, solo quando avrai speso l'ultima voce per l'ultimo inchiostro imbevuto nell'ultima goccia di sangue, potrai guardare il pubblico e ti asciugherai le guance.

Riapri gli occhi. Li tiri fuori dalla fessura e stai già telefonando al numero che lei ti ha lasciato.

Pronto?

Ciao professoressa, la disturbo?

Resta un attimo in silenzio, dice: Sei Ginevrablù?

Dici: No.

Sono Ginevra.

Il chilometro cinquantacinque: un modo per dire grazie

Ci sono momenti in cui senti le forze mancare.

Sto lavorando al mio secondo romanzo, Blu*: è un libro sulle ossessioni, sulla colpa, sul desiderio di essere guardati, e per la prima volta in vita mia devo costringermi a scrivere; sento che scavare lì fa male, ma male davvero. Così capita che mi chieda: e se, quando ho scelto di dedicare la mia vita alla scrittura, non avessi fatto i conti con le mie stesse forze?*

Oggi è uno di questi giorni, ma è anche il giorno in cui il direttore dell'azienda per cui lavoro, un uomo di cinquantadue anni, mi ha mostrato il video in cui, domenica scorsa, ha completato un'ultramaratona di cento chilometri.

«Al cinquantacinquesimo chilometro», ha raccontato, «mia moglie è arrivata in macchina per portarmi il cambio: stava facendo notte e non voleva che andassi in ipotermia. Ero stanco, così le ho detto: "Mi fermo"; ma lei mi ha fissato e ha risposto: "Sei impazzito? Dopo tutta la strada che hai fatto?", e ha detto che mi avrebbe aspettato cinque chilometri più avanti, dove intendevo ritirarmi. Quando l'ho raggiunta, l'ho baciata e ho ripreso a correre. E abbiamo continuato così, di cinque chilometri in cinque chilometri: aprivo lo sportello dell'auto, la baciavo e andavo avanti, finché non sono arrivato al traguardo».

A cinquecento metri dall'arrivo ha fatto il video. Era solo, ma con lui c'erano tutte le persone che ci avevano creduto, ed è a loro che ha parlato fino al momento in cui ha tagliato il traguardo, mentre tra le lacrime riusciva solo a ripetere «Grazie».

Perché forse non si tratta tanto di avere la forza nelle gambe per fare cento chilometri, quanto di chi ti segue dal numero cinquantacinque.

Nel 2017 scrivevo queste righe, e ora che *Blu* esiste dico grazie a chi c'è stato.

Ringrazio più di chiunque altro Enrico, mio immenso amore, che ha sempre saputo riconoscere il momento in cui mettermi il computer sulle gambe e dire: «Trova le forze di andare avanti, voglio sapere come va a finire».

Ringrazio Giulio Mozzi, che dio mio auguro a chiunque abbia una grande passione di trovare un maestro e un amico così.

Ringrazio chi ha creduto in *Blu* da quando era un'idea: Luca Torzolini, Simone Salomoni, Giusy D'Alessandro, Ottavio Natale, Francesca Farruggia, Kristine Maria Rapino, Emanuela Frau.

Ringrazio la mia meravigliosa agente Rita Vivian, che ha scommesso su *Blu* dal primo momento.

Ringrazio Rita Niero per avermi "vista" e Claudia Agosti per la forza che mi ha dato.

Ringrazio gli amici scrittori che hanno fatto il tifo – Demetrio Paolin e Claudia Grendene per le lunghe chiacchierate, e poi Matteo Bussola, Emanuela Canepa, Andrea Pomella, Edoardo Zambelli, Sandro Campani, Giovanna Giolla, Fabio Bacà – e le persone care che hanno letto le prime bozze: Giulia Pellegrino, Luca De Marchi, Luca Trentini, Chiara Masin, Elisabetta Foresti, Giulia Miori, Francesca Bersani, Daniela Besozzi, Andrea Quattrocchi, Massimo Iovinella, Rachele Cipollone, Andrea Armellini, Chiara Di Biagio, i miei genitori.

Ringrazio, per le letture, Marilena Votta, Graziano Fadani, Stefano e Chiara Miniati, Antonella Di Martino, Francesco Mayol, Francesco Carollo, Raffaele Mollo, Mario Terlizzi, Giuliana Murgia, Giuliana Acerbi, Claudio Ceciarelli.

Ringrazio gli artisti che mi hanno guidata nel mondo della performance art, in particolare Kyrahm, Flavio Sciolè, Tiziana Cera Rosco. Grazie poi a Franko B, Marco Fioramanti, Francesca Leoni e Giulia Mattera, oltre che a Ilaria Palomba, autrice di uno splendido saggio sulla performance art, e a Piero Pieri.

Per gli studi sul disturbo ossessivo-compulsivo ringrazio lo psichiatra Domenico De Berardis e la psicologa Angela Bianco.

Finito di stampare
presso Print on web s.r.l.
Via Napoli, 85 – Isola del Liri (FR)
per conto di
Fazi Editore

Ristampa | Anno
6 5 4 3 2 | 2021 2022 2023